हिन्द पॉकेट बुक्स

पुतली बाई

रामकुमार भ्रमर प्रसिद्ध हिन्दी साहित्यकार थे। मूलतः उपन्यासकार के नाते प्रसिद्ध रहे रामकुमार भ्रमर ने साहित्य की हरेक विधा में जमकर कलम चलाई। कहानियाँ, नाटक, व्यंग्य, रिपोर्ताज, यात्रा-विवरण, निबंध, सत्यकथाएँ, संस्मरण, डायरी, जीवनी-अंश, इंटरव्यूज, फिल्म पटकथाएँ, वार्ताएँ, भाषण, बाल-साहित्य, महत्त्वपूर्ण पत्र-व्यवहार, राजनीतिक-वैचारिक दिशादृष्टि आदि विषयों पर उनका विपुल साहित्य आज भी लोकप्रिय है। उनके कई उपन्यासों पर सफल फिल्मों का निर्माण हुआ। उन्होंने स्वयं भी कई फिल्मों की पटकथाएं लिखी।

पुतली बाई

रामकुमार भ्रमर

हिन्द पॉकेट बुक्स
पेंगुइन रैंडम हाउस इम्प्रिंट

हिन्द पॉकेट बुक्स

यूएसए | कैनेडा | यूके | आयरलैंड | ऑस्ट्रेलिया
न्यू ज़ीलैंड | भारत | साउथ अफ़्रीका | चीन | सिंगापुर

हिन्द पॉकेट बुक्स, पेंगुइन रैंडम हाउस ग्रुप ऑफ़ कम्पनीज़ का हिस्सा है,
जिसका पता global.penguinrandomhouse.com पर मिलेगा

पेंगुइन रैंडम हाउस इंडिया प्रा. लि.,
चौथी मंजिल, कैपिटल टावर -1, एम जी रोड,
गुड़गांव 122 002, हरियाणा, भारत

पेंगुइन
रैंडम हाउस
इंडिया

प्रथम संस्करण हिन्द पॉकेट बुक्स द्वारा 1969 में प्रकाशित
यह संस्करण हिन्द पॉकेट बुक्स में पेंगुइन रैंडम हाउस द्वारा 2022 में प्रकाशित

10 9 8 7 6 5 4 3 2

ISBN 9789353494933

मुद्रकः रेप्रो इंडिया लिमिटेड

www.penguin.co.in

FSC www.fsc.org MIX Paper from responsible sources FSC® C047271

This is a legitimate digitally printed version of the book and therefore might not
have certain extra finishing on the cover.

पुतली बाई

"वह मर जाएगा, बाई ! ..." उनमें से एक कह रही थी।

और पुतली ने सारा ध्यान उन्हींकी ओर केन्द्रित कर दिया था। क्या कह रही हैं वे ? कौन मरनेवाला है ? वह कौतूहल के साथ तेज़ कदमों से कुएं की जगत तक चली आई।

"क्या हुआ, बहिन ?" उसने पहुंचते ही सवाल किया था, पर वे सब उसे देखते ही चुप हो गई थीं...

"क्या..." पुतली ने सवाल दोहराना चाहा तो उनमें से एक बोली, "कुछ नहीं !"

फिर वे सब उसकी ओर कुछ इस तरह देखने लगीं, जैसे अभी-अभी जो बातचीत कर रही थीं, उससे पुतली का सम्बन्ध था।

कुछ कह तो रही थीं वे...शायद किसीके मरने की ही बात थी, पर अब बिलकुल चुप हो गई हैं और पुतली की ओर उदासीन जवाब फेंक रही हैं...पुतली को आज की बातचीत में कुछ नयापन-सा लगा। उपेक्षा बर्दाश्त करना उसका स्वभाव नहीं है। उसने बात तोड़ दी। सिर पर रखे पानी के दोनों खाली मटके एक ओर रख दिए और जगत पर पांव लटकाकर बैठ गई।

इसी बीच कुछ लोग उसे घूरते हुए सामने से गुज़र गए। दरोगा, पांच-छः सिपाही और हवलदार...

पुतली को उनके घूरने से कुछ अटपटा नहीं लगा। इधर जो भी उसे देखता है, घूरता है। जब तक स्टेज पर नहीं उतरी थी, तब तक इस गांव के जवान-बूढ़े ही घूरते थे, पर जब से घुंघरू झनकाती स्टेज पर उतर आई है—दूर-दूर, बारह कोस तक के गांवों में उसे घूरनेवाले पैदा हो गए हैं।

वे भी घूरते हुए निकल गए हैं। जब वे बगल से निकल रहे थे, तब खामोश थे। कुछ आगे निकल जाने के बाद वे आपस में कुछ बोलने लगे थे। ज़रूर वे उसीके बारे में कह-सुन रहे होंगे। बहुत-से लोग कहते-सुनते रहते हैं। पुतली जानती है, पर उसे इस सबमें कुछ नयापन नहीं लगता।

कुएं पर तीन-चार औरतें थीं। यह भी कोई नई या चौंकानेवाली बात नहीं थी। ये औरतें रोज़ इसी वक्त पानी भरने आती हैं, और पुतली से उनकी मुलाकात हो जाती है। पानी भरते हुए वे गांव के कई घरों और उनके अन्दरूनी मामलों पर अपनी राय पेश करती रहती हैं और क्रमशः चली जाती हैं। पुतली भी उनसे इसी तरह की बातें करती है। शुरू-शुरू में वह इस तरह की बातों से चौंकती थी, पर बाद में उसे लगा था कि यही ठीक है। कम से कम इस तरह की बातों से आदमी खुद को सबसे अलग और अकेला तो महसूस नहीं करता। पुतली को अलगाव या अकेलेपन से डर लगता है। आदमी गांव-समाज से कट जाएगा तो ज़िन्दा कैसे रहेगा ? पुतली भी इसी तरह की बातें करती है और उसे लगता है कि वह सबसे जुड़ी हुई है। सब घरों से। सब जातों से। सारे गांव से। ब्राह्मणों और ठाकुरों के उन घरों से भी जिन्होंने उसे और उसके सारे घर को नाचनेवालियों की जाति का नाम देकर स्वयं से काट रखा है। काटे रहें, पर पुतली जब-जब गांव के किसी घर की भीतरी बातें कहती-सुनती है तब-तब उसे लगता है कि वह जुड़ी हुई है। और यह कुआं इस जुड़ाव की सबसे अच्छी जगह है।

औरतें अब भी चुप थीं।...ज़रूर कुछ हो गया है ! रह-रहकर पुतली का मन हो रहा था, फिर से पूछ ले—'क्या हुआ ?'—पर नहीं पूछ सकी। हिम्मत नहीं हुई। ये औरतें विचित्र हैं। मुमकिन है, इनमें से किसीको लेकर पुतली कभी कुछ बोल गई हो और आज वह झगड़ पड़े।

किन्तु वह चुप रही। हालांकि यह सोचकर वह बेचैन थी कि कुछ हो गया है। क्या ? ...और तभी उसका ध्यान बंट गया।

"वह बैठी है, पुतली !"

पुतली ने देखा, सामनेवाले कच्चे रास्ते से पटवारी और दो ग्रामीण उसीके बारे में बुदबुदाते हुए निकल रहे थे। वह और अधिक परेशान हुई। ये लोग हर सुबह इसी तरह यहां से निकलते हैं, पर और दिनों सिर्फ घूरते जाते थे, इस तरह बोलते तो नहीं थे ? ज़रूर कुछ...

"ठाकुर मर जाएगा बाई, बच नहीं सकता !" पानी भरती हुई औरतों में से एकाएक ही कोई बोल उठी यह बहुत थोड़ी देर की खामोशी भी नहीं पचा सकी थी। पुतली ने देखा कि वे बातें आपस में कर रही थीं, पर उनकी नज़रें पुतली पर टिकी हुई थीं।

"कहते हैं कि गोली सीधी पेट पर पड़ी है ! सुलतान को छोड़कर सारा गिरोह भाग गया। रात थी, इसलिए पुलिस लाश नहीं ला सकी !"

"सुलतान ठाकुर को गोली लगी है क्या ?" पुतली एकाएक ही कैसे बोल गई, यह खुद उसे भी मालूम नहीं हुआ।

उन औरतों ने बातें बन्द कर दी थीं और अब सिर्फ पुतली को घूर रही थीं। पुतली को अपनी भूल का अहसास हुआ। उसे नहीं बोलना चाहिए था। इस तरह बोलकर शायद उसने स्वीकार कर लिया है कि सुलतानसिंह से उसका कोई सम्बन्ध है। फिर वह देर तक कुछ नहीं बोली। कुएं की जगत पर उदास बैठी वह चुपचाप उन औरतों की बातें सुनती रही जो एक-दूसरे को बता रही थीं कि किस तरह डाकू सुलतान का गिरोह बीहड़ों में पुलिस ने घेर लिया था, किस तरह गोलीबारी हुई थी और उसमें सुलतान को एक गोली लग गई थी।

पुतली का दिल डूब गया। न जाने कैसे वह करौलीवाली माता के नाम एक मनौती कर बैठी— 'हे मइया, सुलतान का कुछ बुरा न हो।' और फिर उसे लगा कि यह भी उसने भूल की है। सुलतान से उसका रिश्ता ही क्या है, सिवाय इसके कि सुलतान ने एक बार पुतली को नाच में देखा था और खुश होकर खेल खत्म होते ही उसे पांच सौ रुपये दे गया था ?

"मर गया होगा, तो मरने दो, बाई ! ऐसे आदमी के लिए कौन रोता है ?" एक औरत ने टिप्पणी की और पानी भरकर चली गई। पुतली का मन हुआ था, उठकर उसका मुंह नोंच ले ! इस हरामज़ादी का क्या बिगाड़ा था उसने ? पुतली जैसे-तैसे स्वयं को संयत रख पाई। वे सुलतानसिंह को लेकर जो कुछ कह रही थीं, इस तरह कह रही थीं, जैसे पुतली को सुना रही हों। अभी कुछ बोल जाएगी पुतली तो लोग कहेंगे कि जो कुछ सुनते थे, सब सच है। देखा, पुतली को कैसे चिनमिना लग गया ?

औरतें देर तक इसी तरह की बातें करती रहीं और पतली चुपचाप सुनती रही और जब वे पानी भरकर चली गईं तो पुतली ने भी पानी भरा और घर की ओर लौटने लगी।

कहीं सुलतान को 'कुछ' हो न गया हो ? हो जाए ! पुतली की बला से ! पुतली का होता कौन है, जो वह उसके बारे में इतनी चिन्तित हो ? ... इन सारे तर्कों के बावजूद वह इस खयाल से खुद को सहमत नहीं कर सकी कि सुलतानसिंह को 'कुछ' हो जाए—इससे उसका कुछ बनेगा-बिगड़ेगा नहीं। उलटे यह खयाल प्रार्थना के रूप में मन में भारी होता चला गया कि सुलतान को 'कुछ' नहीं होना चाहिए। क्यों होना चाहिए ? वह औरों की तरह कैसे सोच सकती है ? सुलतान ने उसे रुपये दिए थे, क्या बुरा किया था उसने ? ... पर इन्हीं रुपयों के कारण तो पुलिस आए दिन पुतली और उसकी बुढ़िया मां असगरी को तंग करने लगी है। दूर-दूर गांवों में पुतली की बदनामी फैल गई है कि पुतली और सुलतान का सम्बन्ध है। पुतली रखैल है उसकी। और इस विचार के कौंधते ही पुतली को लगा, सुलतान को कुछ हो जाए तो अच्छा रहे। यह दूर-दराज़ गांवों में फैली बदनामी, पुलिस से आए दिन का सामना, रोज़-रोज़ की परेशानी...एक ही बार में सबसे छुट्टी मिल जाएगी।

नहीं, नहीं ! इस तरह नहीं सोचना चाहिए। पुतली ने बेलगाम विचारों को थामने की कोशिश की। इसमें सुलतानसिंह का तो कोई कुसूर नहीं कि पुतली के नाम के साथ उसका नाम जुड़ गया है। पुलिस पुतली को तंग करने लगी है। वह तो एक बार मिला था। खेल देखा था उसने और खुश होकर पांच सौ रुपये दे दिए थे, बस ! उस दिन सुलतान चाहता, तो सब कुछ कर सकता था। पर रुपये देने के बाद पीछे मुड़कर भी नहीं देखा उसने। पुतली और असगरी बाई ने अपनी ओर से हज़ार कोशिशें की थीं—नाच-नाटक में सुलतान के गिरोह की उपस्थिति की बात दबी रहे, पर बात थी कि सोलह गांवों के आसमान पर, पर लगाकर उड़ने लगी थी—'सुलतानसिंह ने पुतली को रुपये दिए।...पूरे पांच सौ।' और इसके साथ ही कुछ वे बातें भी फैलीं जो हुई ही नहीं थीं—'सुलतानसिंह ने पुतली से 'टांका' लगा लिया है।...जहां-जहां पुतली की नाचपार्टी पहुंचती है, वहां-वहां सुलतान जाता है।...बिलकुल पुतली की मुट्ठी में है सुलतान ठाकुर। जब चाहे, तब मरवा दे।' पुतली तक एक-एक कर ये सारी खबरें आती रही थीं। पहले औरतों के उलाहने मिले, फिर टिप्पणियां और एक दिन पुतली बरदाश्त न कर उबल पड़ी थी—'हां, हां ! सुलतान मेरे यहां आता है ! वह मेरा यार है ! बोलो, तुम लोग क्या करोगे ? तुम्हें कोई उजर-एतराज हो तो मैं तुममें से हरेक को ठाकुर से मिलवा दूंगी ! खुद ही पूछ देखना।'

कहने-सुननेवाले चुप हो गए थे। पुतली कहीं सचमुच ही सुलतानसिंह से न मिलवा दे। और सुलतान मिल गया तो वे क्या पूछ पाएंगे, उलटे सुलतान ही उनसे सब कुछ पूछ लेगा।

पुतली एक आतंक बनकर सारे गांव-समाज पर छा गई थी। टिप्पणियां होती थीं, पर दबी-मुंदी। गांव से निकलती तो लोग भयातुर उसे देखते। कुछ पूछती तो सामनेवाला हर आदमी विनम्रता से तुरंत उत्तर देता। डाकू की रखैल है ! न जाने किस दिन किसके बारे में उससे क्या कह दे और मौत बगल में आकर धीरे से सलाम कर जाए !

उस दिन गरज-तरजकर पुतली के मन को शांति मिली थी। वह जानती थी कि लोग अब भी उसके बारे में सैकड़ों टिप्पणियां करते हैं, पर यह सोचकर उसे तसल्ली होती कि अब वे उसके सामने नहीं होती थीं।

पर जल्दी ही पुतली को अपनी भूल का अहसास हो गया। झल्लाकर जल्दबाज़ी में वह अपने और सुलतान के बीच सम्बन्ध की घोषणा कर टिप्पणियों-आलोचनाओं से तो बच गई थी, किन्तु व्यावसायिक रूप से काफी घाटे में आ गई थी। शादियों और उत्सवों पर लोगों ने उसे बुलाना बन्द कर दिया था। वे डरते थे कि कहीं पुतली के नाच के साथ-साथ सुलतानसिंह भी न चला आए।

उस दिन तो पुतली बहुत परेशान हो गई, जिस दिन आधी रात के करीब पुलिस के एक दस्ते ने उसका घर घेर लिया और लगे लाउडस्पीकर पर चिल्लाने—'सुलतानसिंह, बाहर आ जाओ ! ...बाहर आ जाओ! ...तुम्हें चारों तरफ से पुलिस घेरे हुए है ! ...गोली चलाने की कोशिश मत करना ! ...'

पुतली और असगरी बाई घबराई हुई बाहर आ गई थीं।

"खबरदार !"

दोनों कांप गईं।

चांदनी रात थी और उन दोनों ने देखा कि दायें-बायें दूर तक पुलिस के जवान फैले हुए थे। बड़ी कठिनाई से असगरी बोल सकी थी, "क्या बात है, हजूर ?"

"इधर आओ !" एक ओर से भारी स्वर उठा। वे दोनों डरती-सिहरती उसी ओर चली गईं। दरोगा और कई छोटे-बड़े अफसर सामने थे। एक ने पूछा, "सुलतान कहां है ? ...भीतर ?" वह सवाल पुतली से कर रहा था और देख रहा था पुतली के घर के खुले दरवाज़े की तरफ।

वे कुछ न समझ सकीं। हड़बड़ी में पुतली ने पूछा, "क्या बात है, दरोगाजी ?"

"आज नहीं बच सकता।" दरोगा ने उत्तर न देकर लाउडस्पीकर गरम किया था, "सुलतान, बाहर आ जाओ! ...बाहर आओ! अगर पांच मिनट में बाहर न आए तो..."

कुछ क्षणों के लिए भयावनी खामोशी फैल गई। पुलिस के जवान असगरी के घर की ओर निशाना लिए हुए थे कि सुलतान निकले और...

पर सुलतानसिंह नहीं निकला।

इसके बावजूद पुलिस को विश्वास था—वह भीतर है। दरोगा और एक हवलदार ने सामने खड़ी पुतली और असगरी बाई को धक्के मारकर अपने आगे कर लिया और उनकी ओट में बन्दूकें ताने पीछे हो लिए। वे दोनों हक्की-बक्की-सी चलती गई थीं। समझ नहीं पा रही थीं कि यह सब क्या हो रहा है? वे उसी तरह पुतली और असगरी को ठेलते हुए घर में घुस गए थे। पीछे से सर्चलाइट की तेज़ रोशनी कमरे में आ गिरी थी। पौर...बरामदा...रसोई...आंगन...सबमें रोशनी और पुलिस। उन्होंने घर का सारा सामान तितर-बितर कर डाला था...कनारियां... नांदे...चारपाइयां...

"निकल गया स्साला ! कब तक बचेगा ?" झल्लाते हुए वे लोग बाहर आ गए थे। दरोगा ने जाते-जाते कहा था—"इस बार तेरा यार बच गया है, पर कब तक बचेगा ?" कहते हैं, किसीने पुलिस तक गलत खबर पहुंचा दी थी कि सुलतान पुतली के घर में है और पुलिस ने घेरा डाला था।

तब से कई बार पुलिसवाले उसकी देहरी चढ़ चुके हैं। रिजर्व पुलिस की जो भी टुकड़ी गांव से निकलती है, पुतली के द्वार खटखटा जाती है। पुतली सामने हो तो भर-गांव बेइज़्ज़ती करते हैं। गंदे तानों का एक समुद्र उसके चारों तरफ फैल जाता है। एक बार तो थानेदार ने पुतली की कलाई ही पकड़ ली थी और पुतली बमुश्किल छुड़ा पाई थी।

थानेदार शराब पिए हुए था। पुतली को घृणा हुई थी उससे। उसीसे क्या सारे खाकी वरदीवालों से। जब-जब पुलिसवालों को देखती है, मन होता है कि गोली मार दे! डाकुओं में इसके सिवाय क्या बुराई है कि वे गांव-समाज के बीच में नहीं रहते। अगर वे भी पुलिसवालों की तरह ही सबके बीच में रहने लगें तो औसत में अधिक अच्छाइयां उन्हीं के पास मिलेंगी।

पुतली के मन में एक आग पैदा हो गई है। कुछ वसी ही आग जैसी गांव की ऊंची जातों को लेकर उसके मन में भरी हुई है। छुटपन से ही एक कटाव में जीती रही है वह। छोटी और बड़ी जाति के बीच का कटाव। घर में बन्द रहनेवाली और बाहर घूमनेवाली औरतों के बीच का कटाव, वह कटाव जिसे बड़ी जातियोंवाले, ब्राह्मण या ठाकुर नाचनेवालियों के बिस्तरों पर सोकर भी नहीं अनुभव करते जबकि पुतली और उसकी मां बिस्तरे बदलें न बदलें तो भी अनुभव होता है।

पुतली के मन में इस कटाव के लिए एक आग है !

पुतली के मन में पुलिस के लिए भी एक आग है !

कभी मौका आया तो दोनों आगें बुझा लेगी।

पुतली का बदन तप रहा है। जब-जब यह सब देखती-सुनती है, बदन इसी तरह तपने लगता है।

सुबह के वक्त कुएं का पानी कितना ठंडा होता है !

पर एक के ऊपर एक मटका सिर पर रखे हुए पुतली का बदन तपने लगा। अभी-अभी गांव के संकरे, धुल-भरे रास्ते से गुज़रते में कितनी आंखों ने उसे घूरा है ? पहले भी वे सब घूरते थे, पर बहुत सहमे-सहमे। उन्हें लगता था कि पुतली के चेहरे के करीब ही बन्दूक की नली थामे कोई सशक्त हाथ मौजूद रहता है। एक भय-भरी सुर-सुरी उनके शरीर में व्याप्त हो जाती थी। आंखों में हमेशा डर झांकता रहता था...

मगर आज वह बात नहीं थी। पुतली उन आंखों के अर्थ समझने लगी। वे आंखें जो उसे जाते समय घूर रही थीं और वे जो अब घूर रही हैं...सबमें एक उपेक्षा... दुत्कार।...

एक चुनौती, क्या करेगी तू ? ...

सुलतानसिंह लग गया ठिकाने !

पुतली का जी भर आया। लगा, जैसे कुछ गुम हो गया है। एक मनौती और...'हे मइया, सुलतान का कुछ बुरा न हो !' उसने पंजों तक थकान महसूस की।

अब पुतली कभी किसी तरह का कल्पित आतंक न फैला सकेगी। और अगर यह आतंक न फैला तो शायद कटाव और उपेक्षा का यह सामाजिक ज़हर फिर से उसकी आंतें काटने लगेगा...बिलकुल उसी तरह जिस तरह पहले काटता था।

सुलतान और अपने बीच सम्बन्धों की घोषणा वह झल्लाहट में कर बैठी थी और इसके साथ ही ढेर-सी परेशानियां उसके इर्द-गिर्द फैल गई थीं, फिर भी कुल मिलाकर उसे लगता था कि यह सौदा घाटे को नहीं रहा है।

कितना डरावना और मीठा वहम पाल लिया था पुतली ने।

पुतली, नाचनेवाली, छोटी जाति की औरत, एक कुलीन ठाकुर की अंकशायिनी है। एक ऐसे आदमी से सम्बन्ध है उसका, जिसके नामभर से गांव-ज़िले के बड़े-बड़े अफसरों, कुलीन घरों, और ऊंची जातिवालों के चेहरे लटक जाते हैं। कभी-कभी पुतली को लगता था कि उसने यह वहम नहीं पाला है, एक उपलब्धि की है।

पुतली के सिर पर रखे मटके कांपने लगे। धूलवाले रास्ते पर भी न जाने कैसे वह एक पत्थर से टकराकर गिरते-गिरते बची थी। उसने देखा कि उस सपाट रास्ते पर वही अकेला पत्थर था।

और अब वह कुछ खो बैठी है...शायद वह वहम, चेहरे के पास उभरा बन्दूक थामे सशक्त हाथ, कटाव पर पड़ा एक परदा...

देहरी पर पांव रखते वक्त उसने फिर से मनौती की—'हे मइया, यह वहम जिन्दा रहे।' वह यह बदनामी नहीं खोना चाहती। इधर कुछ दिनों से तो उसे ऐसा लगने लगा है जैसे वह बदनाम नहीं है, दोषी भी है। सचमुच ही सुलतानसिंह से उसका सम्बन्ध है। उसे लगा जैसे आंखों की कोरों पर कुछ भारीपन आ गया है, शायद आंसू...

सुलतान तो कुछ भी नहीं था उसका !

उसने सावधानी से मटके उतारकर आंगन के कोने में रख दिए। गहरी थकान अनुभव करती हुई वह रसोई के दरवाजे पर जा बैठी। असगरी बाई घर में नहीं थी। आसपड़ोस में गई होगी। आज तो सारे दिन सिर्फ वही बात लोगों के मुंह पर रहेगी।

देर तक पुतली वैसी ही बैठी रही। इस बीच उसने कई बार बोझ से लदी हुई आंखों की कोरे खाली कीं।

थोड़ी देर बाद असगरी आई। उसकी चाल में फुर्ती और उत्साह था।

असगरी ने उसके करीब आकर पूछा, "कुछ सुना तूने ?"

"क्या ?"

"वह सुलतानसिंह..."

"हां, मुझे मालूम है..."

"वही तो।" असगरी बाई ने आश्वस्त होकर एक गहरी सांस खींची "अपना तो

बड़ा कलेस उतर गया, पुतली ! मुए के नाम-भर ने हमारी आबरू-इज्जत, काम-धाम, घर-बार, सब कुछ चौपट कर डाला था !"

पुतली चुप रही।

असगरी बाई कह रही थी, "सुनते हैं, दरोगाजी सवेरे से ही बीहड़ों में चले गए हैं। मुकाबले में ठाकुर गोली खाकर भाग गया था। बहुत हुआ तो कोस दो कोस जा पाया होगा। रात की वजह से लाश नहीं मिल पाई थी, अब मिल जाएगी।"

पुतली ने फिर महसूस किया कि पलकों की कोरें भारी हो गई हैं।

मगर असगरी के सामने तो इन्हें खाली किया नहीं जा सकता !

पुतली उठी और रसोईघर में चली गई।

दो

"ठाकुर, तुम इधर-उधर मत हिलो।" हजारीसिंह ने सलाह दी, "घाव काफी गहरा है। ज़्यादा हिले-जुले तो लहू फिर से बहने लगेगा।"

सुलतानसिंह ने उत्तर नहीं दिया। पांव के टखने तक हाथ ले जाकर उसने घाव पर बंधी पट्टी हौले से सहला ली। दर्द से उसके दांत भिंच गए। बदन कड़ा हो गया और जैसे-तैसे वह मुंह तक आ गई टीस थाम सका, "ज़रा-सा पानी पिला दे!" बड़ी कठिनाई से वह कह पाया।

हजारीसिंह ने उसे पानी दिया। सुलतान ने पानी पीकर एक करवट ले लेनी चाही तो हजारी ने फिर टोका उसे, "न न, क्या करते हो ठाकुर, घाव बहुत गहरा है।"

सुलतानसिंह चुप रहा। उसने करवट भी नहीं ली। कुछ देर दोनों ओर से चुप्पी रही।

एकाएक बीहड़ के किसी ऊपरी टीले में कोई छोटी-सी झाड़ी खड़खड़ा उठी तो दोनों चौकन्ने हो गए। सुलतान ने घायल होने के बावजूद बगल में रखी रायफल उठाकर अंगुलियां 'ट्रिगर' पर टिका लीं। पर दोनों की शंका व्यर्थ सिद्ध हुई। झाड़ी से दो कबूतर फड़फड़ाते हुए निकले और उड़ते चले गए।

धुंधलका घिरने लगा था। बीहड़ों के धूल-भरे रास्ते एक-एक कर गायब होते जा रहे थे। झांई के एक-दो बोल उठे और फिर एक सिलसिले में गूंजने लगे। सन्नाटा

जैसे-जैसे बढ़ता जा रहा था, वैसे-वैसे सुलतानसिंह के पैर में गहरे तक हो गया घाव कसकने लगा था। एक बार तो उसमें इतने ज़ोर से कौंध उठी कि सुलतान के मुंह से हल्की-सी चीख ही निकल गई।

"शि...शि...क्या करते हो ठाकुर !" घबराकर हजारी बोला, पास में ही गांव है। ज़रा मन पर काबू करो।"

"क्या काबू करूं, हजारी !" सुलतान बरदाश्त नहीं कर पा रहा था, "बड़ी कसक हो रही है ! ज़रा दो घूंट पानी और पिला।"

हजारी ने पास ही रखे कैनवस के थैले से गिलास निकाला और केतली उंड़ेल दी, पर गिलास आधा ही भर सका।

"लो !"

सुलतान ने आधे गिलास में एक घूंट पिया। हजारी निरुद्देश्य ऊपर, आसमान की ओर देख रहा था। धुंधलका पहले से अधिक हो गया था और आसपास सीना ताने खड़े बीहड़ी टीलों के सिर एक-एक कर अंधेरे में डूबने लगे थे। सुलतान का घाव फिर कौंधा।

"हजारी !"

"हूं !"

"मुझे उठाकर बिठा दे।"

"ओफ्फोह !" हजारी झुंझला उठा, "तुम तो बिलकुल औरतों की तरह करते हो। मैंने कहा नहीं कि घाव से लहू बहने लगेगा। कामचलाऊ पट्टी बंधी है।"

सुलतान चुप हो गया। हजारी की झुंझलाहट उसे अच्छी लगी। बिलकुल अपनों-सा मानता है उसे, वरना गिरोह के सरदार से कोई आंख तो मिला जाए !

अंधेरा नीचे तक उतर आया था। झांई के बोल तीखे होकर उनके कानों में गड़ने लगे थे।

"हजारी !" सुलतान पर नहीं रहा गया।

"क्या है ?"

"पानी और पिला।"

"अब नहीं है पानी। केतली खाली हो गई है। थोड़ा-सा धीरज रखो, अंधेरा होते ही मैं गांव में जाकर पानी भर लाऊंगा। हो सका तो कुछ खाने-पीने की बात भी बना लूंगा।"

सुलतान ने कुछ नहीं कहा। सूखे तालू को थूक से तर कर, प्यास पी गया। दर्द बढ़ता जा रहा था और उसके साथ ही सुलतानसिंह की बेचैनी बढ़ रही थी। मन

होता था, हर कसक के साथ ज़ोर से चीख पड़े, पर यह हो नहीं सकता। हजारीसिंह ने अभी-अभी आगाह कर दिया था। 'गांव पास है...' और गांव ही क्या, पुलिस भी कहीं आसपास ही होगी। घेरे में फंसकर जब वह घायल हो गया था तब हजारी उसे कंधे पर बिठालकर भागा था। ज़्यादा से ज़्यादा कितना भाग पाया होगा ? यही कोई चार-पांच मील। पुलिसवाले बीहड़ों में खोज-बीन कर रहे होंगे। उन्हें मालूम है कि सुलतान घायल हो गया है। सुलतान को अपनी भूल पर दुःख हुआ और खीझ आई। बिलकुल औरतों जैसी हरकत की थी उसने। गोली लगते ही चीख पड़ा था। हिश्श...

अंधेरा गहरा हो गया। इतना कि हजारी और सुलतान एक-दूसरे के लिए परछाइयां बन गए।

सुलतानसिंह ने रायफल पर हाथ रख लिया। दर्द के बावजूद वह रायफल नहीं भूल सका था। हजारी दोनों हाथ धरती पर तेज़ी से घुमाता हुआ कुछ ढूंढ़ रहा था। केतली, गिलास, सुलतान का शरीर और फिर उसका सीना। सीने पर लटकी कारतूसपेटी पर हाथ फिराते-फिराते उसका हाथ सुलतान की बन्दूक पर जा पड़ा। सुलतान ने कुछ कठोर स्वर में सवाल किया, "क्या बात है हजारी ?"

"कुछ नहीं ठाकुर, मेरी रायफल..."

"पर यह तो मेरी रायफल है।" सुलतान गुर्राया।

हजारी ने फुर्ती से हाथ हटा लिया।

"मगर मेरी रायफल न जाने किधर गई ठाकुर...?" वह घबराता हुआ अब भी ज़मीन पर हथेली घुमा रहा था।

"यहीं कहीं होगी। टार्च जलाकर देख ले।"

"टार्च नहीं जलाई जा सकती।" हजारी बुदबुदाया, "तुम नहीं जानते, हम लोग कितने खतरे में हैं। मुश्किल से चार-पांच मील दौड़ पाया होऊंगा मैं। तुम्हारा छः फुटा शरीर है भी तो कितना भारी ! अभी तो बीहड़ों में पुलिस घूम रही होगी। वे जानते हैं कि तुम घायल हो गए हो।"

"फिर यहां क्यों ठहरा हुआ है ? निकल चल, निकल चल यहां से।" खतरे की बात सुनकर सुलतान का दर्द हवा हो गया, "मुझे उठा न सके तो एक कंधे का सहारा-भर दे दे, मैं तो चल लूंगा। इन हरामी पुलिसवालों का कोई भरोसा नहीं है। छिपकर वार करते हैं। चल, जल्दी कर। निकल चल यहां से !"

"ज़रा धीरे बोलो, धीरज रखो।" हजारी ने कहा। उसकी रायफल मिल गई थी।

जब 'ट्रिगर' पर अंगुलियां बैठ गईं तो हजारी की जान में जान आई। लगा कि अब हजारी, हजारीसिंह है। डाकू का दिल सीने में नहीं, बन्दूक में धड़कता है। बन्दूक गई, डाकू मर गया। हजारी ने बन्दूक पाकर जैसे जिन्दगी पा ली। कुछ सामान्य होकर बोला, "थोड़ी और रात ढल जाने दो। गांव से खाने-पीने के कुछ सामान का बन्दोबस्त कर लाऊं, फिर आगे बढ़ेंगे।"

"तू मेरे बोझ की चिंता मत कर।" सुलतान को लग रहा था, शायद हजारी उसे लादने से कतरा रहा है, सो बोला, "मैं तो चल लूंगा। बस, तू तो मुझे ज़रा-सा सहारा दे देना। फिर देखना, ठाकुर क्या दून की लेता है। तू समझता क्या है मुझे ? यह तो सिर्फ एक गोली लगी है..." सुलतान ने बड़ी कठिनाई से दर्द पर काबू किया, "ऐसी दस गोलियां भी बदन में बैठ जाएं न, तो भी मेरा मन छोटा न हो। एक हाथ से चढ़ी चंबल तैर जाऊंगा हजारी। ठकुरानी का दूध पिया है, शहर के लड़कों की तरह डिब्बेवाला नहीं, क्या समझा ?"

"शिश...शि...ठाकुर धीरे बोलो !" हजारी ने कहा, "मुझे तुम्हारी बहादुरी और दिलेरी पर कोई शक नहीं है, पर वक्त भी देखना पड़ता है। तीन दिन हो गए हैं, खाने को कुछ भी नहीं मिला। भूख मारनेवाली गोलियां आखिर कब तक काम देंगी ? और ऐसे में तुम्हारा यह घाव...ढेर-सा लहू बह चुका होगा अब तक। ज़्यादा कमज़ोरी आ गई तो कुछ भी करते नहीं बनेगा। जब बदन ही काम न देगा तो कोरी हिम्मत से क्या होता है ?"

सुलतान चुप हो गया। हजारी ठीक ही कहता है। ज़रूर सेर-आधा सेर लहू बह गया होगा। गोली टखने से ज़रा ऊपर जाकर मांस चीर गई थी। वह तो खैर हुई कि उसने पांव की हड्डी को नहीं छुआ।

थोड़ी देर चुप्पी रही और सुलतानसिंह को दोबारा इलहाम हुआ कि यह जगह छोड़ देनी चाहिए।

"हजारी !"

"हां।"

"मेरी बात मान ले। पहले खतरे से बाहर हो जाएं, तब भोजन-पानी के बारे में सोचेंगे। तू नहीं जानता, हम लोग कितनी विपदा में हैं। सरकार ने पिछले महीने से "पुलिस गारद' बढ़ा दी है। अगर फिर घेरा पड़ गया तो मुश्किल हो जाएगी।"

हजारी बोला नहीं, पर उसे लग रहा था कि सुलतान डरपोक होता जा रहा है।

"पेट की आग तो कहीं भी बुझ जाएगी यार, पर पुलिस की गोलियां बदन में ऐसे बिंध जाएंगी कि बीने नहीं बिनेंगी। जितनी जल्दी हो सके, यह जगह छोड़ देनी चाहिए।"

हजारी चुप था। उसे सुलतान की सलाह नहीं रुची। भूख बहुत ज़ोर से लगी थी।

"अच्छा, यह तो बता, हम लोग हैं किस जगह ?" सुलतान बोले जा रहा था।

"बगल में मुढैरी गांव है। इसके पीछे से ही राजस्थान की तरफ को रास्ता है।" हजारी ने बताया।

"बस ठीक है। राजस्थान में घुस चल। फिर उधर ही कहीं भोजन-पानी करेंगे और घाव पर पट्टी भी चढ़वाएंगे।"...घाव ? सुलतान की जांघ फिर कसक उठी। उसने हौले से पट्टी सहलाई। हंय ! यह क्या ? ...उसने जल्दी-जल्दी हाथ फिराना प्रारम्भ कर दिया। कुछ चिपचिपाहट हुई। पट्टी के नीचेवाली मिट्टी पर भी उसने हाथ फिराया। वह गीली थी और चिपचिपा रही थी। "हजारी! ..." उसने घबराकर कहा, "मुझे लगता है, खून बह रहा है।"

"क्या ?" हजारी ने अंधेरे में आंखें फैला लीं, पर व्यर्थ। उसने रायफल बायें हाथ में पकड़ी और दायें से सुलतान का बदन टटोलने लगा। पट्टियों तक हाथ पहुंचा, "ठीक कह रहे हो ठाकुर...तुम्हारा घाव फिर बह उठा है।"

"अब ?" सुलतान घबराहट-भरे स्वर में बोला।

"मैंने तुमसे कहा था न, हिलो-जुलो मत। पर तुम्हारी तो नस-नस फड़कती है।" हजारीसिंह खीझता हुआ उठ पड़ा। उसने झुककर सुलतानसिंह को टटोला, फिर उसकी बगलों में हाथ डालकर उसे पीछे की ओर घसीटा और एक टीले से टिका दिया। सुलतान इस बीच दर्द से कुनमुनाया भी था पर हजारी ने परवाह नहीं की। उसने धरती पर पड़ा थैला उठाया और एक ओर के कन्धे पर लटका लिया। अंदाज़े से केतली उठाकर सुलतानसिंह की ओर बढ़ाई, "केतली तो कंधे पर लटका ही सकते हो ?"

"क्यों ?" सुलतान समझ नहीं पा रहा था, हजारी क्या कर रहा है ?

"कुछ नहीं, हम चल रहे हैं। तुम्हारा घाव रिस रहा है। अब जल्दी से जल्दी इसे डांगधर को बतलाना चाहिए।"

सुलतान ने कुछ न कहकर केतली कंधे पर लटका ली। हजारी ने अपनी रायफल उठा ली, "मैं टार्च जलाता हूं। देखना, कहीं कुछ छूट तो नहीं गया ?" उसने रोशनी की। कुछ नहीं छूटा था। हजारी रोशनी में कपतान के बहे हुए खून का धब्बा देख रहा था, "कितना खून बहा है ठाकुर ?"

सुलतान ने भी देखा। जांघ पर बंधी पट्टी का कोई भी हिस्सा सफेद नहीं रहा था और उधर मिट्टी का एक बड़ा हिस्सा खून में डूबा था। सुलतान की कमज़ोरी दो गुनी हो गई। फिर एकाएक ही उसे पुलिस का ध्यान आया। रोशनी हो रही है।

"अरे, "बंद कर इसे।" उसने हजारी को झिड़का।

"अभी बन्द करता हूं। पहले तुम मेरे कंधे पर तो बैठ जाओ।" हजारी उसके ठीक सामने उकड़ू आ बैठा।

सुलतानसिंह उसके कंधों पर आ गया।

हजारी उकड़ू स्थिति से उठा तो सुलतान का घाव कसक उठा। उसने होंठ भींच लिए और बायें हाथ की पकड़ रायफल पर कस दी। हजारी चलने लगा था। वहटार्च से रोशनी करता जाता था और दूसरे हाथ में रायफल संभाले हुए था। सामने संकरा बीहड़ी रास्ता किसी पहाड़ी पगडंडी की तरह बिठा हुआ था और आसपास सैकड़ों फुट ऊंचे मिट्टी के टीले खड़े हुए थे।

"ठाकुर !"

"हां।" सुलतान ने कहा।

"पुलिस के कुत्ते बीहड़ संूघते घूम रहे होंगे कि सुलतानसिंह की लाश" वह धीमे से हंसा।

सुलतानसिंह ने कुछ नहीं कहा। मन उसका भी हुआ था, हंसे, पर दर्द ? हजारी ठीक ही कह रहा है। सचमुच पलिसवाले बीहड़ खोज रहे होंगे। समझ रहे होंगे, किसी बीहड़ में ही सुलतान की लाश मिल जाएगी। अगर हजारी न होता तो शायद मिल भी जाती। अनायास ही उसका मन हजारी के प्रति स्नेह में भर आया।

"हजारी !"

"हां।"

"तुझे बोझ लग रहा होगा न ?"

"नहीं नहीं, अभी चला ही कितना हूं। बहुत हुआ तो फलांगभर।" वह झूमता हुआ चल रहा था, पर उसकी चाल तेज़ थी।

"जब तू थक जाए तो मुझसे कह देना। मैं मील दो मील तेरे कंधे का सहारा लेकर चल लूंगा।"

हजारी हंसा, पर सुलतान के प्रति उसे सहानुभूति हो आई। उसने कहा, "तुम चिंता मत करो। मेरे कंधों में बहुत दम है। दस-पन्द्रह मील तो थकनेवाला नहीं हूं।"

सुलतान सोच रहा था, इन बीहड़ों के रास्ते कितने संकरे और वीरान हैं। ऐसी जगह पर भी जो साथ निबाह रहा है, वह सगों से ज़्यादा है। हजारी चाहता तो खुद भाग जाता, पर उसने सुलतान के लिए स्वयं को खतरे में डाल लिया था।

"ठाकुर, ऐसे चुप्पी साधकर चलने से एक मील का रास्ता दस मील लगता है और मिनट जुगों जैसे हो जाते हैं। कुछ बोलते चलो।"

"हां।"

"मुढैरी गांव दायीं तरफ रह गया है। बस, अब ज़रा और आगे निकल जाएं, वैसे ही राजस्थान में पहुंच जाएंगे।"

"ठीक है।"

"यहां से कुछ ही दूर पर धौलपुर हैं।" हजारी ने बतलाया, "मेरे एक रिश्तेदार हैं वहां। उन्हींके यहां चलेंगे। 'डांगधर' का बन्दोबस्त भी हो जाएगा।"

"आदमी तो ठीक है ना?" सुलतान ने पूछा।

"बिलकुल ठीक।'

"और 'डांगधर' ?"

"पहली बार ही काम पड़ेगा।" हजारी ने कहा, "धौलपुर के 'डांगधर' से पहले कभी काम नहीं करवाया है।"

"फिर ?"

"फिर क्या ? काम तो करवाना ही है। भले वह चांदी के ज़ोर पर हो या जूतों के। मैं होशियारी बरतूंगा।"

कुछ देर के लिए फिर चुप्पी।

"हजारी!"

"हूं।"

"गिरोह के बाकी आदमियों का कुछ पता नहीं चला ?"

"सब ठिकाने पर मिल जाएंगे। मगर वे चिंता कर रहे होंगे।"

"उनमें से किसीको पता तो है नहीं कि मुझे गोली लग गई है !"

"पता हैं। मोतीराम, मुकाबले के वक्त अपने बिलकुल पास में था। तुमने ध्यान नहीं दिया होगा।"

"वह किधर भागा ?"

"पास के बीहड़ में।"

"हूं।" सुलतानसिंह का घाव कसका। कुछ देर के लिए दोनों चुप हो गए। फिर सुलतान ने पूछा, "हजारी, तुझे मालूम है, एकाएक ही यह घेरा कैसे पड़ा ?"

"मैं तो खुद भी नहीं समझ पाया हूं, ठाकुर।" हजारी ने कहा, "प्रोग्राम तो एकाएक ही बना था और गिरोह चल दिया था, फिर पुलिस को खबर कैसे मिली ? गांव-ज़िले के किसी आदमी को खबर नहीं थी।"

"यही तो मैं सोच रहा हूं हजारी-ई-ई..." सुलतान ने घाव की रक्त से भीगी हुई पट्टी सहलाई, "पर मुझे विश्वास हैं, बात हम लोगों में से ही गई है।"

हजारी के पैर लड़खड़ा गए। वह जानता है कि सुलतान किसीपर जल्दी में सन्देह नहीं करता और अगर कर ले तो कुत्तों की मौत मार देता है। उसे उस दिन की घटना याद हो आई जब सुलतानसिंह 'लखन का पुरा' गांव में अपने एक रिश्तेदार के यहां गया था...हजारी को लगा उसका दम फूलने लगा है...

लखन का पुरा...

रिश्तेदार पुलिस से मिला हुआ था। उसने सुलतान को दूध में ज़हर देने की कोशिश की थी।

दूध का गिलास रिश्तेदार ने सुलतान के हाथ में थमाया। सुलतान ने हंसकर कहा, "ठाकुर साहब, आज तो हम तुम्हें अपने हाथ से दूध पिलाएंगे।"

रिश्तेदार का चेहरा फक्। एकाएक कोई जवाब नहीं दे सका। सुलतान का संदेह और पुख्ता हो गया। उसने कहा, "तुम्हें मेरी कसम, यह दूध तो तुम ही पियो।"

रिश्तेदार ने बात संभाली, "अच्छा, अच्छा, जैसी तुम्हारी मरज़ी, सुलतान ठाकुर," उसने अपने पास खड़े लड़के को आज्ञा दी, "जा रे, एक गिलास दूध और ले आ।"

लड़का चला गया। रिश्तेदार ने गिलास सुलतानसिंह की ओर बढ़ा दिया, "लो, अब तो पियो। मैंने अपने लिए भी मंगवाया है।"

"आ जाने दो।"

एक गिलास दूध और आ जाने पर सुलतान ने उस गिलास को अपने हाथों में ले लिया। फिर गटागट दूध गले में उंड़ेल गया। पहला गिलास, जो सुलतान के लिए आया था, अव भी रिश्तेदार के हाथों में था।

"अरे, तुमने पिया नहीं अब तक ?" सुलतान ने खाली गिलास एक ओर रख दिया।

रिश्तेदार के हाथ कांपे। सुलतान ने उठकर उसका गिलास अपने हाथ में ले लिया और उसके मुंह से ज़बरदस्ती लगाने लगा। बड़ी हीलो-हुज्जत हुई। छीना-झपटी में जब गिलास सुलतान के हाथ से धरती पर गिर गया और उसका सारा दूध फैल गया तो उसने क्रोध में एक तमाचा रिश्तेदार के गाल पर रख दिया, "ज़हर देना चाहता था स्साले !"

"गलती हुई ठाकुर...!" रिश्तेदार ने उसके पैर पकड़ लिए।

सुलतान ने झटका दे पैर छुड़ा लिया। वह एक कदम पीछे हटा, रायफल सीधी की और गोली दाग दी। रिश्तेदार दो-तीन करवटें लेकर ही ठण्डा हो गया। सुलतान ने चीखते हुए कहा, "लगा दो साले के घर में आग। मुझे ज़हर देना चाहता था ? भगवती का असीस हैं मुझे ! ..." पागलों की तरह दौड़ता हुआ वह रिश्तेदार के घर में घुस गया था और उसने घर का जो मर्द-औरत सामने पड़ा, गोली से उड़ा दिया था।

गिरोह ने आदेशपालन में मकान में आग लगा दी थी।

कितनी बरबादी हुई थी उस दिन ? कुछ ही समय में बारह लाशें बिछ गई थीं और सुलतान का क्रोध फिर भी ठण्डा नहीं हुआ था... उसने रिश्तेदार की लाश को कई लातें मारी थीं...

हजारी को पहली बार लगा, उसके कंधों पर बोझ रखा हुआ है। कुर्ते के भीतरवाली सिल्क की बनियाइन शरीर से चिपकने लगी थी, शायद पसीना आ गया है।

सुलतानसिंह बदला बुरी तरह लेता है। हजारीसिंह ने सोचा और सिहर उठा। अब सुलतानसिंह को गिरोह में से ही किसी आदमी पर सन्देह हो गया है...न जाने किसके ग्रह खराब हैं ?

"हजारी, अभी कितनी दूर है धौलपुर ?" सुलतान ने कहा तो वह चौंक पड़ा।

"क्या, क्या ठाकुर ?"

"मैं पूछ रहा हूं—राजस्थान शुरू हो गया कि नहीं ?"

"हां हां। हम लोग राजस्थान में ही हैं। बस, धौलपुर पहुंचे ही समझो।"

कुछ देर के लिए चुप्पी फैल गई। झांई के स्वर अब भी कानों में गड़ रहे थे और हजारी को मिट्टी की भुरभुरी तह पर पड़ा एक-एक कदम उठाने में तकलीफ होती थी।

वह इस खयाल से भी मन में भारीपन महसूस कर रहा था कि सुलतान को गिरोह में ही किसीपर शक है। बड़ी हिम्मत सहेजकर पूछा उसने, "तुम्हें गिरोह में से ही किसीपर शक-शुबहा है ठाकुर ?"

"और नहीं तो किसपर शक होगी ? यह बात ज़रूर अपने बीच से ही गई है।"

"फिर भी, तुम्हें किसपर शक है ?"

"बताऊंगा !" सुलतान ने भारी आवाज़ में कहा। हजारी चाहकर भी उसे आगे नहीं कुरेद सका।

राह में वही चुप्पी। वीरानी का गवाह अंधेरा। हजारी और सुलतान की बातचीत परस्पर स्नेह-सहयोग से उठी थी और बंदूक के मुंह पर जाकर खत्म हो गई।

संदेह ! हजारी के कंधे भर आए थे। सुलतान का संदेह सिर्फ गोली से मिटता है। गिरोह के ही किसी आदमी को यह गोली झेलनी है। कौन होगा वह ?

"हजारी !"

"हूं।" बड़ी तत्परता से हजारी ने कहा, पर उसकी आवाज़ में ढीलापन था।

"वड़ा धोखा हुआ है अपने साथ !" सुलतान कह रहा था, "इस बार संकरसींग फिर बच गया..." उसने दांत भींच लिए, "जिस स्साले ने पुलिस को खबर दी होगी, मैं उसे ज़िंदा नहीं छोड़ूंगा। बिलकुल नहीं छोड़ूंगा। उस हरामी ने संकरसींग को बचा दिया।..." वह हांफने लगा। 'संकरसींग' शब्द उसने कुछ इस कड़ुवाहट से बोला था जैसे वह किसी व्यक्ति का नाम नहीं था—कड़वा, सीना जला देनेवाला ज़हर था। यह ज़हर सुलतान ने दसियों साल पिया है...अब भी पी रहा है...

पर उस दिन नहीं पी सका था। उस दिन सुलतानसिंह ने कोशिश ज़रूर की थी...

सुलतान ने होंठ काटते हुए आंखें मूंद लीं। दर्द बढ़ता ही जा रहा था...

बारिश के दिन थे।

सुलतानसिंह खलिहान से घर लौटा था। दिन-भर की थकान में डूबा हुआ। घर आकर जल्दी-जल्दी रोटी खाई थी और जुहार ठाकुर की हवेली की तरफ

चला आया था। यहां आल्हा चल रहा था। यों तो रोज़ ही होता था, पर उस दिन की बात अलग थी। पास के गांव से परमानन्द पंडित आए थे। गला भारी और तेज़-तड़प वाली आवाज़। परमानन्द पंडित आसफेर सोलह गांवों में आल्हा सुनाने के लिए मशहूर थे। जुहार ठाकुर की हवेली पर बहुत भीड़ हुई थी उस दिन।

परमानन्द पंडित ने धप-बत्ती देकर आल्हाखंड की पुस्तक सामने रखी थी। भगवती का सुमरन किया था। तैतीस करोड़ देवताओं के नाम माथा झुकाया था।

सब तरफ मौन। परमानन्द महाराज की आवाज़ में ऐसा ही जादू है। सुलतानसिंह भी भीड़ में बैठा था। सभीकी आंखें परमानन्द पंडित की ओर लगी थीं। जे आल्हा सुनाने लगे थे। मज़ा यह कि सामने खुली पुस्तक की ओर वे देखते भी न थे और बोले चले जाते थे। सारी ज़िन्दगी बीत गई है आल्हा सुनाते। सब कुछ कंठस्थ पड़ा है उन्हें। धांदू का ब्याह, मांडौगढ़ की लड़ाई, मधुआ रानी और मलना रानी...सब। परमानन्द पंडित किताब इसलिए सामने रखते हैं कि चलन है।

देवी-देवताओं के मरने के बाद अब वे असल बात पर आ गए हैं। परमानन्द पंडित ने पहली पंक्ति पढ़ी थी कि तभी बादल गरज उठा था। भीड़ में बुदबुदाहटें फैल गईं...“क्या बात है पंडितजी के आल्हाखण्ड की। आसमान तक ‘हूंका’ लगाता है।”

“होने दो महाराज।”

“हां, तो मांड़ौगढ़ की लड़ाई का ‘बिवरन’ सुनो !”

करा झड़ाका फिर धांदू ने, अपनी सांग को लिया उठाय,
ताक के मारी सूरजमल कें, वोह टहनी पर बैठी जाय।
सात पेंच चीरे के कट गए, जौ-भर भीतर गई समाय।
गोल फूट गया, हल्ला हो गया, सब दल तिड़ी-बिड़ी हो जाय।

और

बोला धांदू सूरजमल से, दुसमन तेरा बुरा हो जाय।
ऐसा मारूं सकल जगत में, तोय न कोई बचावन आय !
रीस खेंच लई सूरजमल ने बायें धार लई तरवार।
और...

श्रोताओं की आंखें जलने लगी हैं। धांदू बीर ! छतरी पुत्र सूरजमल के ग्रह-चक्कर खराब हैं। वह बायें हाथ में तलवार ले, चाहे दायें में। मारा ज़रूर जाएगा।

सुलतानसिंह ने देखा, बिलकुल पास में ही शंकरसिंह बैठा हुआ था। ऊंचा-पूरा कद, भर जवानी का तेज ! उसका ध्यान परमानन्द पंडित की ओर लगा था। सुलतान के माथे की नसें खिंचने लगीं। शंकरसिंह उसका दुश्मन है, उसी तरह जिस तरह सूरजमल का दुश्मन धांदू या धांदू का सूरजमल।... 'जरा-सी धरती के झगड़े पर मेरे बाप का कतल करवाया था संकरसींग ! मैं भी तेरी नाठ करके छोड़ूंगा।' सुलतान ने निश्चय कर लिया था।

बीच में आल्हा में कोई लड़ाईवाला हिस्सा आया और शंकरसिंह ने मूंछ ऐंठ ली। सुलतान तड़पकर रह गया। अगर उसकी मां रुकमिन आड़े न आती होती तो न जाने कब का सुलतान, शंकरसिंह से वैर चुका लेता। उसका मन क्रोध और दुःख से भारी हो गया था। दुश्मन सामने बैठकर मूंछ पर हाथ फिराता रहे और वह बेशरमी से देखता रहे, कितनी नामर्दगी की बात है यह !

शंकरसिंह ने भी उसे देखा। उपेक्षा के भाव से मुस्कराया। उसी के पास बैठा था उसका बहनोई रामसिंह। सुलतान ने साफ-साफ सुना, वह उसपर व्यंग्य कर रहा था, "संकर ठाकुर...," रामसिंह ने सुलतान की ओर देखा। फिर बात पूरी की, "धांदू की उमर तो जरा-सी है मगर देखा, सूरजमल से किस तरह जूझ रहा है ?"

"छतरी का लहू है भैया !" शंकरसिंह ने मूंछ पर बल दिया, "चमार का खून हो तो इस तरह थोड़े ही जूझ सकता है ?"

सुलतान को लगा, उसका दम फूलने लगा है। उसे अपनी मां पर क्रोध आया जो उसे हर बार शंकरसिंह की हत्या करने से रोकती रही है। यह दुहाई दे-देकर कि सुलतान उसके बुढ़ापे का सहारा है, कहीं...

परमानन्द महाराज गरज रहे थे:

जा का बैरी जीवित बैठा, ता के जीवन कौं धिक्कार...।

सुलतान ने होंठ चबा लिए। कानों में आल्हा की पंक्ति नहीं पड़ी है, जलता हुआ लोहा पड़ गया है। एक छटपटाहट...

जा का बैरी जीवित बैठा, ता के जीवन कौं धिक्कार...।

सुलतान उठ पड़ा। एक बार उसने घूरकर शंकरसिंह को देखा और फिर अपने घर

की ओर चला गया।

आल्हा अब भी चल रहा था। बीच-बीच में बादल गरज उठते थे। कुछ बूंदा-बांदी भी हुई, पर श्रोता तन्मय रहे। सुलतान की जगह खाली देखकर शंकरसिंह उपेक्षा से मुसकरा दिया था, "भाग गया स्साला !" उसने रामसिंह से बुदबुदाकर कहा था...

"संकरसीं-ई-ईग् !" पीछे की ओर से एक आवाज़।

"कौन चिल्ला रहा है ?" श्रोताओं में से एक-दो ने बौखलाकर कहा। सब मज़ा किरकिरा हो गया। क्रोधित श्रोता पीछे की ओर देखने लगे, पर जब उन्होंने देखा कि सुलतानसिंह बंदूक उठाए हुए खड़ा है तो सकपका गए। शंकरसिंह के बदन से पसीना छूट निकला।

परमानन्द महाराज चुप हुए और उनके साथ ही धांदू और सूरजमल की 'कीरत कथाएं' चुप हो गईं।

"संकर ठाकुर !" सुलतानसिंह ने बंदूक हवा में हिलाते हुए कहा, "जरा भीड़ से बाहर आओ !"

श्रोताओं में फुसफुसाहटें फैल गईं और उनमें से एक-एक दो-दो धीरे-धीरे अपनी जगह से खिसकने लगे। शंकरसिंह का साहस न हुआ, उठ सके। रामसिंह ज़रूर अपनी जगह से उठ खड़ा हुआ, "क्या बात है, सुलतानसींग ? ..."

धां-आ-य्।... सुलतान ने उत्तर दिया। क्षण-मात्र में शोर उठने लगा...भागो ! बचो ! ...

परमानन्द पंडित किसी चमत्कार की तरह चबूतरे से गायब हो गए। बची सिर्फ आल्हाखंड की वह पुस्तक, जो उन्होंने सामने खोल रखी थी।

रामसिंह को चीखने का भी अवसर नहीं मिला था। भगदड़ में शंकरसिह कहीं जा छुपा। सुलतान जब आगे बढ़ा तो उसने देखा, अब वहां केवल रामसिंह की लाश थी। सुलतान एक क्षण उसे घृणा से देखता रहा। फिर वहशियों की तरह शंकरसिंह के नाम गालियां उगलता हुआ दौड़कर उसके घर में जा घुसा। देर तक भीतर से औरतों और बच्चों की चीखें आती रही थीं। थोड़ी देर बाद सुलतानसिंह बाहर आया था। गांव इस तरह खामोश था जैसे अभी-अभी खुदाई में निकला हो।

सुलतान ऊंचे स्वर में चिल्लाया था, "संकरसींग, भगवती की सौगन्ध, मैं तुझे जिन्दा नहीं छोड़ूंगा ! ..."

और फिर वह भाग अया था—बोहड़ों की ओर ! ...जा का बैरी जीवित बैठा, ता के जीवन कौं धिक्कार। परमानन्द महाराज की 'अमरित-बानी' उसके कानों में तब

भी गूंज रही थी...

वह बानी अब भी उसके कानों में गूंज रही है। शंकरसिंह ज़िन्दा है!

पुलिस उसे महीनों दूर, सालों से ढूंढ़ रही है। वह दिन-रात बीहड़ों में भागता रहा था फरार होने के बाद। कुछेक फरार मुलजिमों से उसकी मुलाकात हो गई थी और सुलतान ने गिरोह बना लिया था। कब से वह शंकरसिंह को मारने के लिए पागलों की तरह इन बीहड़ों में भटक रहा है? इसके लिए उसने कई बार पुलिस के बड़े-बड़े दस्तों से जूझ जाने में भी कमज़ोरी नहीं दिखाई, पर शंकरसिंह ने औरतों की तरह पुलिस का आंचल ओढ़ लिया था।... उसने अपनी हवेली में ही पुलिस को ठहरने की जगह दे दी थी...

"मेरी रक्षा करो, सुलतान मुझे ज़रूर मार डालेगा।" दो गार्ड लेकर पुलिस के दरोगाजी उसकी हवेली पर ही रहने लगे हैं।

पर ऐसे कब तक बचा रहेगा वह ?... सुलतान ने दर्द को दांतों में भींचकर दबा लिया—'एक न एक दिन जरूर उसे मार दूंगा।...जरूर।'

बरसों बाद अभी-अभी एक अच्छा मौका सुलतान के हाथ आ गया था जब वह अपनी प्रतिज्ञा निबाह लेता, पर...

खबर मिली थी कि पुलिस गार्ड दबिश पर चला गया है। पुलिस तक समाचार पहुंचाया गया था कि सुलतानसिंह का गिरोह गांव के उत्तर में पड़ा हुआ है...और सुलतान को मौका मिल गया था। रात को ही उसने गिरोह लेकर पश्चिम की ओर से अपने गांव नौझिरी का रुख किया था। जब तक पुलिस दस्ता लौटेगा तब तक तो संकरसींग को दूसरे धाम पहुंचा दूंगा! ...और अगर पुलिस से मुकाबला हो भी गया तब भी कोई पछतावान होगा। बस, एक बार शंकरसिंह के सीने में गोली बिठा दे सुलतान, फिर पुलिस मार भी दे तो सौदा घाटे का नहीं रहेगा उसके लिए। यही तो एक साध है, जिसके लिए जी रहा है सुलतान...मरने को तैयार है सुलतान।

मगर सुलतान की सारी आशाएं धूल हो गईं। पश्चिम दिशा में सतझिरी के पास ही पुलिस ने घेर लिया था उसे...

कैसे? इस तरह एकाएक ही पुलिस कैसे आ गई?

सुलतान के मन की आग मन में ही रह गई है। शंकरसिंह को मार देने का एक

शानदार मौका उसके हाथ आया था, मगर गिरोह के ही किसी आदमी के धोखे के कारण निकल गया...वह होंठों ही होंठों में बुदबुदाया, “मैं उस स्साले को नहीं छोड़ूंगा, जिसने पुलिस को खबर की !...”

“मत छोड़ना ठाकुर !” हजारी ने कहा तो सुलतान की विचारतंद्रा टूट गई।

“धौलपुर सामने ही दीख रहा है।” हजारी कह रहा था, “जरा संभलकर बैठे रहो, थोड़ी दूर की बात और है।”

तीन

सुलतानसिंह पुलिस से मुठभेड़ में बुरी तरह घायल होकर कहीं बीहड़ों में ही अकेला रह गया है...सारा गिरोह उसे वैसी हालत में ही छोड़कर भाग खड़ा हुआ।

सुलतान के गांव नौझिरी और आसपास के कई गांवों में यह खबर सुबह के साथ ही हर सुनने-सुनानेवाले की अपनी मौलिक टिप्पणियों के साथ फैल गई।

सतझिरी और नौझिरी में कुल फासला सात मील का था, पर खबर फैली सात सौ मील की रफ्तार से।

नौझिरी और सतझिरी के पुलिस दस्तों ने घेरा डाला था। सुबह के साथ ही दोनों ओर के दस्ते सुलतान की लाश की तलाश में मीलों तक बीहड़ों में दौड़ते रहे...पर सुलतान ? न जाने किस बीहड़, किस रास्ते में समाकर रह गया है ? खोज में स्पेशल आर्म्ड फोर्स की टुकड़ी ने भी मदद की, पर सुलतान तो दूर रहा, यह भी पता न चल सका कि मुकाबले के बाद घायल होकर वह भागा किस दिशा में होगा।

नौझिरी के दरोगा श्यामराव बड़ी उम्मीद से सवेरे के साथ पूरा गार्ड लेकर निकले थे, पर रात को चेहरा लटकाए हुए वापस कैम्प पर लौट आए।

कैम्प यानी शंकरसिंह की हवेली।

और दिनों शंकरसिंह सो जाया करता था पर आज वह जाग रहा था...दरोगाजी कह गए थे कि सवेरे सुलतान की लाश खींचता हुआ लाऊंगा और सारे गांव के सामने चारपाई पर लटकाकर रख दूंगा।

श्यामराव जब पसीना पोंछता हुआ सामने आ खड़ा हुआ तो शंकरसिंह ने अपना भय से उदास और पीलिया के रोगी जैसा चेहरा एक ओर लटका लिया। कहने की

ज़रूरत नहीं थी। हर बार की तरह सुलतान इस बार भी मौत से छिवा-छिवऊअल खेल गया है।

कुछ देर दोनों खामोश रहे। श्यामराव ने एक गिलास पानी पिया। कमरबेल्ट ढीला किया, फिर कहा, "लाश नहीं मिली, मगर इतना निश्चित है ठाकुर साहब, कि सुलतान किसी बीहड़ में ही पड़ा सड़ रहा होगा।...मुझे एक ज़रूरी काम से आना था इसलिए चला आया, मगर सतझिरी के दरोगाजी अपने दस्ते के साथ लाश खोज रहे हैं, दो-चार घण्टे में ही मिल जाएगी।"

शंकरसिंह चुप बैठा रहा।

श्यामराव की समझ में नहीं आ रहा था, झेंप कैसे मिटाए। सुबह सारे गांव में घोषणा कर गया था— 'सुलतान मारा जा चुका ! ...शंकर ठाकुर का शनिश्चर उतर गया।... ' मगर जब तक लाश न हो, कोई मान नहीं सकता। पहले भी कई बार ऐसी अफवाहें उठी थीं कि सुलतान मारा जा चुका, पर दस-पन्द्रह दिनों में ही कोई ऐसी घटना घटती जो उसके जीवित होने का प्रमाण दे देती।

शंकरसिंह ने एक गिलास पानी पिया। निराशापूर्वक बोला, "तो अभी लाश नहीं मिली दरोगाजी, क्यों ?"

श्यामराव ने उसे समझाना और धीरज बंधाना प्रारम्भ किया, "अब घबराने की ज़रूरत नहीं है शंकर ठाकुर, गिरोह टूट चुका है सुलतान का और वह खुद भी इतना घायल हो चका है कि बच नहीं सकता। किसी बीहड़ में सड़ी-सड़ाई लाश मिलेगी।..." कहने को कह तो गया श्यामराव, पर उसे लग रहा था कि वह झूठ बोल रहा है।

"भगवान करे तुम्हारी बात सही हो जाए, दरोगाजी !" शंकरसिंह ने लगभग डूबती आवाज़ में कहा, "उस हरामी ने तो मेरी जिंदगी दूभर कर दी है। तबाह कर दिया भेरा घर-कुनबा !..." यह कहते हुए उसकी आंखों के इर्दगिर्द फैला कालापन और गहरा हो गया। उसकी उम्र अधिक नहीं थी, पर बालों का रंग खिचड़ी था और शरीर झुरियोंभरा। लगता था एक बहुत बूढा मरीज़ सामने बैठा हुआ है।

श्यामराव ने कहा, "पुलिस पर भरोसा रखो ठाकुर साहब, फर्ज करो..." दरोगा बोलते-बोलते कुछ हकलाया, "इस बार बच भी गया सुलतानसिंह, तो इस तरह कब तक बचता रहेगा ? एक न एक दिन पुलिस ज़रूर उसकी लाश बीहड़ों से तुम्हारे पैरों पर ला गिराएगी।''

शंकरसिंह ने सोचा, काश, ऐसा हो सकता ! उसने कई बार कोशिश की है, इस

तरह के आश्वासनों पर भरोसा कर ले, पर हो नहीं पाता। शायद तब तक नहीं होगा, जब तक शंकरसिंह जिन्दा है। ऐसे हर आश्वासन के साथ ही उसे बारिश के वे दिन याद आ जाते हैं जब सुलतान पागलों की तरह एकाएक ही बन्दूक लेकर घर से निकल आया था...रामसिंह का सीना भेद डाला था उसने और शंकरसिंह को देर तक खोजती रहा था...

तब से अब तक सुलतानसिंह मौत की एक खतरनाक आंधी की तरह, उसके घर, नाते-रिश्तेदारों और परिचितों के सिर पर मंडराता रहा है...। उस दिन शंकरसिंह को नहीं मार सका था वह। उसके बाद भी कई मौके आए थे, जब शंकरसिंह बाल-बाल बच गया था और बदले की आग में जलता हुआ सुलतानसिह, शंकरसिंह के नाते-रिश्तेदारों पर टूट पड़ा था। उसने दूर-दूर के गांवों में जाकर शंकरसिंह के समधी, दामाद, भाई-भतीजे गोली से उड़ा दिए थे। चार वर्ष हो गए हैं। पुलिस के कई दस्ते उसकी खोज-तलाश में बीहड़ों की धूल छान रहे हैं, पर वह है कि हर बार मौत को धोखा देता रहा है...

न जाने कितनी लम्बी उमर है सुलतान की ? शंकरसिंह ने चेहरा लटकाए हुए सोचा। कितनी ही बार उसे पुलिस ने जबर्दस्त घेरों में ले लिया था, ज़हर खिला देने की कोशिशें की गई थीं, पर परिणाम हर बार शंकरसिंह के विरुद्ध आता था।

सुलतानसिंह हर बार बचता रहा और शंकरसिंह को लगता है उसकी अपनी सांसों की गति धीमी पड़ती जा रही है। इन चार सालों में शंकरसिंह हर सांस के साथ किसी तीखे जहर को बूंद-बूंद कर पीता रहा है। शायद ही कोई ऐसी रात कटी हो, जब वह पलकों को कुछ देर लगातार पुतलियों पर ढांके रह सका हो। हर क्षण लगता है...सुलतान सामने खड़ा हुआ है। उसी तरह जैसे परमानन्द महाराज के आल्हा के समय सामने आ खड़ा हुआ था। कानों में एक ...मोटी और चुभती हुई आवाज़ गूंजती है—"संकर ठाकुर, जरा बाहर तो आओ..."

और इसके साथ ही कुछ चेहरे हैं जो यादों में उभरते चले जाते हैं। सब जैसे शंकरसिंह से जवाब तलब कर रहे हैं...बतलाओ, हमने क्या बिगाड़ा था तुम्हारा...?

रामसिंह !

उस दिन आल्हा के समय हंसता-मुस्कराता शंकरसिंह से बातें कर रहा था, पर

एक आवाज़ उठी थी और रामसिंह हमेशा के लिए मौन हो गया। शंकरसिंह अब तक अपनी बहिन से आंख नहीं मिला पाता है। भरी जवानी में उसकी चूड़ियां फूटी हैं। किसके कारण ? शांकरसिह पछतावे से गले तक भर आता है। धरती के ज़रा-से झगड़े पर कुछ किराये के आदमी लगाकर सुलतान के बाप का कत्ल करा दिया था उसने और सुलतान का बूढ़ा बाबा लालसिंह कचहरी के दरवाज़े पर सिर ठोक-ठोककर रह गया था, मगर यह साबित नहीं करवा सका था कि सुलतान के पिता के कत्ल में शंकरसिह का हाथ था।

कुल पैतालीस साल की उमर है और शंकरसिंह नीम की छांव में चारपाई पर पड़ा हुआ सामने के चौथे पेड़ के पारवाली चीज़ नहीं देख सकता ...चार साल पहले का गठा-गठाया बदन झुरियों की पोटली बनकर रह गया है। सांस दमे के मरीज़ की तरह...। एक ठसका और मौत...एक बार सुलतानसिंह से सामना और मौत। उस दिन एक परिचित आए तो चारपाई पर करवट लिए लेटे हुए शंकरसिंह से ही पूछ बैठे थे, "भईया, शंकर ठाकुर कहां गए हैं ?"

तो वह शंकरसिंह नहीं रह गया है ?

कितना अच्छा होता, वह शंकरसिंह न होता ! वह शंकरसिह, जिसका दामाद जालिमसिह था और जिसे मीलों दूर तक के बीहड़ पार करने के बाद सुलतान ने गोली से उड़ा दिया था...दूसरा बहनोई हाकिमसिह, मुरैना जा रहा था—बैल खरीदने। रास्ते में ही मिल गया था—सुलतान। उसकी बंदूक फिर गरजी थी और हाकिमसिंह की लाश तीन दिन बाद गांव लाई गई थी। कितनी सड़ांध आ रही थी उससे ? शंकरिसह की दूसरी बहन ने भी चूड़ियां फोड़ ली थीं।... उसके दोनों नौकर रामरक्खा और बनवारी ? कैसे ज्वान-जवान पट्टे थे ? उनसे सिर्फ यही अपराध हो गया था कि वे शंकरसिंह की नौकरी करते थे। सुलतान ने भर-दोपहर खलिहान में पहुंचकर उन्हें कत्ल कर डाला था।

फसलें सूख चुकी हैं।... खलिहान खाली पड़े हैं...कहते हैं सुलतान के आदमी घूमते रहते हैं—अंधेरे में। नाते-रिश्तेदारों से खाली हो गया है शंकरसिंह। परिचित मुंह फेर चुके हैं...किसकी मां ने दूध पिलाया है जो शंकरसिंह से सहानुभूति जताएगा। सूखी धरती पर अंकुर फुटवाएगा ? सुलतान की गोली ऐसे हर आदमी को खामोश कर देगी। उसी तरह जिस तरह रामरक्खा और बनवारी...

उस दिन भी दरोगा श्यामराव अपने सिपाहियों सहित यहीं मौजूद था, पर

सुलतानसिंह बच निकला था। पुलिस की नाक पर कत्ल करके वह बीहड़ों में गायब हो गया था और श्यामराव खड़ताल बजाते रह गए थे...

शंकरसिंह का मन हुआ, कह दे—'रहने दो दरोगाजी। उस दिन भर-दोपहर सुलतान का गिरोह गांव में घुसकर कत्ल कर गया था। और आप बैठे रह गए ? मुझे भरोसा नहीं होता कि उसे पुलिस मार पाई होगी।'

सब कुछ चाहकर भी शंकरसिंह कुछ नहीं कह सका। जो भी हैं, यही तो हैं जिनके बल-बूते पर शंकरसिंह अब तक सांस ले पा रहा है, नहीं तो न जाने किस दिन, कब का सुलतान उसे...

शंकरसिंह सिहर उठा।

दरोगा कह रहा था, "शंकर ठाकुर, सुलतान' की मां तक खबर पहुंचाई जाए कि वह घायल होकर बीहड़ों में भाग गया है ! "

शंकरसिंह ने कोई उत्तर नहीं दिया तो श्यामराव ने कहा, "रुकमिन पर दया आती है ठाकुर साहब, उसके बुढ़ापे का सहारा किसी दिन बड़ी बुरी मौत मारा जाएगा !"

जब शंकरसिंह ने इस बार भी कोई टिप्पणी नहीं की तो श्यामराव उठकर चला गया।

रुकमिन तक खबर पहुंचाने की ज़रूरत नहीं पड़ी। खबर बरसाती हवा के किसी नम झोंके की तरह कुल गांव के माहौल पर छा गई थी। बूढ़ी रुकमिन पड़ोस के घर में औरतों के बीच बैठी गपशप कर रही थी। जब सुलतानसिंह के घायल होने की खबर मिली तो उसने घृणापूर्वक कहा, "मरने दो। पाप-करम का बुरा नतीजा..." यह कह देने के बावजूद रुकमिन अपनी आंखों की लाचारी पर काबू नहीं रख पाई, जिनमें न जाने कहां से दो सोते फूट पड़े।

सुलतान ठाकुर के गोली लगी है ? कहां लगी है ? कहीं ठौर-बेठौर तो नहीं लग गई ? कितने बखत की बात है ? पुलिस से मुकाबला कहां हुआ ?...एकसाथ कई सवाल।

सन्देश लानेवाली महिला ने भी लगातार जानकारी दी, "दरोगा ही सारे गांव में बतलाता घूम रहा है। गोली कहां लगी है—यह तो पता नहीं, पर कहते हैं ठीक से न निकल पाई तो 'बुरे' का डर है। सतझिरी के पासवाले भरके (बीहड़) में मुकाबला हो गया था। सुलतान अपने गांव की तरफ ही आ रहा था..."

" सुलतान, संकर ठाकुर के लिए ही आ रहा होगा। बैर बरी चीज़ होती है, बाई। 'हिरदे' में आग लग जाए तो फिर मर्द ठाकुर अपनी ज़िन्दगी की परवाह भी नहीं करते।''

न जाने कितनी बातें हुई थीं, पर रुकमिन एक भी नहीं सुन सकी। वह बेचैन हो उठी। कानों में अजब-सा चीत्कार समा गया। लगता था, सुलतानसिंह दर्द से कराह रहा है। एक क्षण के लिए उसने खबर पाते ही महसूस किया जैसे पुलिस ने गोली सुलतान पर छोड़ी थी मगर सीना उसका भेद गई है। रोने का जी हो आया उसका। जब स्वयं को संभाल नहीं सकी तो उठी और घर चली आई। उसे लाज आती थी—कोई देखेगा तो क्या कहेगा ? सुलतान जैसे मर्द ठाकुर की मां रोती है ? रुकमिन अपनी कमज़ोरी किसीके सामने प्रकट नहीं होने देना चाहती। वह घर आ गई थी और किवाड़ बन्द कर न जाने कितनी देर तक रोती रही थी। उसके शरीर का हर हिस्सा सुलतान के गोली लगे हिस्से से कई गुना अधिक कसक उठा था। एक बरदाश्त न हो सकने वाला दर्द ! और इस दर्द में दबी ढेर-सी यादें... उसे बूढ़े श्वसुर लालसिंह का खयाल आया था जो सुलतान के बागी हो जाने के बाद पुलिस की गालियां और फटकार सुन-सुनकर ही मर गया था।

रुकमिन ने दांत भींच लिए। अगर लालसिंह चाहता तो सुलतान को चामल (चम्बल) न बुलाती। वही उसे उकसाता रहा था। यह जानते हुए भी कि रुकमिन और बूढ़े लालसिंह का एकमात्र सहारा सुलतान ही है, उसने बार-बार सुलतानसिंह के मन में वैर की आग भरी थी। उसे शंकरसिंह से बदला लेने की याद दिलाता रहता था वह...

शायद ही कोई ऐसा दिन होता था जब वह सुलतान को पास बिठलाकर उसे शंकर ठाकुर से वैर चुकाने की बात याद न दिलाता हो...

रुकमिन याद करती है और लालसिंह के प्रति क्रोध और घृणा का सम्मिलित भाव उठता है मन में। वह बुदबुदाती है—'दाऊ तू मेरा पूरब जनम का बैरी था। खुद मरा सो मरा, मेरे बुढ़ापे का आसरा भी तोड़ गया।...तूने सुलतान को बीहड़ों में भेज

दिया। कुल की नाठ कर दी तूने।...'

सुलतान बहुत छोटा था। उसका मन दीये की लौ जैसा उजला था और उसमें प्रेम-वैर की कोई कोंपल न उभरी थी। लालसिंह ने सुलतान के मन में वैर का पहला बिरवा रोपा था—'शंकरसिंह अपना वैरी है।'

और सुलतान ने बोल गले में उतार लिए थे—'हां, शंकरसिह अपना वैरी है।'

लालसिंह ने सुलतान को इस तरह सिखलाया है कि हर बार वह शंकरसिह की हवेली की ओर चला जाता है। ऐसा नहीं कि सुलतान उसकी हवेली-देहरी पर पांव धरता हो या पौर में बैठकर लोगों का गंजपा (ताश का खेल) देखता हो। बह जाता है और हवेली के ठीक सामने बने ब्राह्मणों के कुएं की जगत पर बैठा-बैठा धरती से कंकड़ियां बीन-बीनकर सामनेवाले बरगद के बूढ़े झाड़ पर फेंका करता है। बीच-बीच में वह हवेली के आगे-पीछेवाले बीहड़ों में घूम आता है फिर कुएं की जगत पर आ बैठता है। धरती से दो-चार कंकड़ियां उठाता है और फिर बरगद के पेड़ पर फेंकता है...

रुकमिन उसे समझाती ही नहीं, डांटती भी है, "तेरा पांव घर में नहीं रुकता?" बार-बार वह उसे बांह से पकड़कर घर तक खींच लाती है। सुलतानसिंह खिंचता चला आता है। बीच-बीच में वह पलटकर शंकरसिंह की हवेली की ओर घूरता है। पहली मंज़िल से दूसरी मंज़िल तक।

"छोड़ दे रुकमिन, इस तरह कहां तक रोकेगी ? सुलतान नहीं मानेगा। छतरी का खून है बहू, वह नहीं मानेगा।'' सुलतान को खींचती हुई रुकमिन जब भीतर की ओर आ रही होती है, तब बूढ़ा लालसिह खांसता-खंगारता कह रहा होता है।

रुकमिन नहीं सुनती। वह सुलतानसिंह को लगभग घसीटती हुई भीतर तक ले आती है। सुलतान खिंचता चला आता है, "दाऊ !... दाऊ!"

बूढ़े लालसिंह पर पोते की यह अकुलाहट सहन नहीं होती। वह झल्ला उठता है, "तू तो जरा नहीं सुनती, बहू छोड़ दे !"

रुकमिन चुप रहती है। ऐसा नहीं है कि वह श्वसुर से बोल नहीं सकती। जो कुछ कहना चाहेगी, दो अंगलियों में घूंघट अटकाकर, धीमी आवाज़ में कह देगी पर जहां

तक हो सके, बड़े-बूढ़ों का लिहाज़ रहना चाहिए। कोई विशेष बात तो है नहीं, जिसके लिए लालसिंह से बोलना ज़रूरी हो गया हो। वह सुलतानसिंह को अपनी कोठरी में ले आती है। दो-तीन बार झकझोर डालती है उसे, फिर कहती है, "यहां, घर में बैठ। जरा पैर जमाया कर। दूसरों के देहरी-दरवाज़े क्यों ताकता फिरता है ?"

रुकमिन की आवाज़ बाहर तक चली जाती है। लालसिंह पर नहीं रहा जाता, "रुकमिन, क्यों सताती है उसे? ला, मेरे पास ला, मैं समझा दूंगा। आगे से संकरसींग की हवेली की तरफ नहीं जाएगा।"

उंह, समझा दिया तुमने। रुकमिन मन ही मन सुलगती है। तुम्हारे लिखाए-पढ़ाए का ही तो भुगत रही हूं। जरा-से लड़के के मन में ऐसी आग भर दी है कि सारे-सारे दिन शंकरसिंह ठाकुर के बारे में ही सोचता रहता है। न होता हो तो बागी हो जाए। कल को कुछ ऊंच-नीच कर बैठा तो मेरा तो सब जनम जिंदगी का रोना हो जाएगा। एक औलाद है, एक आसरा। वह भी गया तो किसके सहारे जीऊंगी।

एक कोने में बैठा सुलतानसिंह घिघिया रहा है, "अब नहीं जाऊंगा मइयो। सच कहता हूं, अब कभी नहीं जाऊंगा। ऐं ? मुझे दाऊ के पास जाने दे न !"

रुकमिन सुनती है। अनुसुना कर देती है। कांसे की थाली में चार मुट्ठी गेहूं भरती है और बीनने बैठ जाती है।

लालसिंह बरामदे में लेटा खांस रहा है। बीच-बीच में सुलतान को पुकारता है, "सुलता-आ-न...इधर आ रे।"

"आया दाऊ !" सुलतानसिंह कोने में बैठा-बैठा ही कह देता है। फिर रुकमिन की ओर लाचार दृष्टि से देखता है जैसे पूछ रहा हो, "चला जाऊं मइयो ?"।

लालसिंह को दमा है। खांसी ज़ोर पकड़ ले तो दम उखड़ने लगता है। और जब-जब इस तरह की खांसी उसे आती है, सुलतान को लगता है उसका अपना सीना भर आया है। मन होता है, उसके पास पहुंचे और पसलियां रगड़े, पर रुकमिन ? कैसे जा सकता है उसके सामने ? वह रुकमिन के सामने पुनः घिघियाता है जैसे बिलकुल बच्चा है और रोटी के साथ गुड़ का ढेला मांग रहा है, "चला जाऊं मइयो ? दाऊ को खांसी आ रही है। उसे पानी दे आऊं ?"

अब रुकमिन कैसे रोके ? वह स्वीकृति दे देती है और सुलतानसिंह फुर्ती से उठता है जैसे टप्पा खाकर गेंद उछली हो।

"पर सुन, उस मुए संकरसींग की हवेली की तरफ मत जाना।" रुकमिन हिदायत

करती है।

"हां हां।'' बरामदे की ओर भागता हुआ सुलतान उसे आश्वस्त कर जाता है।

रुकमिन गेहूं बीनने लग जाती है। कुछ देर लालसिंह की खांसी के ठसके उछलते-गिरते रहते हैं और फिर धीमे हो जाते हैं।

"दाऊ, तेरे पांव दबा दूं ?" सुलतान का स्वर आता है।

"अरे, तू रहने दे।'' लालसिंह कह रहा है, "तू क्या दबाएगा पांव ? तेरी तो बांहों में गठानें पड़ जाएं तब मेरी साध पूरी हो। पांव नहीं थके हैं बेटा, मेरा दिल जल गया है। कलेजा जल गया है मेरा। तेरे कंधे चौड़े हो जाएं, तब मेरा दिल ठंडा कर देना, बेटे।"

"तेरा दिल कैसे जल गया है दाऊ?'' सुलतान पूछ रहा है।

"बस, जल गया है।" बूढ़ा लालसिंह हांफते हुए समझाता है, "तेरे कंधे चौड़े हो जाएं और बांहों में गठानें पड़ जाएं। बस, फिर तू समझ जाएगा, मेरा दिल कैसे जल गया है ?"

रुकमिन की अंगुलियां थाली में जहां की तहां थमी रह जाती हैं। बस, यही कारण है कि सुलतान को लालसिंह के पास तक जाने देने की इच्छा नहीं होती उसकी।

"किसने जलाया है तेरा दिल ?"

रुकमिन का दिल धड़कने लगता है।

"उस हवेलीवाले सकरसींग ने।' लालसिह न चाहकर भी कह डालता है। उसकी आवाज़ पहले से अधिक भारी हो जाती है।

रुकमिन थाली जांघों पर टिकाए रह जाती है। क्या करे, क्या न करे ? कितनी बार तो वह कह चुकी है—लड़के को ऐसी बातें मत सिखाओ। एक बेटा है, सारी जिन्दगी की रुलाई हो जाएगी। पर यह दाऊ, न जाने क्या हो गया है इसे ? बार-बार वही रट्ट। जब देखो, तब शकर ठाकुर। बदला ! दिल की आग ! वैर की बातें !

"सकर ठाकुर ने अपना बहुत नुकसान किया ना, दाऊ ? तेरा दिल जलाया है उसने ? तूने एक दिन बताया था न कि उसीके कारण अपना बेरियावाला खेत चला गया था ?"

"हां, मेरे बेटे ! हां।" लालसिंह फिर बात बढ़ा देता है, "संकरसींग ने अपना बहुत नुकसान किया है। अपने हार, खेत सभी उसके कारण नाश हुए हैं। पर अभी तू नहीं जानेगा ! बस, तेरे कंधे चौड़े हो जाएं। उनपर 'मारक-थी'[1] टांगने लायक बल आ जाए, फिर मैं तुझे सब बतलाऊंगा। सब ! बरगद का वह पेड़ बतलाऊंगा जहां..."

---

1. थ्री-नाट-थ्री

रुकमिन सन्न रह जाती है। उसके हाथ कांपने लगते हैं और कांसे की थाली में गेहूं के दाने उधर-उधर लुढ़कने लगते हैं।

"संकर ठाकुर अपना बैरी है, बेटा !" बूढ़ा लालसिंह चाहकर भी बीती बातें नहीं बिसरा पाता,"दस बरस बीत गए। अपने बेरियावाले खेत में ही बैर हुआ था उसका तेरे दादा से। उस मावस की रात तेरा दादा खेत पर फेरा लगाने गया था और संकर ठाकुर जूझने लगा था उससे। यही खेती-पाती की बात थी। उस खेत की धरती अच्छी है ना ? संकरसींग उसे किसी न किसी तरह हथिया लेना चाहता था। उसने पटवारी से साठ-गांठ कर ली थी और बात बनाकर जूझ गया था तेरे दादा किसुनसींग से। और फिर तेरे दादा को भी 'किरोध' आ गया। बहुत तू-तू मैं-मैं हुई थी। सकर ठाकुर ने फरसा दिखाया था, फरसा। तू ही सोच सुलतान, तेरे दादा को कैसे बरदास्त होता ? असल गूजरों का खून था उसमें। बदन में गठानें पड़ी थीं और जवानी का बखत, सारे गांव-जिले में उसके जोड़ का पहलवान नहीं था कोई। उसने खूब मार लगाई थी संकरसींग को। फरसा उसके हाथ से छीनकर दूर फेंक दिया था और सारे गांव के कच्चे रास्ते में उसे घसीटता हुआ उसकी हवेली तक ले आया था। सारे गांव ने देखी थी संकरसींग की पिटाई। एक घूंसा खाता था और दो कदम दूर जा गिरता था। नाक से खून बह आया था उसके और धूल-मांटी में सारे कपड़े बिगड़ गए थे। साफा खुल गया था, जूते रास्ते में छूट गए थे और टखने छिल गए थे। पर किसुन को किरोध नहीं थमा था। गांव के लोग बड़ी मुश्किल से रोक पाए थे उसे..." बोलते-बोलते लालसिंह को खांसी का ठसका आया तो सांस लेने वह कुछ रुक गया।

"दादा ने संकरसींग को खूब मारा था न, दाऊ ? संकरसींग अपना बैरी है। बैरी से बैर भंजाना चाहिए ना, दाऊ ?"

"हां।' लालसिंह जवाब देता है, "पर उस वक्त तक संकर ठाकुर अपना बैरी नहीं था। तब तौ अपना पल्ला भारी था। तेरे दादा ने खूब गत बनाई थी उसकी।"

"फिर ?" सुलतान पूछता है।

"फिर ?" बूढ़े लालसिंह की आवाज़ में न जाने कहां से दर्द का एक सोता फूट निकलता है, "फिर की बात मत पूछ, मेरे बेटे ! ..." वह टूटे हुए शब्दों में कहता है, "...फिर संकर ठाकुर अपना बैरी हो गया। उसने तेरे दादा से बैर भंजाया था। उसने मर्द-ठाकुर होकर भी डरपोकों की तरह पुलिस की मदद ली थी। बहुत दिनों तक कोर्ट कचहरी में अपनी बरबादी हुई थी—पैसे से, हाथ-पैरों से। सब तरह बैर भंजाया था

उसने। तू तो बहुत छोटा था सुलतान। तुझे क्या मालूम, कैसी-कैसी तकलीफ भुगती थीं तेरे दादा ने।''

रुकमिन का दिल धड़कने लगा है। मन होता है दौड़ती हुई लालसिंह के पास पहुंचे और चबूतरे पर सिर पटक-पटककर पूछे, 'तू मुझसे किस जनम का बैर भंजा रहा है दाऊ? सुलतान के हिरदे में बैर की आग भरके उसे बागी बानएगा क्या? तेरे एक बेटे ने तो सब जवानी को रोना दिया, अब बुढ़ापा भी कलेस में बीतेगा क्या ?'

"फिर...?" सुलतान सवाल पर सवाल पूछ रहा है और लालसिंह लगातार जवाब देकर उसे भड़काए जा रहा है।

"...फिर ? फिर सब खतम हो गया था। तेरे दादा ने कोर्ट-कचहरी से मामला जीत लिया था और संकर ठाकुर ने वहीं, बेरियावाले झाड़ के नीचे उसे सोते समय कतल करवा डाला था।..." लालसिंह आगे भी बहुत कुछ कहना चाहता है, पर कह नहीं पाता। उसकी आंखें नम हो जाती हैं और चेहरा सिकुड़ी सिल्कन साड़ी की झुर्रियों से भर जाता है।

कत्ल !

कतल माने खूब समझता है सुलतान। किसी आदमी का कतल हो जाता है तो बहुत खून निकलता है और फिर वह आदमी न कभी बोल पाता है, न चल पाता है। वह मर जाता है। गांव-भर में उसीकी बातें होती रहती हैं, मगर वह किसीको देखने नहीं मिलता।

तो, दादा का कतल करवा दिया था संकरसींग ने। सुलतान दांत भींच लेता है... उसे दुख होता है। अगर संकर ठाकुर उसके बाप का कतल न करवाता तो वह जिन्दा होता। सुलतान को प्यार करता, बोलता, उसे अपने साथ शहर मुरैना तक ले जाता, 'सनोमा' दिखाता।...पर सकर ठाकुर, सुलतान का दुख क्रोध में बदल जाता है। बैरी! तूने मेरे दादा का कतल करवा दिया। सुलतान मन में एक निश्चय करता है और फिर लालसिंह के सामने प्रकट कर देता है, "दाऊ, तू फिकर मत कर। मैं दादा के कतल का बैर जरूर भंजाऊंगा। मैं संकर ठाकुर को कतल कर दूंगा।"

"सुलतान !" अब नहीं सहा जाता रुकमिन से। वह चीख उठती है। घबराती हुई बरामदे में आ जाती है, दो अंगुलियों के बीच घूंघट अटकाए। पानी सिर से ऊपर हो तो लाज-मरजाद का क्या करेगी ? वह लालसिंह के पास से सुलतान की बांह पकड़कर उसे खींचती है, "तू, तू बैर भंजाएगा ?...तू कतल करेगा संकर ठाकुर को...?"

"हां।" सुलतान ऊंची आवाज़ में कहता है।

"नहीं ! मेरे बेटे, नहीं !" रुकमिन की आंखें भर आती हैं और गला सूखने लगता है, "तेरे दादा और संकरसींग में बैर था, पर जब तेरा दादा ही नहीं रहा—तब बैर काहे का ? जो बीत गई सो बीत गई। भूल जा उसे !" वह सुलतान को खींचती हुई फिर अपनी कोठरी की ओर ले जाने लगती है।

बूढ़ा लालसिंह चीख रहा है, "रुकमिन ! बहू, इस तरह कब तक डांटेगी उसे ? सुलतान एक न एक दिन जरूर बीहड़ों में जाएगा। जरूर जाएगा।..."

"पर मइयो, संकरसींग अपना बैरी है।..." सुलतान घिसटता हुआ कह रहा है।

"नहीं, वह अपना बैरी नहीं है। अपना कोई बैरी नहीं है !" रुकमिन समझाती जा रही है।

लालसिंह की खांसी के ठसके अब भी बाहर से आ रहे हैं... लगातार...

रुकमिन ज़ोर से रो उठी। 'दाऊ, तू जरूर मेरा पिछले जनम का बैरी था। तूने सुलतान को भेज ही दिया चम्बल पार।...' भावावेश में बह चम्बल के नाम सौ-सौ गालियां देने लगी, 'सत्यानाशिन ! अभागन ! तेरा नास हो ! तेरे सारे कल-कगारे डूब जाएं ! तेरी छाती सूख जाए ! तूने जाने कितनी महतारियों का दूध सुखाया है। तेरी छाती जरूर सूख जाएगी एक न एक दिन...!'

चार

तीन दिनों की लगातार तलाश के बावजूद न तो पुलिस सुलतानसिंह की लाश ही पा सकी और न ही यह पता चला कि वह मुठभेड़ के तुरन्त बाद किस दिशा में चला गया। तलाश के इस काम में स्पेशल आर्म्ड फोर्स की टुकड़ियों के अलावा सतझिरी, नौझिरी और आसपास के कई गांवों की पुलिस-चौकियां जुटी रहीं, पर हमेशा की तरह इस बार भी पुलिस-अभियान निरर्थक ही साबित हुआ। सुलतानसिंह ज़िंदा है। गांवों में फुसफुसाहटें फैल गईं।

नहीं, सुलतानसिंह मर गया। वह बुरी तरह घायल हो चुका था। पुलिस ने प्रचार किया।

कई दिनों से सुलतानसिंह का कोई समाचार नहीं मिला था। उसकी उपस्थिति ज़िन्दगी और मौत की अफवाहों के बीच थी। पुतली रोज़ नई-नई अफवाहें सुनती और हर दिन अजीब-सी मानसिक उत्तेजना के उतार-चढ़ाव में कटता।

इधर कुछ दिनों से औरतों-मर्दों से मिलनेवाली तानाकशी दबी हुई थी। उस दिन जब पहली-पहली बार सुलतान के मरने की खबर उड़ी तब पुतली ने बड़े ताने सहे। ऐसे लोगों ने समझा था कि पुतली के चेहरे के करीब दीखनेबाला बन्दूकवाला हाथ गायब हो गया है। पुतली निस्सहाय है। उससे कुछ कहा-सुना भी जाए तो परिणाम में अब कोई खतरा नहीं झेलना पड़ेगा। किन्तु जैसे ही सुलतान का जीना-मरना संदेह में लिपट गया वैसे ही ताने बन्द हो गए। कहीं सुलतान जिन्दा हुआ तो...

चेहरे के पास दीखनेवाला सशक्त हाथ कभी उभर आता है, कभी गायब हो जाता है।

कभी-कभी पुतली का मन होता है, उपेक्षा से हंसे। उसके साथ जो है नहीं, उसे ये लोग हमेशा अनुभव करते रहे हैं और किसी ऐसी चीज़ के कारण उसका अपना और दूसरों का अस्तित्व प्रभावित होता रहता है, जिससे किसीका कोई संबंध नहीं है।

जब उसे यह खबर मिली कि पुलिस सुलतान को नहीं मार सकी तब उसने जैसे-तैसे अपनी हंसी पर काबू किया था। खबर लाई थी वही महिला जिसने उस दिन कुएं पर टिप्पणी की थी—'मर गया होगा तो मरने दो बाई। ऐसे आदमी को कौन रोता है ?...'

पुतली की तबीयत हुई थी—पूछे, 'सुलतान के मरने-जीने से तुझे क्या लेना-देना।' पर नहीं कहा उसने। वह जानती है, यह औरत इस तरह की खबर इसलिए लाई है कि पुतली कहीं सुलतान से उस दिन वाली बात न कह दे। और अगर ऐसी बात सुलतान के कानों में पड़ी...

वह औरत तरह-तरह से अपनी पिछली टिप्पणी धो देने की कोशिश में पुतली की खुशामद करती रही और पुतली हर बार ज्यों-त्यों कर अपनी हंसी थामे रही।

"देवी का असीस है ठाकुर को ; इसतरह नहीं मर सकता। पुलिस सौ जनम ले ले तो भी नहीं मरेगा। फिर उसने ढेरों पुन्न-धरम के काम किए हैं। उसकी उमर बड़ी है..."

कुछ देर उस औरत ने इस तरह की बातें की थीं और फिर बड़े स्नेह भाव से पुतली की ओर देखती हुई विदा हो गई थी। उससे बातचीत के दौरान कितनी ही बार मन हुआ था पुतली का कि उसे विश्वास दिलाए—वह व्यर्थ ही चिंतित है। पुतली का सुलतानसिंह से सम्बन्ध तो दूर, दूसरी बार सामना तक नहीं हुआ। पर हर बार यह बात होंठों तक आते-आते रुक जाती थी। वह कहेगी भी तो भरोसा कौन करेगा !

उसके चले जाने के बाद वह देर तक बैठी हमेशा की तरह विचारों में उलझी रही थी। एक झूठ उसके इर्दगिर्द लिपटा हुआ है। कई बार अच्छा लगता है, कई बार तकलीफ देता है। उसने तौल लिया था झूठ। घाटे का है या फायदे का।

सुलतानसिंह की मौत के समाचारवाला दिन इस झूठ के लिए एक तराज़ू साबित हुआ था और इस एक दिन ने ही पुतली को समझा दिया था कि इस झूठ से जुड़े रहने में ही उसे अधिक लाभ है।

खबर के साथ ही क्षणभर में पुतली ने अपने से जुड़ा रहा झूठ अलग हो जाने की प्रतिक्रियाएं झेलना प्रारम्भ कर दिया था। सुबह के साथ ही उसने उलाहने सहे थे उस दिन और फिर सारे दिन सुलतान से कहीं अधिक गांव में वही चर्चा का विषय बनी रही थी। एक सहानुभूति मिली थी उसे—'सुलतान मर गया है अब क्या करेगी पुतली ? नाचने वाली ही सही, पर औरत का धरम बिगाड़ गया कम्बखत।' तिरस्कार और उपेक्षा जो झूठ की बदली में हमेशा छिपी रही थीं—बारिश और आंधी की तरह उसपर टूट पड़ी थीं उस दिन !...'छोटी जाति...। ऐसी औरत को क्या फर्क पड़ता है ? सुलतान के साथ सोई थी, अब किसी और...'

उस सारे दिन पुतली का मन रह-रहकर ज़ोर से रो पड़ने के लिए होता रहा था। कितनी बार सोचा था उसने, मनौतियां की थीं–'सुलतान न मरा हो।...यह झूठ जिंदा रहे। तब तक जिन्दा रहे जब तक पुतली जिन्दा है !...

सुलतान ज़िन्दा है या मर गया—यह तय नहीं हो पाया है अब तक, पर इस विवाद ने चीखनेवाले लोगों और गांव की बड़ी जातों को फिर एक बदली में ढक लिया है।

न जाने कब तय हो पाएगा ? पर पुतली को तसल्ली है। अगर झूठ ज़िन्दा नहीं है तो वह अब तक मरा भी नहीं है और जब तक वह मरेगा नहीं, पुतली ही क्यों, दुनिया की सारी छोटी जातों और नाचनेवाली औरतों का स्वाभिमान ज़िन्दा रहेगा।

वह रोज की तरह काम में जुटी हुई सिर्फ यही सोचती रही थी। उस दिन और उसके बाद वाले कई दिनों...

आज भी सोच रही है।

पांच

कुछ दिनों से सुलतानसिंह ज़िद्द कर रहा था, "अब जाना चहिए !"

घाव पूरी तरह नहीं भरा था। हजारी और उसके मेज़बान ने बहुत समझाया—"जल्दी ठीक नहीं," पर सुलतान अड़कर रह गया, "बस, बहुत हुआ। तुम्हारी बड़ी कृपा। अब मैं नहीं रुक सकता।"

लाचार होकर मेज़बान ने बात मान ली। उस दिन शाम ढलते ही हजारी और सुलतान घर के पिछले दरवाज़े से दो खेत लांघकर बीहड़ में उतर आए। कुछ देर वे मेज़बान की प्रशंसा करते गए।

"आदमी अच्छा है।'' सुलतान ने कहा।

"हां, पढ़ा-लिखा, कानूनी आदमी है। पुलिस उससे दूर भागती है।"

सुलतान ने खेद व्यक्त किया, "इस बार बड़ा बेढब मौका पड़ा था। हाथ में चार-छह सौ भी नहीं थे—उसे कुछ इनाम-इकराम ही दे देते।"

"कोई बात नहीं।" हजारी बोला, "आगे भी पचास मौके पड़ेंगे।"

"हां हां, सो तो है ही।'' सुलतान ने कहा। फिर जैसे उसे कुछ याद हो आया, "तेरे ये वकील सा'ब कुछ मदद तो कर ही सकते हैं ?"

"कौन ? सुमेरसिंह ?" हजारी ने पूछा। मेज़बान का यही नाम था।

"हां।'' सुलतान ने कहा, "कारतूसों का गुंताड़ा जमाओ इससे। वकील है, चाहे तो मुश्किल बात नहीं है।"

हजारी चुप रहा। वह सोच रहा था, क्या यह सम्भव होगा।

"क्यों, नहीं हो सकता क्या ?"

"नहीं नहीं, हो क्यों नहीं सकता। सुमेरसिंह चाहे तो कर सकता है।"

"तो कर लो बात। एक कारतूस का तोलेभर सोना देंगे।''

"एक गोली का एक तोला सोना ? बहुत है, ठाकुर। एक बार फिर सोच लो।"

सुलतानसिह हंस दिया, "सोच लिया है।"

"मगर..."

"मगर क्या? तू तो यों ही है। अरे यार, हम ठहरे बागी। हमारी जिन्दगी में सोने की क्या कीमत ? हमारे लिए तो गाली ही सब कुछ हैं। तय कर लो। एक कारतूस, एक तोला सोना।"

"...?"

"रायफल में सोना थोड़े ही भरा जा सकता है। उसका मोह औरतों को होना चाहिए बागियों को नहीं।"

हजारी चुप ही रहा। वह अब भी सोच रहा था—एक तोला सोना एक कारतूस।'

झांई के स्वर कानों में लय बनकर गूंज रहे थे। बीच में ओं-ओं कर किसी ओर से सियार के रोने की आवाज़ आती रही।

सुलतानसिंह की चाल बहुत धीमी थी। घाव पर नई चमड़ी आई है—नाज़ुक ! ज़्यादा तनाव पैदा नहीं होना चाहिए। हजारी भी धीमी चाल में चलता गया।

पक्की सड़क पर आकर हजारी रुक गया, "ठाकुर सीधे ही निकलें ?"

"नहीं नहीं।" सुलतान बोला, "सिरीराम का पुरा के पास से जाएंगे।"

हजारी पूछना चाहता था—'क्यों ?' पर नहीं पूछा। उसने चुपचाप रास्ता बदल दिया।

सिरीराम का पुरा !

सुलतान को गांव याद नहीं आया है, बल्कि कोई चीज़ याद आ गई है—अर्सा हुआ गुम गई थी।

पुतली को एक बार देखा था सुलतान ने और कभी नहीं भूल पाया। शायद कभी भूल भी नहीं पाएगा। किसी दिन पुलिस की गोली सूं-अूं अूं...करती सीने में आ लगेगी तब कहीं पुतली की मूर्ति खंडित होगी। कम्बख्त कलेजे में बिधकर रह गई है।

सुलतान एक डाके के लिए सूरजपुर गया था। रास्ते में पड़ गया था सिरीराम का पुरा। कोई बड़ा गांव नहीं है। सौ सवा सौ घर बीहड़ों में ऊंचाई-नीचाई पर फैले हुए हैं। सुलतान वहां रुकना नहीं चाहता था, पर हजारी ने ज़िद पकड़ ली थी—"बस ठाकुर, दो घंटे रुक जाओ ! पुतली की नौटंकी आई है यहां..."

"मरोगे क्या? पुलिस को खबर लग गई तो सारा 'पुरोगराम' रखा रह जाएगा। जिस काम से आए हैं, पहले वही करेंगे।''

पर गिरोह के सभी लोगों की एक राय थी, "जनम-करम में एक इच्छा तो तुम्हारे आगे रखी है और तुम हो कि..."

"अच्छा, तुम्हारी मरजी !'' सुलतान को मानना पड़ा था, "पर खयाल रहे, दो घण्टे से ज्यादा नहीं रुकेंगे।"

गिरोहवाले खुश हो गए थे। सतझिरी की पुतली और पुतली की नौटंकी इधर दूर-दूर तक मशहूर है।

सुलतान गांव के पटेल के घर आ बैठा था। सारे गिरोह को नौटंकी देखने भेज दिया था। वे होशियारी से रायफलें सभाले स्टेज के इधर-उधर बिखर गए थे। सुलतान ने सोचा था—दिन-भर की थकान वह भी मिटा लेगा और गिरोहवालों की इच्छा भी पूरी हो जाएगी, मगर पटेल ने ज़िद्द पकड़ ली, "सुलतान ठाकुर, नौटकी देखने चलो !"

"नहीं नहीं, मुझे शौक नहीं है।"

मगर पटेल नहीं माना, "अरे चलो भी। पुतली 'अपसरा' है, एक-वार देख तो लो। तुम हो बागी। सारी जिन्दगी रायफल का धूम-धड़ाका करते ही गुजर जाएगी," पटेल ने दायीं आंख पर पलक दबाई, कभी-कभी इधर भी रस ले लिया करो !"

सुलतान ने बड़ी आनाकानी की, "नहीं नहीं, रहने दो पटेल। मुझे नौटंकी-वौटंकी नहीं सुहाती। इन रंडी-बेड़नियों में क्या रखा है ?"

"तुम्हारी सौ बातें मानते हैं, कभी हमारी भी एक बात मान लिया करो ? चलो, उठो।" पटेल ने उसे बांह पकड़कर खींचा।

अनचाहे ही सुलतान को उठना पड़ा था। पटेल ने पहले से ही नौटंकी के आयोजकों की ओर खबर भिजवा दी थी —'सुलतानसिंह आएंगे। गांववाले सबसे आगे जगह बना रखें।'

जगह रखी गई थी। सारे गांव के लोग धरती पर बैठे हुए थे और सुलतान के लिए विशेष रूप से दरी बिछाई गई थी। गिरोह के लोग हर गांववाले पर कड़ी नज़र रखे हुए थे। एक डाकू गांव के बाहर तक बीच-बीच में चक्कर लगा आता। पुलिस और मौत का कोई भरोसा नहीं है। न जाने किस समय, कहां आ पहुंचे ? सुलतानसिंह दरी पर आ बैठा। नौटंकी का परदा नहीं उठा था। कुछ डाकू मुस्तैदी से रायफलें लटकाए हुए सबसे अन्तिम पंक्ति में खड़े हुए थे। वातावरण में आतंक फैल गया था। इस गांव से

सुलतान की कोई शत्रुता नहीं है, न उसके किसी साथी की ही है, फिर भी गांववाले सहमे हुए थे।

परदा उठा। दर्शकों के शरीर में खून की रफ्तार तेज़ हो गई—कुछ सभलकर बैठ गए। मंच की ओर आंखें गड़ा दीं।

मसखरा आया। वह लाल साफा बांधे हुए था। बड़ी बेतरतीबी से। साफे में एक झाड़ू, खुरसी हुई थी और नेकर इतनी नीची थी कि न तो वह पेंट ही हो सकी थी और न नेकर ही रही थी। सीने पर उसने सुलूका पहन रखा था और गले में नीले रंग की एक चिन्दी लटका रखी थी। शायद वह उसकी 'टाई' थी। गाल पिचके और बदन माचिस की तीली-सा। आंखों में काजल, माथे पर चंदन। मंच पर प्रकट होते ही दर्शक हंस पड़े। एक रिमार्क हुआ, "आधा साहब है, आधा चपरासी।"

"नहीं, नहीं।" दूसरे ने कहा, "आधा तहसीलदार है, आधा पटवारी।"

गांव का पटवारी सारे गांव का अफसर। वह कौने में ऐनक चढ़ाए हुए बैठा था। झेंप गया और दांत दिखाकर फीकी-सी हंसी हंस दिया।

मसखरे ने काम शुरू किया, "भइयो !" वह चिल्लाया, एकदम पंचम स्वर में, "आज का खेल लैला-मजनूं का है। ज़रा धीरज रखो। लैला आ रही है। रंगीली लैला-आ..."

पुतली बनी है लैला। दर्शक सोचते हैं और बेचैनी से उसका इंतज़ार करते हैं।

कोने से एक आवाज़ उठती है, "अब तक क्या कर रही है लैला ? जल्दी से निकाल लाओ बाहर !"

दर्शक हंस पड़ते हैं।

मसखरा बड़ा ज़ोरदार है। वह कहता है, "भीतर मजनूं बैठा है। भाई, गुपचुप बातें हो रही हैं..."

एक ठहाका फिर उठता है। नौटंकी का वातावरण बन रहा है, पर असली तब बनेगा जब पुतली उतर आएगी मैदान में। गिरोहवाले चौकन्ने हैं। हसी-मज़ाक के बावजूद वे चौकसी नहीं छोड़ते। सुलतान भी गम्भीर है। योंही पटेल की जिद्द में आ गया। यहां माटी की मूर्ति बनाकर बिठाल दिया है। उंह, काहे की नौटंकी और कैसी पुतली। उसका मन होता है, उठे, मंच पर पहुंचे और इस मसखरे को उठाकर

नीचे पटक दे। फालतू बक रहा है। वक्त धीरे-धीरे जा रहा है और सुलतान को लगता है, सूरजपुर का काम आज नहीं हो पाएगा। उसे गिरोह के लोगों पर खीझ आती है। कम्बख्तों का माथा घूम गया है।

"लैला को जल्दी बाहर लाओ !" दर्शक उतावले हो रहे हैं, "इस तरह कब तक डिब्बे में बन्द किए रहोगे ?"

मसखरा कुछ कहना चाहता है कि पुतली परदे के एक किनारे से एकाएक प्रकट होती है। हंसती, मुसकराती। दर्शक मुंह फैलाए उसे देखते हैं...

कुछ टिप्पणियां होती हैं..."बाप रे, यह जोबन! हम तो कहीं के न रहे।"

"कामिन नार खड्ग से पतली, जिसके लगे निकल जाए पा-आरर...

"जुलुम भयो रामा..." एक आधुनिक टिप्पणी। गांव के पढ़े-लिखे मास्टर की।

पुतली मुसकरा रही है। यह झुककर दर्शकों को 'आदाब' करती है। गैस की दूधिया रोशनी में उसका मांसल शरीर बहुत उभर आया है। माथे पर लटका झूमर, गले में इमीटीशन का हार। वेशभूषा है— सांटन की चमकती हुई हरी शलवार और पंजाबी कुरता। ज़्यादा आधुनिक कपड़े हों तो औरत नई और खूबसूरत लगती है। गांव में ज़्यादा फैशन या शहरी वेशभूषा अपरिचितता और आकर्षण का कारण बन जाते हैं। इन कपड़ों में पुतली अपरचित लगती है एकदम लैला। उसके पैरों में घुंघरू हैं। कदम पड़ते ही झनझना उठते हैं। दर्शकों का मन झन्न-झन् न् कर उठता है। वातावरण में दर्शकों की आहें फैल गई हैं, टिप्पणियां तैर रही हैं—लैला एक थी—मजनूं एक था। पुतली एक है—मजनूं हजार ! इधर के न जाने कितने गांवों में पुतली के मजनूं भरे हुए हैं।

सुलतानसिंह की तो ऐसी हालत है जैसे दमदम[1] की गोली लगी है सीने में। जिधर से समाई है वहां ज़रा-सी जगह नहीं दीखती, पर भीतर सारा सीना छलनी कर दिया है। पर किसे, कैसे बतलाए, सारे ज़िले-गांवों में मशहूर है—सुलतानसिंह चरित्र का सच्चा है। उसके जीतेजी किसकी दम है कि गांव-ज़िले में बदनामी कर जाए ? न खुद कहीं से कमज़ोर है, न कमज़ोरी बरदाश्त करता है। फिर भला कैसे कहे कि पुतली समा गई है उसकी नज़र में। इस तरह जैसे बिजली की कौंध थी—चमकी और यादों में बैठ गई। सुलतान न बोल सकता है, न ठीक से सुन ही पा रहा है। नज़र ठहराकर

---

१. थ्री-नाट-थ्री की गोली

रह गई है पुतली पर।

आज के तमाशे में खुद सुलतानसिंह आ बैठा है। पुतली ने सुना था। आदाब करते समय उसने देखा—छह फुटा बदन, रोबीली आंखें। पुतली माथे से हाथ लगाते-गिराते देखती रह गई। सुलतान ठाकुर, जिसकी गोली की धूम सारे गांव-ज़िले में होती है, आसफेर जिसके नाम का डंका बजता है, जिसके ठौर-ठौर कीरतगीत गाए जाते हैं। एक गहरी सांस लेकर जब पुतली को यह खयाल आया कि अब तक वह सिर्फ उसे ही देखती रही है तो भय से सारे शरीर में झुनझुनी होने लगी—सुलतान ठाकुर ! बागी... पुतली ने तुरन्त नज़र हटा ली।

खेल शुरू हुआ।

मसखरे ने बीच में एक-दो बार मुंह बनाया और अजीबोगरीव शारीरिक हरकतें कीं तो दर्शकों ने चीख-चीखकर उसे हट जाने के लिए कहा, "लैला का काम होने दो। हटो सामने से !"

बगल के परदे से मजनूं प्रकट होता है। वह एक हाथ धम् से सीने पर ठोंकता है। बायें पैर का घुटना धरती पर टिकाता है और दायें पैर का पंजा जमाए अधबैठा होकर लैला की ओर एक हाथ फैला देता है, लैला-आ-अ-अ...मेरी जान। लैला-आ-अ "

पुतली यानी लैला गंभीर है। उसके चेहरे पर उदासी है, आंखों में दर्द की लकीर। वह कहती है, "मजनूं, मेरे कैस! तू मेरा खयाल छोड़ दे। मैं जाऊंगी। मुझे जाना ही पड़ेगा। तकदीर का खेल ऐसा ही होता है।"

"नहीं नहीं, मैं मर जाऊंगा। मुझे छोड़कर मत जा लैला रानी ! तेरे बिना मेरे लिए सारा गांव-सहर सूना हो जाएगा।...

मजनूं तरह-तरह से चिल्ला रहा है। उसकी आवाज़ रुआंसी हो आई है।

दर्शक गंभीर हैं। लैला-मजनूं विदा हो रहे हैं। राम राम ! तकदीर का कैसा खेल।

लैला वैसी ही खड़ी है। वह पहले से ज़्यादा उदास हो गई है। उसका गला भर आया है, "मेरा खयाल छोड़ दे, मेरे प्रीतम ! तेरा-मेरा काया का रिश्ता नहीं, 'हिरदे' का प्रेम है। इस लोक में नहीं तो उस लोक में मिलेंगे।''

मजनूं फिर चिल्ला उठता है, "लैला-आ...। मेरी जान !" वह दुखी होकर धरती पर सिर पटकने लगता है। एक बार पटकता हैं—लैला !' दूसरी बार पटकता है—

'लैला !' तीसरी बार फिर पटकता है 'मेरी जान...!'

लैला उसके सीने से लग जाती है। दोनों ज़ोर-ज़ोर से रो पड़ते हैं। दर्शकों के चेहरों पर लैला-मजनूं का बिछुड़न कोहरे की तरह छा गया है।

जब वे दोनों एक-दूसरे से अलग हो जाते हैं तो परदा गिर जाता है। थोड़ी देर बाद फिर उठता है। इस बार लैला बिदा होकर अपनी ससुराल जा रही है।

मंच के एक कोने पर खड़ा मजनूं गाता है :

मोहब्बत चूमे जिनके हाथ, जवानी पांव पड़े दिन-रात,

सुनें फिर हाय वो किसकी बात।

ओ-ओ-ओ...

गाना समाप्त होने पर पुतली यानी लैला मंच के एक सिरे से दूसरे सिरे तक गरदन झुकाए चलती रहती है। गाना गाते-गाते बीच में कई बार मजनूं रो पड़ता है। इतनी ज़ोर से कि दर्शक उसकी रुलाई अपने करीबवाले आदमी की रुलाई की तरह सुन पाते हैं।

दो घंटे न जाने कबके बीत जाते हैं। सुलतानसिंह बैठा रहता है। वैसे औरत के नाम से डरता है वह, पर यह पुतली...? सुलतान अच्छी तरह जानता है कि बागी को औरत के प्यार-मोहब्बत के चक्कर में नहीं फंसना चाहिए। पर सुलतान खुद को नहीं रोक पा रहा है। पुतली उसके सीने में गहरे, खूब गहरे उतरती चली जा रही है और वह उसे नहीं रोक पा रहा है। चाहकर भी नहीं रोक पा रहा है। कितना अवश है वह ?

नौटंकी खत्म हुई और सुलतानसिंह ने पांच सौ के नोट फेंक दिए मंच पर। दर्शकों ने आवाक् होकर देखा था, सुलतान उठ खड़ा हुआ। उसने एक बार पुतली को देखा जो अपलक उसे देखती जा रही थी। मुसकरा दिया था सुलतान। वह चलने लगा तो पुतली मंच से नोट बीनकर उसके ठीक सामने आ खड़ी हुई थी, "ठाकुर माफ करना।...ये नोट...ये नोट मुझे नहीं चाहिए। आपने मेरा काम देखा, मेरे लिए यही बड़ी बात है।"

आश्चर्यपूर्वक सुलतान ने सवाल किया था, "क्यों ?"

"बस, आपकी कृपा चाहिए।'' पुतली ने टालने की कोशिश की थी, पर आंख धरती के ऊपर नहीं उठ पा रही थी।

"सो तो है ही।" सुलतान ने कहा, "पर ये रुपये उससे अलग हैं।"

"मैंने अर्ज़ की न ठाकुर साहब, बस, आप जैसों की कृपा ही बहुत है हम गरीबों के लिए।"

सुलतान समझ गया था, "अच्छा अच्छा। पुलिस का डर लगता है कि पूछेगी 'सुलतानसिंह ने तुम्हें क्यों दिए ?' है ना ?"

पुतली चुप रही।

"रख लो।" सुलतान सहज स्वर में बोला था, "पुलिस को खबर नहीं लगेगी।"

पुतली फिर भी चुप रही। इसके मन में संदेह है, भय है। सुलतान ने पहचाना। कुछ क्षण वह भी चुप रहा फिर गरजकर बोला, "मैंने कहा ना, कोई नहीं कहेगा। कोई नहीं कह सकता।"

सब तरफ सन्नाटा। कोई नहीं कह सकता। भला कौन कहेगा ? सिरीराम के पुरा की मांटी ने ऐसा आदमी जनमा ही नहीं अब जो सुलतानसिंह से दुश्मनी ले।

पुतली चुपचाप नोट थामे खड़ी हुई थी।

सुलतान ने पटेल से कहा, "अब चलें।" उसने एक दृष्टि पुतली पर डाली थी, फिर गिरोहवालों को आदेश देते हुए कहा था, "चलो !"

सुलतान सारे गिरोह से आगे हो लिया था, कितनी ही बार मन हुआ था पीछे लौटकर देखे—पर लोकलाज ? क्या समझेंगे लोग ?

वह आदाब...वे ठहरी हुई पुतलियां...गैस की रोशनी में जगमगाता चांदी-सा रंग। सब कुछ कैद है अब तक। सुलतान नहीं भूल पाया है। इस बीच न जाने कितने कत्ल किए, कितने चेहरे मिटा दिए और सबको भूल गया सुलतानसिंह, पर पुतली...?

वह पुतली को नहीं भूल सकता। एक गहरी सांस खींचकर सुलतान ने थकान अनुभव की।

"हजारी !"

"हां !"

सुलतानसिंह पूछना चाहता था—'सिरीराम कापुरा कब तक पहुंच जाएंगे...' पर उसने कहा, "दो मिनट सुस्ता ले, यार। मैं थक गया हूं !"

छः

"यह क्या बकवास है ?" दरोगा श्यामराव गुर्रा रहा था, "ऐसा कैसे हो सकता है कि सुलतानसिंह बच गया हो और अब तक गिरोह के पास न पहुंचा हो ? मैं नहीं मान सकता।"

सामने खड़ा हुआ ग्रामीण चुप था। उसके चेहरे पर दुविधा के भाव थे।

"तुम एक बार उसका ठिकाना बतला दो, बस। फिर हम खुद ही जाकर सब समझ लेंगे।" दरोगा ने भारी स्वर में कहा।

ग्रामीण अब भी चुप रहा।

"मोतीराम, मैं जानता हूं कि सुलतानसिंह मर गया। अगर ज़िन्दा होता तो ठिकाने पर ज़रूर पहुंच जाता। इधर के सारे बीहड़ों में एस० ए० एम०एफ० की बटालियन पड़ी हुई हैं। पुलिस के जवान दिन-रात दबिश कर रहे हैं। सुलतानसिंह बीहड़ों में कहीं ठहर ही नहीं सकता था। अगर वह ज़िन्दा है तो ज़रूर ठिकाने पर पहुंच गया होगा। तुमने जगह कब छोड़ी है ?"

"अभी, परसों सा'ब !'' मोतीराम ने इस बार तत्परता से उत्तर दिया। दरोगा की डपट ने उसके चेहरे की रौनक उड़ा दी थी और लगता था जैसे वह भीतर ही भीतर किसी भय और संदेह से कमज़ोर हो गया है। उसने कहा, "आप माने या न मानें हजूर, मगर सच यह है कि सुलतान ठाकुर जिन्दा है। अगर वह न बचा होता तो हजारीसिंह जरूर ठिकाने पर लौट आता। मुझे लगता है, सुलतानसिंह कहीं पर अपना इलाज करवा रहा है। दो-चार दिन और रुकिए, जैसे ही वह ठिकाने पर आया, मैं खुद आकर आपके पास रिपोर्ट दूंगा!"

"मगर हमारी समझ में नहीं आता मोतीराम, कि तुम्हें ठिकाना बतलाने में क्या एतराज़ है ?"

मोतीराम नहीं चाहता था कि दरोगा को साफ-साफ उत्तर दे, किन्तु जब उसने ज़िद्द ही पकड़ ली तब लाचार होकर उसे कहना पड़ा, "आप नहीं जानते दरोगाजी, सुलतानसिंह से दुश्मनी मोल लेना कितना बुरा है। समझ लीजिए, मैं जगह बतला दूं और सुलतानसिंह फिर भी पुलिस के घेरे से बच जाए तो क्या वह मुझे जिन्दा छोड़ देगा ?...नहीं सा'ब, वह हरामी मेरी ऐसी हालत करेगा कि बर्दास्त करना दूर रहा, किसीसे देखी भी न जाएगी !" बात समाप्त करते हुए मोतीराम के शरीर पर रोम फुरहरा

उठे, हालांकि ठण्ड का मौसम नहीं था।

श्यामराव निरुत्तर हुआ। कोई आदमी मुखबिर हो जाए तो इसका यह मतलब नहीं है कि वह जीवन का मोह ही छोड़ दे। मोतीराम के मन में संदेह था। सुलतानसिंह पुलिस से मुठभेड़ में घायल होकर बच निकला है। उसका कहना था कि हजारी की सहायता से सुलतानसिंह ने गोली निकलवा ली होगी और इलाज पूरा होते ही वह उस गुप्त स्थान पर आ पहुंचेगा, जहां अब से नहीं पिछले कई महीनों से वह आराम के साथ छुपा रहा है। बारिश में जब बीहड़ों में कीचड़ हो जाती थी और चंबल, क्वांरी, आसन आदि नदियां हहराकर बह निकलती थीं, तब गिरोहों की हलचलें थम जाया करती थीं। ऐसे दिनों में हर गिरोह का अपना एक निश्चित स्थान होता है, जहां वह पुलिस और जन-साधारण की नज़र से परे रहकर वह बरसात का मौसम निकाल दिया करता है। सुलतान का भी ऐसा ही गुप्त स्थान था और महीनों हो चुके थे, ऐड़ी-चोटी का ज़ोर लगा देने के बावजूद पुलिस उस जगह का पता नहीं लगा सकी थी। जैसे-तैसे करके मोतीराम को मुखबिर बनाया था पुलिस ने, पर सुलतान का भय उसके मन में इतना गहरा बैठा हुआ था कि वह ठिकाना बतलाने के लिए तैयार नहीं था।

सुलतान की लाश नहीं मिली थी, किन्तु पुलिस जानती थी—वह बुरी तरह घायल हुआ है। श्यामराव कई दिन बीत जाने के बावजूद विश्वास नहीं कर पा रहा था कि सुलतानसिंह उस घायल अवस्था में भी बच गया होगा। आसपास के सारे बीहड़ों में मछुओं के जालों की तरह पुलिस फैली हुई है। इधर के गांवों में दूर-दूर तक डाक्टरों पर पुलिस की नज़र है—फिर भी सुलतानसिंह ज़िदा होगा? नहीं, नहीं ! यह असम्भव है। श्यामराव अपने अनुमान पर अविश्वास करने को अब भी तैयार नहीं है। उसने मोतीराम से एक दूसरा सवाल किया, "चलो हम मान लेते हैं कि सुलतनसिंह ज़िन्दा है। फिर भी तुम वे जगहें तो बतला ही सकते हो जहां से उसे मदद मिलती है ?"

"मैंने अर्ज किया न हजूर कि इस बार ठाकुर अपने किसी नाते-रिश्तेदार या दोस्त के पास नहीं गया है। मैंने सब जगहों पर पता लगा लिया है। जरूर उसने इस बार कोई नई जगह बनाई है। उसके साथ हजारीसिंह भी तो है। हजारी के जान-पहचानवाले सुलतान से कहीं ज्यादा हैं।"

"तब सुलतान ज़रूर मर गया !"

"मैं नहीं मान सकता, सरकार। सुलतान अकेला रहा होता तो भले ही किसी बीहड़ में पड़ा रह जाता पर उसके साथ है—हजारी...।

हजारी को आप अब भी ठीक से नहीं समझे सरकार। वह ठाकुर का बहुत वफादार आदमी है, सगे भाई की तरह। मैं तो यहां तक कहता हूं हजूर कि सुलतानसिंह को मारना है तो पहले हजारी को मारना पड़ेगा।"

श्यामराव को संदेह हुआ—कहीं मोतीराम चाल तो नहीं चल रहा है ? पर दूसरे क्षण उसे यह संदेह मन से निकाल देना पड़ा। मोतीराम जब-जब खबर लाया था तब-तब वह खरी उतरी थी। उसे हजारी से बदला लेना था। गिरोह में रहकर ले नहीं सकता था इसलिए पुलिस का मुखबिर बन गया। हजारी से बदला लेने के लिए उसे सुलतानसिंह से भी वैर मोल लेना पड़ा था। और सुलतान बहुत जालिम है। संदेह की हवा बहे तो आसमान में गोली छोड़ दे ! मोतीराम ने कई बार सोचा है—कहीं ऐसा न हो कि हजारीसिंह से वैर चुकाते-चुकाते सुलतान की रायफल गरज उठे। एक बार सोचा था उसने—पुलिस तक गिरोह की खबर पहुंचाकर खतरा मोल नहीं लेना चाहिए...पर बदले की आग ने इस खयाल को दबा दिया। मुखबिरी के बिना हजारीसिंह नहीं मरेगा।

हजारी !...मोतीराम अक्सर अपने सीने पर लटकी कारतूस की पेटी के पास जलन महसूस करता है—हजारी ने उसकी बहिन पर बुरी नज़र रखी थी और...भला उसे कैसे माफ कर सकता है मोतीराम? यह जलन मिटाने के लिए ही तो मोतीराम ने सुलतानसिंह की रायफल का खतरा सिर पर उठा लिया है। वह किसी भी कीमत पर हजारी को मरवाना चाहता है। भले इसके लिए सुलतानसिंह से ही क्यों न दुश्मनी भुगतनी पड़े।

श्यामराव मोतीराम की कमज़ोरी जानता है। उसे विश्वास है कि मोतीराम हजारी से बदला लेने की धुन में सुलतानसिंह को भी मरवा देगा। वैसे पुलिस ने हजारी के लिए भी मौत का खाना तय कर रखा है, मगर उससे पहले उन्हें सुलतान की लाश चाहिए। जब मोतीराम ने यह कहा कि सुलतान को मारने से पहले, हजारी को मारना पड़ेगा तो श्यामराव ने मन ही मन उसके चातुर्य की सराहना की। असल में मोतीराम ने इस तरह पुलिस को अपनी शर्त याद दिला दी थी। वह मुखिबर इसी शर्त पर हुआ था कि पुलिस हजारी को सुलतानसिंह से पहले मार देगी।

मोतीराम कह रहा था, "दरोगाजी दो-चार दिन और ठहर जाइए। सुलतानसिंह और हजारी ठिकाने पर आते ही होंगे। वे आए कि आप तक खबर आ जाएगी। इस बार ऐसा घेरा पड़ना चाहिए हज़ूर कि दोनों के बदन गोलियों से छलनी की तरह बिंध जाएं।"

श्यामराव ने कुछ नहीं कहा। उसे मोतीराम की बात ही माननी पड़ी। यदि वह चाहता तो मोतीराम के पीछे आदमी लगा देता। इस तरह सुलतान का गुप्त स्थान मालूम कर लेना कोई बहुत कठिन बात नहीं थी, किंतु वह नहीं चाहता है कि मुखबिर की सहायता के बगैर पुलिस-दल को किसी खतरे में जाना पड़े। उसने मोतीराम को जाने की स्वीकृति दी और उस खबर की प्रतीक्षा करने लगा जिसे ठिकाने पर पहुंचते ही मोतीराम भेजनेवाला है।

सात

सामने खेत दीखने लगे हैं—हर गांव के पहले संकेत।

हजारीसिंह ने सुलतान को बतलाया—'सतझिरी आ पहुंचे हैं, हम लोग।"

दोनों एक बीहड़ में उतर गए। करीब फर्लांग-भर। धूप चटखने लगी थी और लू के थपेड़े धूल की मुट्ठियां भर-भरकर इधर-उधर फेंक रहे थे। वे एक झाड़ी की ओट में आ बैठे। झाड़ी बहुत छोटी थी फिर भी वह इतनी अवश्य थी कि बैठ जाने पर धूप से सिर का बचाव कर सके।

उनमें कोई बातचीत नहीं हुई। कुछ देर वे करीब-करीब अधलेटे मृतप्राय-से पड़े रहे। फिर सुलतान के आदेशानुसार हजारी गांव में जाकर पुतली के समाचार लेने को तैयार हुआ। गिरोह का कोई और व्यक्ति होता तो शायद भर-दोपहर इस तरह गांव में जाने से सकुचता, किन्तु हजारी साहसी ही नहीं, दुःस्साहसी था। वह जाने लगा। सुलतान ने शंका रखी, "तुझे कोई पहचानता तो नहीं है ?"

"नहीं। मेरी जान-पहचानवाले धौलपुर जिले में ही हैं। यहां से मीलों दूर। बागी होते समय घर में एक भी तस्वीर नहीं छोड़ी थी। पुलिस के पास भी कोई पहचान नहीं है। तुम निश्चिंत रहो।"

"फिर भी होशियारी से जाना।"

हजारी ने स्वीकारात्मक ढंग से गरदन हिलाई और गांव की ओर बढ़ चला।

दोपहरी सारे गांव पर छा गई थी और सब तरफ खामोशी फैली हुई थी। इस मौन को कभी-कभी लू के झोंकों की सनसनाहट छेड़ देती और कुछ देर के लिए फिर खामोशी छा जाती।

हजारीसिंह पगडंडियां पार कर गांव में प्रवेश कर गया। राह जाते एक आदमी को रोककर उसने पूछा, "पुतली का मकान किधर है ?"

"उधर !" उस आदमी ने गांव के लगभग दूसरे किनारे की ओर संकेत किया, "आखिर में। एक पीली गाय घर के बाहर ही बंधी दीखेगी, वही है पुतली का घर।''

हजारी आगे बढ गया। हर कदम सम्हला हुआ—चौकन्नेपन के साथ। भले उसे गांव में कोई न जानता हो, फिर भी संदेह तो रहता ही है।

हजारी पहुंचा गांव के दूसरे छोर पर। ग्रामीण ने ठीक बतलाया था। पास के मकान के बाहर ही गाय बंधी हुई है—पीली। पक्का, एक-मंज़िला घर।

हजारी ने आवाज़ नहीं दी। निस्संकोच आगे बढ़ा। दरवाज़े के किवाड़ उढ़ के हुए थे। एक झटके में ही खुल गए।

पुतली और उसकी बुढ़िया मां के अलावा कोई नहीं था। वे दोनों लेटी हुई थीं, पर जाग रही थीं। हजारी ने जब किवाड़ खोले और चरमराहट हुई तो फुर्ती से पुतली उठकर बैठ गई। असगरी बाई ने लेटे-लेटे ही सवाल किया, "कौन है ?"

"हम हैं—हजारीसिंह। सिरीराम का पुरा से आए हैं।"

"आओ, आओ।" बुढ़िया भी उठकर बैठ गई। हजारी को न पहचानते हुए भी उसने पूछा, "कब आए ठाकुर साहब ?" उसका यह व्यवहार एक समझदार व्यापारी जैसा था। दूर-दूर के गांवोंवाले नौटंकी तय करने के लिए अक्सर उसके यहां आया करते थे और वह उनके प्रति इसी तरह अपनापन प्रकट किया करती थी।

एक क्षण के लिए हजारी चौंक गया—क्या यह बुढ़िया उसै पहचानती है ?

''क्या सेवा करें, ठाकुर साहब ?" असगरी बाई ने जब यह पूछा, तब हजारी की जान में जान आई। यह उसे नहीं पहचानती है। हजारी ने असगरी बाई के झुर्रियां-भरे चेहरे को अच्छी तरह पढ़ा फिर नतीजे पर पहुंचा

पुतली सिकुड़कर एक किनारे हो गई थी। हजारी ने उसे तीखी नज़रों से देखा। उसने कुछ संकोच से आंखें झुका लीं। नौटंकी की बात और है, घर की बात और।

हजारी पुतली को लगातार देखे गया...उसकी आंखें, चेहरा और शरीर ! वह कौन-सी ताकत है जिसने पत्थरदिल सुलतानसंह को मोम कर दिया है।

असगरी बोली, "पुतली, एक गिलास अमरस बना ली। जाने कहां-कहां की लू-लपट झेलकर ठाकुर साहब आए हैं।"

पुतली चली गई। असगरी ने हजारी से पूछा, "घर में सब कुशल-मंगल ? पटेलजी तो ठीक हैं ?"

"हां, सब ठीक हैं। तुम तो अपनी सुनाओ। हमारे गांव में तो बरस बीत गया, तुम्हारा आना ही नहीं हुआ !"

"नहीं।'' असगरी के बात करने का ढंग एकाएक ही बदल गया। उसकी आवाज़ में अजब-सी पीड़ा घुल गई और माथे की झुर्रियां पहले की अपेक्षा अधिक गहरा गईं, "हां, सिरीराम का पुरा तो उसके बाद पहुंचना ही नहीं हुआ। और वहीं क्या, तब से तो कहीं नहीं गई है पाल्टी। हमारे तो भाग ही खराब हैं, ठाकुर साहब। न जाने किस जनम का पाप उदय हो गया कि नौटंकी की नौटंकी बंद हो गई है और सारे जीवन को कलेस लग गया है।"

हजारी चौंका, "क्यों, क्या बात हुई ?''

"बात?'' बढ़िया बोली, "समझो तो कुछ भी नहीं है, न समझो तो बहुत कुछ है। जाने कौन-से ग्रह आ पड़े थे कि पिछले बरस तुम्हारे गांव में नौटंकी करने गए। तब से ही जी-जान को कलेस लग गया है।"

"कैसा ? कुछ खुलासा कहो ना ?"

"तो तुम्हें पता ही नहीं है ठाकुर साहब ?" बुढ़िया ने आश्चर्यपूर्वक पूछा, "सारा जगत कह रहा है कि पुतली और सुलतानसिंह में प्रेम हो गया है।"

"ओह !" हजारी के प्रश्न चुप हो गए। पुलिस का चक्कर पड़ गया है इस घर पर। उस दिन सुलतान ने पुतली को रुपये दे दिए थे जिद करके और अब इनको परेशानी हो रही है।

असगरी कह रही थी, "ठाकुर साहब, तुम तो जानते ही हो, उस दिन सुलतान डाकू ने खुश होकर ज़बरदस्ती से पुतली को रुपये दिए थे। पुतली ने तो बहुत नाहीं की थी, मगर जब सुलतान ने धमकी दी तब बेचारी को लेने पड़े। डाकू के आगे क्या कहती ? दोनों तरफ मुश्किल है हम जैसे गरीबों की। लें तो फांसी, न लें तो फांसी। बस, उसी दिन से 'सनीचर' बैठ गया है इस घर में। आए दिन दरोगा-हवलदार यहीं रखे रहते हैं कि बताओ सुलतान ठाकुर कहां है ? अब तुम ही बतलाओ हजूर, हमें क्या पता कि सुलतान डाकू कहां है? मेरी पुतली तो डर के मारे सूखी जा रही है। न सबेरे का खाया

अंग लगता है, न शाम का।"

पुतली अमरस ले आई थी। उसने बुढ़िया के हाथ में गिलास थमा दिया और फिर बुढ़िया ने उसे हजारीसिंह की ओर बढ़ाया, वोली, "बड़ा 'जुलम' हो रहा है, ठाकुर साहब, अभी परसों के दिन ही पुलिस गारद आई थी। हजार-हजार सुना गई। दरोगा ने सारे गांव के आगे पुतली को ऐसी-ऐसी गालियां दीं कि बस..." वह कहते-कहते कुछ थमी, फिर रुआंसे स्वर में बोली, "वह तो भाग ही की बात है कि पुतली नौटंकी में काम कर रही है। इसका बाप ढंग का होता तो पुलिस की क्या चलाई एक भी खाकी वरदीवाला गांव में न दीखता। पर मर्दगी के बिना कैसा घर ? औरतों से जो जैसा चाहे कह जाए !"

हजारी ने गिलास खाली कर दिया। उसे सुलतानसिंह पर क्रोध आने लगा था। बंदूक क्या हाथ में आ गई है, राजा हो गए हैं, रोबदवदबे की खातिर पुतली के हाथ में उस दिन जबरन रुपये थमा दिए और अब इन बेचारियों को भुगतना पड़ रहा है। उसे पुलिस के प्रति भी खीझ हुई। औरतों पर बहादुरी जतलाते हैं। बुढिया ठीक ही कह रही है, घर में कोई ढंग का मर्द हुआ होता तो अब तक सारा हिसाब-किताब बराबर कर गया होता।

पुतली पुनः अपनी जगह बंठ गई थी। बुढ़िया ने विपत्तियों की कहानी बंद कर सारे घर में सिसकनें फैला दीं। हजारी की समझ में नहीं आ रहा था, क्या करे ? क्या कहे ? उसे लग रहा था—अब उठ जाना चाहिए !

बुढ़िया सिसकनों के बीच और कुछ कहना शुरू करे इसी बीच हजारी ने उसे समझाना प्रारम्भ कर दिया, "सचमुच बड़ी विपदा पड़ी है तुमपर। मगर भगवान पर भरोसा रखो, सब ठीक हो जाएगा। रही पुलिस, सो इन हरामजादों की जात ही खराब होती है।''

कुछ देर के लिए सभी चुप रहे। असगरी ने आंचल से आंसू पोंछे। बोली, "सब काम-धंधा चौपट हो गया है ! सब।"

हजारी के मन में आया, कुछ रुपये दे दे। पर कैसे? जल्दी ही उसने बहाना सोच लिया। कहने लगा, "जो हुआ सो सब भाग की बात है बाई, आगे की सोचो। हम तो अपने गांव के लिए तुम्हारी नौटंकी पक्की करने आए हैं। पिछले साल तुमने क्या लिया-दिया था, यह तो तुम्हें ही पता होगा, पर इस बार के लिए पटेलजी ने चार सौ कहे हैं।"

असगरी के उदास चेहरे पर हर्ष की एक लहर दौड़ गई, "पिछली बार साढ़े तीन सौ लिए थे, पर...खैर, पटेलजी की बड़ी कृपा है। हम तो नौटंकी की आशा छोड़ चुके थे भइया !"

हजारी ने सौ रुपये कुरते की जेब से निकाले और असगरी की ओर बढ़ा दिए, "तो पक्का रहा। यह लो साई। तारीख की खबर हम गांव पहुंचकर करेंगे।"

असगरी ने रुपये ले लिए। बोली, "जैसी तुम्हारी मरजी। तैयारी के लिए कुछ बखत जरूर देना। काफी देर लग जाती है।''

"हां हां, जरूर !" हजारीसिंह उठ खड़ा हुआ।

असगरी और पुतली भी उठी। असगरी ने कहा, "वैसे तुम्हारे लिए सब घर की बात है। आराम से दस-पन्द्रह दिन में खबर भिजवा देना। इतनी दूर न आना हो तो चिट्ठी भेज देना। ठीक बखत पर पार्टी, पहुंच जाएगी।"

'हां, हां, करता हुआ हजारी बाहर की ओर बढ़ गया। दोनों पीछे-पीछे उसे विदा करने आईं।

धूप की तेज़ी और लपट के तीखे झोंकों को चीरता हुआ वह फुर्ती से गांव पार कर बीहाड़ों में उत्तर आया। सुलतानसिंह को जैसा छोड़कर गया था, वह वैसा ही अधलेटा पड़ा था। हजारी के नज़दीक पहुंचने की आहट हुई तो वह तुरन्त रायफल संभालकर झाड़ी से ऊपर आ गया।

"जै सियाराम !" हजारी नीचे बीहाड़ से चिल्लाया। सुलतान कहीं निशाना न साध बैठे।

सुलतान ने संकेत समझ लिया। वह फिर झाड़ी में दुबक गया। दो मिनट बाद हजारी पहुंच गया। कुछ देर छांह में बैठे रहकर उसने माथे पर चढ़ी धूल कुर्ते से पोंछी फिर पुतली और असगरी बाई से भेंट की अपनी सारी कहानी कह सुनाई।

"यह सब मेरी वजह से ही हो रहा है, हजारी।'' सुलतान पछतावा व्यक्त करने लगा, "उस दिन जिद्द न करता तो शायद पुतली पर पुलिस का चक्कर न पड़ता, पर मेरी ही मति गड़बड़ा गई "

हजारी कुछ नहीं बोला। उसने कैनवसवाले अपने थैले का सिरहाना बनाया और लेट रहा। थकान से सारा शरीर टूटा जा रहा था।

आठ

मोतीराम ठिकाने पर पहुंचा।

साथियों ने ढेर-से सवाल कर दिए।

"मुकाबले के बाद यहां आ जाने पर तुम एकदम क्यों चले गए थे बाहर? ...सुलतान ठाकुर का पता नहीं है। तुम्हें उसकी गैर-मौजूदगी में इस तरह बाहर नहीं रहना चाहिए था।"

मोतीराम ने सबको खड़े-खड़े उत्तर दिए, "ठाकूर नहीं है तो इसका यह 'मतलब' नहीं है कि हमारे पांव बंधे हैं। मेरे नाते-रिश्तेदार बीमार हों और मैं उनकी खोज-खबर लेने भी न जाऊं, ऐसा नहीं हो सकता।"

बात साफ थी। मोतीराम ने इस तरह सारे गिरोह पर यह प्रकट कर दिया था कि उसका कोई रिश्तेदार बीमार है और वह उसे देखने के लिए बाहर चला गया था। गिरोह में जितनी शंकाएं थीं उन सभी का समाधान हो गया।

दूसरे दिन ही सुलतान और हजारीसिंह भी ठिकाने पर आ पहुंचे। गिरोह में हर्ष की लहर दौड़ गई। अब तक सुलतान के घायल होने की चिन्ता से न जाने कितनी शंका-कुशंकाएं मन में आती रही थीं।

सुलतानसिंह क्रमशः हर व्यक्ति से मिला। पिछले दिनों के समाचार लिए-दिए, सबसे घुल-मिलकर बात की, किन्तु यह किसी पर प्रकट न होने दिया कि वह मन में संदेह का एक ज्वालामुखी दबाए हुए है।

उस दिन की शाम इसी तरह हंसी-खुशी में डूबी-डूबी कटी। रात का पहला पहर प्रारम्भ होते ही सुलतान ने सभी साथियों को बुलाया। जब-जब एकाएक कोई कार्यक्रम बनता था, सभीको इसी तरह बुलाया जाता था, अतः किसीके मन में कोई संदेह नहीं था। एकमात्र हजारीसिंह ही था जो सुलतान की हर कार्यवाही का अर्थ समझ रहा था।

गिरोह के सभी लोग सुलतानसिंह के पास आ बैठे। कुछ लोग यहां बैठकर भी अपने काम में उलझे हुए थे। एक व्यक्ति कारतूस-पेटी की धूल साफ कर रहा था तो दूसरा रायफल के पुर्जे-पुर्जे अलग कर उनकी सफाई में जुटा हुआ था।

सुलतानासिंह के पैर का घाव करीब-करीब भर चुका था, किन्तु फिर भी वह घुटना ठीक से नहीं मोड़ पाता था। एक पैर धरती पर सीधा टिकाए हुए, दूसरे का घुटना मोड़कर उसने बात प्रारम्भ की, "उस दिन पुलिस एकाएक ही कैसे आ गई, कुछ पता नहीं पड़ता। पर एक बात निश्चित है, पुलिस तक हममें से किसीने खबर पहुंचाई थी।"

सभीके बीच एक भयावह मौन छा गया। इस तरह जैसे गिरोह किसी ऐसे पुलिस घेरे में फंस गया है, जिससे निकलने का कोई रास्ता नहीं है। सुलतान को हममें से ही किसीपर संदेह हो गया है। भगवती आज का दिन किसी तरह काट दे। हर डाकू ने मनौती की।

कोने में बैठे मोतीराम का दिल ज़ोर-ज़ोर से धड़कने लगा। उसे महसूस हुआ जैसे अभी हाल ही उसके सीने से कोई चीज़ निकलेगी और छटपटाती हुई सुलतानसिंह के सामने आ गिरेगी !—शायद उसका दिल! उसे अपनी भूल का पहली बार एहसास हुआ। उस दिन के कार्यक्रम का समाचार पुलिस तक पहुंचाकर वह सचमुच बड़ी गलती कर बैठा था। वह कार्यक्रम एकदम बना था और गिरोह के अतिरिक्त किसीकी जानकारी में नहीं था। फिर पुलिस को कैसे पता लग गया ? सुलतानसिंह ही क्या, कोई साधारण बुद्धिवाला आदमी भी यह सारा मामला समझ सकता था।

ठाकुर की आवाज़ पहले से कहीं अधिक कड़वी और तीखी हो गई, "किसने खबर पहुंचाई ?'' वह गया, "जल्दी बताओ, कौन है पुलिस का मुखबिर ?..."

डाकुओं के हाथ-पैर सुन्न ! रायफल उन सभीके हाथों में है, कत्ल भी उन सभीने किए हैं, निशाना भी सब अचूक लगाते हैं, पर सुलतान के आगे सब खरगोश हैं !... क्यों, यह वे खुद भी नहीं जानते।

सुलतान ने नज़दीक ही रखी रायफल पर हाथ कस लिया, "जल्दी बतलाओ। पुलिस तक खबर कैसे पहुंची ? किसने पहुंचाई ?"

मोतीराम का चेहरा बेरौनक हो गया। कितनी बड़ी भूल कर दी है उसने ? सुलतान से दुश्मनी...? हजारीसिंह से बदले की इच्छा कहीं अधूरी ही न रह जाए ? एक बार तो उसका मन हुआ था कि उठे और सुलतानसिंह के पैर पकड़ ले...'मुझसे गलती हो गई ठाकुर...' पर उसके बाद सुलतान क्या करेगा? यह कल्पना करते ही वह सिहर उठा। उसने सीना टटोला। इतनी बेचैनी से जैसे वहां दिल के दौरे-जैसा दर्द उठ आया है।

सुलतान उठकर बेचैनी से टहलने लगा। वह गिरोह को लक्ष्य कर बड़बड़ाता रहा, "जिसने पुलिस को खबर दी है वह साला समझ रहा है कि बच जाएगा, क्यों ? पर सुलतान सब जानता है, सब समझता है। जल्दी बोलो, किसने दी खबर ? कौन मिल गया है पुलिस से ?"

मोतीराम ने इस बार फिर सीने पर हाथ फिराया। मालूम हुआ कि बनियाइन गीली हो गई है। सुलतान की गोली कैसी होगी जब उसकी गुर्राहट भर से मोतीराम का पसीना छूट गया है ?—उसकी घबराहट पहले की अपेक्षा चौगुनी हो गई। फिर भी वह आशा की एक डोर थामे हुए था। सुलतानासिंह को यह कैसे मालूम होगा कि मोतीराम ही पुलिस को मुखबिर है। गिरोह में उसके अलावा भी कई आदमी हैं।

सुलतानसिंह सचमुच नहीं जानता, पर चौकन्नापन उसकी नस-नस में भरा हुआ

है। इस बार उसने बिना चिल्लाए या बौखलाए हुए क्रमशः सभीके चेहरों पर नज़रें फिराईं...बाबू...हजारी पहाड़ा...कल्ला—जहरसिंह—एक के बाद एक —सभी, वे सभी आतंकित थे। इसके बावजूद उनके चेहरों पर एक दृढ़ता भी थी। सुलतान की आंख से आंख मिली तो हर चेहरे ने उतने ही तीखेपन के साथ सुलतानसिंह को भी देखा। एकमात्र मोतीराम ही था जिसकी आंख सुलतानसह के आगे नहीं ठहर सकी थी।—यही है।

"मोतीराम !'' सुलतान चिल्लाया, "तू...?''

सुलतानसिंह आगे कुछ कहे, इसके पूर्व ही मोतीराम कांपता हुआ उट पड़ा, "ठाकुर, भूल हो गई।—बस, एक बार माफी दे दो, एक बार..."

सुलतान ने दांत भींच लिए, "हरामी। साले ! ..."तूने खबर पहुंचाई !"

"ठाकुर, मैं तुम्हारी गऊ हूं—। बस एक बार।

सुलतान के पंजे में कसी बंदूक ऊपर उठी।

"ठाकू-उ-उर...!" मोतीराम चीखा संपूर्ण शक्ति से।

बंदूक का ट्रिगर दब चुका था, "हरामी कहीं का।'' सुलतान ने कहा और घृणा से मुंह बिचकाकर धरती पर थूक दिया।

मोतीराम धरती पर पड़ा हुआ था। गिरोह के सभी डाकू उठकर खड़े हो गए थे। वे मोतीराम को देख रहे थे जो खून में सने हुए हाथों से सीना थामे उठ रहा था। उसकी आवाज़ नहीं निकल पा रही थी।

"बाबू !" सुलतान ने गिरोह के एक व्यक्ति को बुलाया।

बाबू सामने आ खड़ा हुआ। छह फुट के करीब लम्बाई, चौड़े कंधे, चेहरे पर झब्बा-झब्बा मूंछें। उमर सुलतानसिंह से अधिक ही रही होगी।

"इस मादर...की लाश थाने की तरफ फिंकवा दे। पुलिसवाले भी तो देख लें, सुलतानसिंह अपने दुश्मन किस तरह मिटाता है !" उसने मोतीराम की लाश को एक लात मारी, "हरामी ! साला...!''

नौ

दरोगा श्यामराव को वायरलैस से खबर मिली थी कि सुलतान और हजारी को सतझिरी के पास वाले बीहड़ों में देखा गया है। दरोगाजी खबर मिलते ही बीहड़ छानने लगे, पर

हमेशा की तरह प्रयास निष्फल रहा।

अब क्या करें ? सुलतान किधर गया होगा ? इधर कुछ समय से सुपरिंटेंडेंट लगातार वज़न डाल रहा है— सुलतानसिंह कोमारना या मरवाना तो एक तरफ, तुम छोटी-छोटी चोरियां भी नहीं पकड़ सके हो।...रिकार्ड खराब होता जा रहा है। श्यामराव बहुत चिन्तित है। कभी-कभी उसे खुद पर झल्लाहट होती है। अजीब परेशानी की नौकरी में उलझ गया है वह। कुछ औसत दर्जे के अनुमान लगाकर वह छोटे दरोगा को साथ लिए पुतली के यहां जा पहुंचा। सोचा था सुलतानसिंह सतझिरी के बीहड़ों में आया होगा तो पुतली से ज़रूर मिला होगा।

बुढ़िया असगरी दो आवाज़ों पर ही वाहर आ गई—पीछे-पीछे पुतली। दरोगा और सिपाहियों को सामने देखा और क्षणभरे में मामला समझ गई। हमेशा की तरह ये फिर तंग करने आ गए हैं। असगरी ने विनम्रतापूर्वक कहा, "हुकुम करो, हजूर ?''

असगरी के यहां पुलिस आ गई है। गांव के बुढ़े-जवान तमाशबीन पलक मारते इकट्ठा हो गए।

दरोगा ने बुढ़िया को घूरकर देखा फिर एक ललचाई-सी नज़र पुतली के झुके चेहरे से छातियों तक डाली और कड़क आवाज़ में सवाल किया, "सुलतान आया था ?"

"वह मेरे यहां क्यों आने लगा हजूर ?" भयमिश्रित आवाज़ में विस्मय के साथ असगरी ने जवाब दिया।

"बन रही है। पुलिस से बन रही है ?" श्यामराव ने कुछ अजीव ढंग से उसे पुनः घूरा, बोला, "बताएं, सुलतान तेरे यहां क्यों आएगा ?..." उसने बेंत से पुतली की ओर संकेत करते हुए कहा, "ये चमक चांदनी जो पाल रखी है तूने। सुलतान तो है क्या चीज़, तू चाहे तो लाट-गवर्नर आ सकता है।"

पुतली के रोम फुरहरा उठे। इसलिए नहीं कि पुलिस का डर था बल्कि इसलिए कि वह औरत थी। असगरी के झुर्रियों-भरे चेहरे पर खिंचाव पैदा हुआ। कैसे सरकारी अफसर हैं ? औरतों से बोलने तक का शऊर नहीं है। चुप रही।

बुढ़िया की चुप्पी—दरोगा ही नहीं, दर्शक ग्रामीणों का क्रोध और संदेह, विश्वास में बदल गया। जरूर सुलतान आया होगा। पुतली उसकी...

दरोगा ने कठोर स्वर में सवाल किया, "असगरी बाई, क्यों बुढ़ापे में अपनी मिट्टी

किरकिरी करवाती है ? डाकू किसीके नहीं हुए। सुलतान जवानी के दस-पांच दिनों तक इस चमक चांदनी से खेलेगा, फिर कोई नई तलाश कर लेगा।"

लज्जा से पुतली के पैर कांपने लगे। असगरी को क्रोध आ रहा था, पर लाचारी थी। घुटती रही।

असगरी और पुतली की लगातार चुप्पी ने श्यामराव का संदेह पुख्ता किया। सुलतानसिंह ज़रूर आया होगा। उसे पुलिस के रुतबे-मर्तबे पर खुशी हुई। क्या दबदबा है। एक झाड़ लगाई है और दोनों की फूंक बन्द हो गई। उसने पास खड़े छोटे दरोगा की ओर मुस्कराकर देखा जैसे सलाह ले रहा हो, अब क्या करना चाहिए ?

छोटे थानेदार ने कहा, "इसे थाने ले चलो, सकल सा'ब। वहीं पूछ-ताछ हो जाएगी।"

श्यामराव ने तुरन्त असगरी और पुतली को आदेश दिया, "तुम लोग हमारे साथ चलो।"

ग्रामीणों में फुसफुसाहटें फैल गईं—"आज इन नाचनेवालियों का नाश होगा। सारे गांव में कोठा चला रखा है, हरामजादियां !" एक फुसफुसाया—"इस असगरी का तो क्या, हां पुतली की धूल जरूर उड़ जाएगी। दरोगा की आंख चढ़ गई है वह।"

असगरी पूछना चाहती थी—'क्यों सरकार ?' पर दरोगा ने मौका ही नहीं दिया। उसने साथवाले दोनों सिपाहियों को आदेश दिया, "तुम इन दोनों को लेकर थाने पहुंचो, हम अभी आते हैं।'' फिर वह छोटे थानेदार को साथ लेकर एक ओर चला गया। एम० एल० ए० साहब के यहां खाने-पीने का बन्दोबस्त था और श्यामराव और उनके बीच की मैत्री पुरानी थी।

असगरी के एकदम पास पहुंचकर एक सिपाही ने कहा, "चल !"

असगरी ने कुछ घूरकर उसे देखा, फिर एक उदास नज़र पास में खड़ी पुतली की ओर फेंकी और बिना कुछ कहे, चल दी। पुतली ने उसका अनुकरण किया। इन सभीके पीछे-पीछे एक अच्छी-खासी भीड़ गांव के बूढ़े, जवानों और बच्चों की थी। जब दोनों को साथ लेकर पुलिसवाले गांव के बाज़ार से निकले तब औरतों ने घरों के आधे-पूरे दरवाज़े खोलकर झांका। पुतली और उसकी मां को पकड़कर पुलिस ले जा रही है। औरत की जात। थाने में रखी जाएंगी ? दर्शक स्त्रियां दूर तक कल्पना कर डालतीं। लज्जा से उनके चेहरे झुक जाते। लगता जैसे पुतली के साथ-साथ उनका

अपना भी कुछ लुटने जा रहा है।

शाम झुक आई थी और इस झुटपुटे के साथ ही गांव के कच्चे घरों की कवेलुओं वाली छतों से धुंआ फूटने लगा था। धूल उड़ाते चौपाये जंगलों से लौट रहे थे। बीच-बीच में कोई गाय या भैंस रम्हा देती। एक आकुल पुकार...

भीड़ ने थाने के फाटक पर आकर पुतली और पुलिस का पीछा छोड़ा। न छोड़ते तो सिपाही छुड़वा देते। तरह-तरह के अनुमान करते लौटे। किसीने सहानुभूति प्रकट की और किसीने दलील पेश की, ''बागी से प्रेम किया है फिर पुलिस से क्यों डरती है ? माल भी आ रहा है, मर्द-पटठा भी मिला है। थोड़ी-बहुत तकलीफ तो हर पेशे में होती है।''

"इन रांडों ने सारे गांव की बदनामी करवा दी।" एक टिप्पणी हुई।

"धीरे बोल वे!" एक युवक ने टिप्पणीकर्ता को समझाया, "साले सुलतान ठाकुर को पता चल गया कि तूने पुतली के लिए ऐसी बात बकी थीं तो खोपड़ी चटका देगा।"

और फिर चुप्पी। भीड़ गांव में बिखर गई।

दरोगाजी लौटे। पार्टी खूब अच्छी रही थी। दोनों के पैर लड़खड़ाने लगे थे और रास्ते-भर वे दोनों एक-दूसरे पर आरोप-प्रत्यारोप करते आए थे — "तुमने ज़्यादा ले ली।''

"नहीं, तुमने ज़्यादा ले ली !"

थाने के बरामदे में कदम रखते ही श्यामराव ने संतरी से शराब की महक में लिपटा हुआ सवाल किया, "कहां हैं दोनों ?''

"आपके कमरे में बिठाल दिया है सा'ब !" संतरी ने मुस्तैदी से खड़े होकर उत्तर दिया।

श्यामराव ने अपने साथी छोटे थानेदार के गले में हाथ डाल दिया और फिर वे दोनों उसी तरह उस कमरे में चले गए।

कमरे के एक कोने में दोनों मां-बेटी सिकुड़ी हुई बैठी थीं, जैसे ठण्ड का मौसम हो। श्यामराव और छोटे थानेदार ने कमरे में प्रवेश किया। पुतली ने लहंगे को पिंडली की ओर से पंजे की तरफ ताना, इतना कि उसके पंजे भी छिप गए। उसने छातियों पर चुंदरी कसली। असगरी बड़ी है, इसके बावजूद उसने भी वही सब किया—उसी तरह

कपड़े संभाले जिस तरह पुतली ने संभाले थे।

श्यामराव ने बेत टेबल पर पटक दिया। एक कुरसी खींची और धमककर ठीक पुतली के सामने जा बैठा। छोटा दरोगा मुंह के आगे चुटकियां बजाकर आलस उड़ा रहा था। कमरे में ट्यूबलाइट की रोशनी बिखरी हुई थी और पुतली महसूस कर रही थी जैसे उसके शरीर के हर अंग को यह रोशनी बेशरम तानों की तरह छेदे डाल रही है। कमरे में दोनों अफसर पहुंच चुके हैं। संतरी फुर्ती से आया और पंखे का स्विच 'ऑन' कर गया।

श्यामराव ने कमर पर कसी हुई खाकी बुशशर्ट के बैल्ट को खोल डाला। अब वह शिकारी कुत्ते के लुजलुजे कानों की तरह उसकी कमर पर दायें-बायें झूल रहा था।

छोटे थानेदार ने सिगरेट का एक पैकेट जेब से निकाला और श्यामराव की ओर बढ़ा दिया। नशे में डूबे कांपते हाथों से उसने सिगरेट ली और उसे सुलगाकर दो कश खींचे। फिर धुआं हवा में उगलते हुए बोला, "हां, तो असगरी बाई, सुलतान आया था ?"

उसने 'आया था' शब्द इस तरह बोला जैसे असगरी स्वीकार कर चुकी है।

असगरी हाथ बांधकर उठ खड़ी हुई, "हज़ूर, आपसे किसीने झूठी रिपोर्ट की है। धरम से कहती हूं, सुलतान यहां नहीं आया। पिछले साल सिरीराम का पुरा में नौटंकी गई थी सरकार, तभी सुलतान को देखा था। तब से आज तक हमने उसकी शकल भी नहीं देखी है।''

"हूं।" श्यामराव ने छोटे थानेदार की ओर मुसकराकर देखा, फिर पूछा, "तो इसका मतलब यह हुआ कि हमें गलत खबर मिली है, क्यों ?"

"बिलकुल सरकार। भगवान की सौगंध, सुलतानसिंह को हमने उस दिन के बाद से नहीं देखा है।''

"अच्छा ! मुखबिर ने हमको गलत खबर दी है कि अभी परसों के रोज़ तुम्हारे घर पर ठहरकर सुलतान ने सारी रात जशन मनाया, क्यों ?"

पुतली ने झुका हुआ सिर ऊपर उठाया। श्यामराव और छोटे थानेदार की आंखें, असगरी पर नहीं, उसीपर टिकी हुई थीं। उनकी पुतलियां शरारत के साथ घूमतीं और पुतली के शरीर का मुआयना कर लेतीं।

पुतली ने अभी-अभी उसे नज़र भरकर देखा है। श्यामराव को लग रहा था जैसे नशा दोगुना हो गया है। भला क्यों न आएगा सुलतान ? इस स्साली का बदन भी ऐसे

ढ़लकर निकला है जैसे जयपुर से संगमरमरी मूर्ति आई हो। वर्षों की पुलिस-नौकरी ने उसके खयालों तक में गालियां भर दी थीं।

असगरी घिघिया रही थी, "भगवती की सौगंध हजूर, किसीने पुतली के माथे पर झूठा कलंक मढ़ा है। सुलतानसिंह की बात छोड़ो सरकार, उसका बाप भी आए तो अपनी बेटी पर आंख न धरने दूं। किसी ऐसे-वैसे का खून भी नहीं है सरकार..."

"रहने दे।" श्यामराव एकाएक ही चिल्ला पड़ा, "हरामज़ादी, पुलिस को सिखा रही है ? डाकुओं को लड़की बेचती है और हमको धरम सिखाती है ? हम सब जानते हैं। सब जानते हैं। अभी बेत पड़े तो सब कह देगी !"

"हजुर...

"चुप रह।" श्यामराव ने नहीं, छोटे थानेदार ने उसे धमकाया, "क्यों अपनी मिट्टी पलीद करवाती है ? सच-सच बतला देगी तो तेरा कुछ भी नहीं बिगड़ेगा।"

"मुझे कुछ भी मालूम नहीं, हजूर। मैं कैसे बताऊं, क्या बताऊं सरकार ? भगवती की सौगंध, सुलतान से हमारा कोई रिश्ता नहीं है।" असगरी की आवाज़ रुआंसी हो गई।

"तो तू इस तरह नहीं बतलाएगी, क्यों ?" श्यामराव ने कुरसी छोड़ दी, सिगरेट का टुकड़ा एक झटके से दूर फेंक दिया फिर असगरी के बिलकुल नज़दीक आकर सवाल किया, "तेरे बुढ़ापे पर रहम आता है, वरना..." उसने दांत भींच लिए, "बोल जल्दी, सुलतान कब आया था ? क्या दे गया है...कितनी देर रुका था ?"

असगरी कांप उठी। श्यामराव ने एक धमकी के प्रभाव की प्रतीक्षा में उत्तर चाहा, पर जब नहीं मिला तो एकसाथ कई तमाचे बुढ़िया के मुंह, पर छोड़ दिए। असगरी बिफरकर धरती पर आ रही। पुतली चीखी "मइयो।" वह असगरी को संभालने लगी। असगरी ज़मीन पर पड़ी हुई रो-रोकर कह रही थी, "यह तो जुलम है हजूर, अंधेर है। मैं सच कहती हूं, सुलतान नहीं आया। नहीं आया !- हमपर जुलम-अन्याय करके तुम भी कभी सुखी नहीं रहोगे। तुम्हारे घर में भी औरतें हैं...उनकी भी इज्जत-आबरू है !..."

श्यामराव ने इस बार लपककर पुतली का हाथ पकड़ा और उसे झकझोर डाला, "तू बोल ! जल्दी बोल ! सुलतान आया था ?...सुलतान आया था ना ?"

पुतली की चुनरी एक ओर जा पड़ी। छातियां अंगिया से उभरी दीखने लगीं।

उसने श्वामराव की पकड़ से छूटने का असफल प्रयत्न किया। रो उठी, "छोड़ मुझे ! ...सच कहती हूं, सुलतानसिंह नहीं आया।...नौटंकी के बाद मिला भी नहीं।"

असगरी जैसे-तैसे धरती से उठी। अब वह घिघिया नहीं रही थी, बल्कि क्रोधित होकर श्यामराव पर मुक्के बरसाने लगी थी, "इसे छोड़ दे हत्यारे! तेरे अपनी मां-बहिनें नहीं हैं क्या ? छोड़ ! ...छोड़...! छोडं !..."

छोटे थानेदार ने श्यामराव को लगातार मुक्के खाते हुए देखा तो झपटकर असगरी को खींचने लगा।

श्यामराव ने पुतली को नहीं छोड़ा था। उसने उसे सीने से भींच लिया। इतनी ज़ोर से कि वह चीख उठी। उसने गालियां दीं, "छोड़ मुझे ! तू अफसर नहीं है, गुण्डा है।"

असगरी को छोटे थानेदार ने ताकत से खींचकर दूर कर दिया। वह चीखती रही, "छोड़ उसे ! तेरा जवान बेटां मरे ! दूसरों की इज्जत उतारता है, तेरे कीड़े पड़ेंगे। तेरी अपनी इज्जत धूल हो जाएगी !"

"भरोसी !" छोटे थानेदार ने सिपाही को पुकारा और जब वह आ गया तो असगरी को उसकी पकड़ में देते हुए बोला, "इसे हवालात में बंद कर दे। हरामज़ादी, देखें कब तक नहीं बतलाएगी ?"

श्यामराव ने पुतली को अपने सीने से अलग कर दिया था और फिलहाल सिपाही के सामने पूछ रहा था, "स्साली ! चीर डालूंगा। जल्दी बता, सुलतान आया था या नहीं ? कब आया था ? उसका सीना गरम करती है और हमसे कहती है—कुछ पता नहीं। देखता हूं, कैसे पता नहीं !"

सिपाही असगरी को दरवाज़े की ओर खींच रहा था और वह चीख रही थी, "तेरा नास हो ! तेरे कीड़े पड़ें ! अरे, मैं ऊंचे-ऊंचे अफसरों तक जाऊंगी। दिल्ली तक जाऊंगी। तू समझता क्या है रे हरामी ?...बुरा हो तेरा! तेरी मां-बहिनों के सामने भी यही आएगा !...छोड़ दे मेरी पुतली को !"

भरोसी उसे घसीटता हुआ बाहर ले गया। बरामदे में तैनात संतरी ने उसे घसीटने में मदद दी।

श्यामराव चिल्ला रहा था, "बोल, जल्दी बोल !"

पुतली रोई—ज़ोर-ज़ोर से। कमरे में सिर्फ श्यामराव और थाने दार थे। असगरी की चीख-चिल्लाहट और रुलाई के स्वर अब भी आ रहे थे, पर वे बहुत मंदे थे। संभवत: भरोसी ने उसे हवालत में पहुंचा दिया था।

"पहुंच गई ?" श्यामराव ने छोटे थानेदार से सवाल किया। वह पुतली को मज़बूती से पकड़े हुए था जिसकी छटपटाहट थकान के कारण अब पूर्वापेक्षा कुछ ढीली हो गई थी।

"हां, पहुंच गई। साली बहुत हड़कंप मचाने लगी थी।" छोटे थानेदार ने आश्वस्त होकर उत्तर दिया, तभी थाने के बाहर से मोटर की घर्राहट सुनाई पड़ी।

"क्या बात है ?" श्यामराव परेशान हुआ।

छोटा थानेदार लपका हुआ बाहर गया फिर तुरंत वापस लौटा—घबराता हुआ। बोला, "डिप्टी साहब आए हैं।"

"क्या?"

पुतली आज़ाद हो गई।

दोनों थानेदारों ने जल्दी-जल्दी ड्रेस संभाली। पहरेवाला सिपाही भीतर आ गया था। श्यामराव ने आदेश दिया, "जल्दी से इसे और असगरी को घर छुड़वा दे।"

सिपाही पुतली को लेकर जाने लगा। श्यामराव ने उसे घुड़का, "इधर से नहीं, उधर से !" उसने फुर्ती से कमरे का एक और दरवाज़ा खोल दिया—पीछे की तरफवाला।

इधर पुतली को साथ लिए सिपाही दरवाज़े से गया उधर डिप्टी साहब ने कमरे में प्रवेश किया।

दोनों थानेदारों ने मुस्तैदी से सिल्यूट दी।

दस

मोतीराम की लाश ने पुलिस और जन-साधारण में फैली अफवाहों को साफ कर दिया। सारे अंदाज़े गलत निकल गए थे। सुलतानसिंह ज़िन्दा था। उसने मुखबिर रास्ते से हटा दिया था। मोतीराम की मौत से पुलिस का सारा कार्यक्रम चौपट हो गया। बरसों की मेहनत के बाद एक आदमी तैयार किया था सो सुलतान ने उसे भी रास्ते से हटा दिया। अब ज़रूरत थी, कुछ नये सहारे तैयार किए जाएं। पुलिस ने पहला निशाना पुतली पर लगाया।

सुलतानसिंह को पुलिस-गतिविधि का हर समाचार मिलता रहता था। मोतीराम की लाश पाकर पुलिस विभाग में किस तरह खलबली मची थी, शंकरसिंह उसके ज़िंदा होने की खबर पाकर किस तरह परेशान है और श्यामराव को किस तरह अफसरों की डांट पड़ रही है...आदि।

इस बार नई खबर मिली—"श्यामराव ने पुतली और उसकी बुढ़िया मां को बहुत तंग किया !"

सुलतान ने हाल में ही एक महंगी टेलिस्कोपिक रायफल पांच गुने दाम देकर खरीदी थी। उसीकी सफाई कर रहा था। संदेशवाहक से सामाचार पाकर एकदम पूछा, "क्यों ?"

संदेशवाहक ने बतलाया, "पुलिस को खबर मिली थी कि तुम सतझिरी के बीहड़ों से निकले थे।"

"फिर ?"

"दरोगा ने पुतली और उसकी मां को गिरफ्तार कर लिया और बहुत पीटा !" संदेशवाहक आगे भी कुछ बतलाना चाहता था, पर हिचकिचाने लगा..."और..."

"और क्या ?"

"और...और कहते हैं दोनों को रात-भर हवालात में बन्द रखा।...गांववाले कह रहे हैं कि..." वह फिर रुक गया।

"अच्छा, तू जा।" सुलतान ने उसे विदा कर दिया और हजारी को बुलाया, बोला, "पुतली पर बेकार जुलुम कर रही है पुलिस।"

हजारी चुप रहा।

कुछ देर सुलतानसिंह सोचता रहा फिर बोला, "पुतली को यहीं ले आओ। नहीं तो पुलिसवाले उसपर और अन्याय करेंगे। उन हरामजादों की जात खराब होती है।"

"पर ठाकुर..." हजारी ने कुछ कहना चाहा।

"पर क्या ?" सुलतान बोला, "सुना नहीं, उन लोगों को हमारी वजह से क्या-क्या भुगतना पड़ रहा है? उस श्यामराव साले को तो मैं देख लूंगा, पर तुम लोग फिलहाल पुतली को यहीं ले आओ।"

"मगर ऐसा कैसे हो सकता है ? वह नौटंकी में काम क़रनेवाली औरत है, उसे ठिकाने पर लाओगे ?...बड़ा संदेह रहता है। तुम्हें भगवती का इष्ट भले हो, पर औरत जात से दूर ही रहना चाहिए। तिसपर पुतली जैसी औरत गिरोह के बीच में रहेगी...? मेरा ख्याल है, यह बात ठीक नहीं होगी।"

"क्यों, इसमें क्या हुआ ?" सुलतान की आवाज़ भारी हो गई।

हजारीसिंह ने उसकी भारी आवाज़ और तीखी दृष्टि की तनिक भी परवाह किए बगैर अपनी बात जारी रखी, "जरा ठण्डे दिल से सोचो ठाकुर, पुतली पर पुलिस का चक्कर चल चुका है। जान के मोह में अगर गिरोह को फंसवा बैठी तो..." उसने वाक्य

अधूरा छोड़ दिया, "बड़ा खतरा रहता है। इन रंडी, बेड़नी और नाचनेवालियों की जात का कोई भरोसा नहीं। फिर असली बात तो यह है ठाकुर कि औरत चीज ही बड़ी अजीब होती है। फर्ज करो, कल गिरोह में ही किसीकी आंख चढ़ गई तो आपस में ही सिर-फुड़ौअल हो जाएगी। मेरी सलाह मानो, उसे अपने से दूर ही रहने दो।"

"मुझे तेरी सलाह नहीं चाहिए।" सुलतान गुर्राया, "मैंने भी औरतें देखी हैं। उनकी जात पहचानता हूं। मुझे यह भी पता है कि बहुत-से डाकू औरत के फेर में ही मारे गए हैं, मगर हर कोई इसी तरह मारा जाएगा, यह कोई बात नहीं है ! मैं तुझसे जो कुछ कह रहा हूं, वही कर ! बस !"

"मगर ठाकुर..." हजारी ने एक और प्रयत्न किया।

"मैंने कहा ना !"

हजारी ने सिर झुका लिया।

"आज ही चले जाओ !"

हजारी बगैर टीका-टिप्पणी किए तैयारी में लग गया।

गिरोह में कानाफूसी होने लगी। औरत, और फिर पुतली जैसी औरत—जिसका पेशा नौटंकी में काम करना हो, भला भरोसे की हो सकती है ?...

औरत गिरोह के बीच में रहे और किसीका मन न बिगड़े ? यह नामुमकिन है। गिरोह टूट जाएगा ! जरूर टूट जाएगा।

हजारी दु:खी था। यह पहला वक्त था जब सुलतानसिंह ने उसे इतने डांट-डपटकर जवाब दिए थे। उसे क्रोध भी आया, पर सुलतानसिंह ? ऐसे आदमी पर क्रोध करना अलग बात है, निकाल सकना अलग बात। भीतर ही भीतर घुटकर रह गया हजारीसिंह। उसने तीन आदमी साथ लिए और आदेशपालन में रवाना हो गया।

सुलतान ने हजारी को डांट भले दिया हो, पर उसे इसका अफसोस था। ऐसे और भी कई मौके आए थे, जब हजारी ने उसे समझाया था। कई-कई बार वह ज़िद्द ही पकड़ लेता था, पर सुलतान ने उससे कभी इस तरह का व्यवहार नहीं किया। आज न जाने क्यों वह खुद को रोक नहीं सका।

वह जानता है, पुतली का गिरोह में आना एक बड़े खतरे को बुलावा देना है किन्तु सब कुछ जानते-समझते हुए भी उसे लगता है, वह लाचार है। सुलतान को इस किस्म की मौत से भी प्यार हो गया है। इस दुस्साहस-भरे प्यार में भी कितनी शांति है ? मौत अगर पुतली का रूप रखकर उसके पास आ रही है, तो उसे मंजूर है !

हजारी के चले जाने पर वह देर तक पूतली और मौत के बारे में सोचता रहा। यह सचमुच उसके अपने लिए भी कम हैरानी की बात नहीं थी कि मृत्यु की बीभत्स कल्पना के बावजूद वह तनिक भी परेशान या बेचैन नहीं हुआ था। वह उस समय ज़रूर विचलित हुआ, जब उसे शंकरसिंह का ध्यान हो आया। कहीं पुतली के कारण उसका प्रण अधूरा न रह जाए। पर शायद ऐसा नहीं होगा।

एक मौका फिर आ रहा है। खबर मिली थी कि शंकरसिंह किसी बारात में जानेवाला है। सुलतान निर्णय कर चुका था—इस बार फिर ! पिछली कई बार की तरह एक बार फिर मौत से जूझ जाएगा वह। हजारी पुतली को ले आए, फिर सुलतान सिर्फ शंकरसिंह से निपटेगा।

सुलतान के दिमाग में पुतली फिर उभर आई है। याद का एक अंकुर दिल से फूटकर दिमाग तक फैल गया है।

ग्यारह

और पुतली उसके सामने थी !

सुलतान यादों में डूब गया...सिरीराम का पुरा...नाच...पुतली और उसकी वह बात—'माफ करना ठाकुर,...' सुलतान ने रुपये दिए थे। पुतली बोली थी, 'मुझे नहीं चाहिए। आपने मेरा काम देखा, मेरे लिए यही बहुत है।...' सुलतानसिंह को सब कुछ याद है। कुछ भी नहीं भूल सका। भूलना भी नहीं चाहता। वह एकटक उसे देखे जा रहा था। इस तरह जैसे बंगाले का जादू कर दिया हो पुतली ने। वैसा ही जैसा आल्हा में लिखा है कि राजा भरथरी पर रानी पिंगला ने कर दिया था एक बार !

हजारी ने सुलतान को इस तरह घूरते देखा तो कुछ कड़वाहट महसूस की—'ठाकुर, तुम्हारे सिर से भगवती का हाथ उठ गया !' उसने सोचा, एक गहरी सांस खींची और बीहड़ की गुफा से बाहर चला गया।

पुतली चुप थी। सारी उम्र जितना साहस कमाया था, उस सबको बटोरे खड़ी थी। उसे क्रोध भी आ रहा था, पर सुलतान ठाकुर की आसपास सोलह गांव में कीर्ति फैली है। कहते हैं उसके सिर पर साक्षात् भगवती का हाथ है। जब-जब यम ने उसे घेरा, भगवती ने उसे बचा लिया है। यह सोचते ही वह सुलतान के पिछले कारनामों की

याद में घिर गई। हर याद उसके स्त्री-मन को दहलाती-कंपाती गई। न जाने कितनी बार पुतली ने आंखों के आगे बार-बार आ जानेवाला धुंधलका साफ किया। मन हुआ था, रो पड़े, पर नहीं। बागी के सामने रोकर वह यह प्रकट नहीं होने देगी कि औरत कमज़ोर होती है। उसने पलकें उठाईं...रायफल।...डर न जाने कहां चला गया मन से। एक बार...बस, एक बार ! यह रायफल हाथ आ जाए, फिर बता देगी पुतली कि सुलतान के सिर पर अगर भगवती ने हाथ रख दिया है तो पुतली भी यों ही नहीं है।...जिस-जिसने चम्बल की मर्यादा तोड़ी है, औरत के धर्म पर हाथ डाला है, उस-उसकी लाश पुलिस बीहड़ों से उठा लाई है !

वही झुकी हुई गरदन...न उठनेवाली नज़र...वही संकोच। सुलतान की इच्छा हुई, कहे—'पुतली, तू नहीं जानती कि मैं कितना अवश था ?...' मगर वह कुछ कह नहीं सका। उसने देखा, पुतली के कपड़ों पर धूल चढ़ी थी। वह मुरझाई-सी लगती थी। एक बार फिर मन हुआ था सुलतान का—कहे कि तू थक गई होगी। आराम कर ले। पर फिर वही बेबसी। शब्द तैयार होते हैं, पर सूखे ग्रास की तरह गले में अटके रह जाते हैं।

सुलतान ने बेचैनी से रायफल पर हाथ फिराया। क्या बोले, क्या न बोले ? औरत की जात...सुलतान की दूर-दूर गांवों में कीर्ति फैली हुई है। गो-ब्राह्मण की रक्षा करनेवाला सुलतानसिंह ! वह सुलतानसिंह बीहड़ों की मर्यादा तोड़कर लड़की उठवा बैठा है। सोलह गांवों में चर्चा हो रही होगी...अब वह पराई बेटी से अकेले में बोलेगा?...छिः छिः !

पुतली खड़ी थी। झुकी गरदन, मुरझाया चेहरा और रीती हैरान नज़रें...

सुलतान समझ नहीं पा रहा है—क्या कहे, क्या करे ? अगर पुतली आंख मिलाकर उसे देख लेगी तो सुलतान का सिर शर्म से झुक जाएगा। वह सिर जो गोलियों की बाढ़ में भी नहीं झुकता। लाश सामने रखी रहे तो सुलतान रोटी खा सकता है पर वह इस तरह किसी औरत से आंख नहीं मिला सकता। उसने रायफल उठा ली और बाहर निकल गया। हजारी कुछ डाकुओं के बीच खड़ा फुस-फुसा रहा था। सुलतान को आते देखकर उनकी बातचीत बन्द हो गई। इस तरह जैसे पास ही बीहड़ों में कहीं गोली चल गई है।

"हजारी !"

हजारी पास आ गया।

"उसके नहाने-धोने का बन्दोबस्त कर दे।"

हजारी चला गया।

सुलतान गिरोह के लोगों से दूर एक ओर जा बैठा। कहीं पुतली पूछ ले कि तुमने क्यों बुलाया है, तो क्या जवाब देगा कपतान? हजारी ने पुतली को उड़ाया है। सबेरे तक तो बात चारों ओर फैल चुकी होगी। सुलतान अनुमान किए गया। रुकमिन ने सुना होगा। क्या सोचेगी ? कितनी घृणा हुई होगी उसे ? अब कौन-सा मुंह लेकर वह रुकमिन के पास जा सकता है? वह तो पहले से ही सुलतान से नाराज है। वह नहीं चाहती थी कि सुलतान बागी हो जाए पर सुलतान ने बीहड़े नाप लिए थे। यही बहुत हो गया था। सुलतान ने डाकू होते हुए भी सोलह गांवों में दया-धर्म का वह डंका बजाया कि रुकमिन का दुःख खुशी में बदल गया। पर अब ?...अब सुलतान की। कीति माटी हो गई है। कौन-सा मुंह लेकर जाएगा रुकमिन के पास ?...वह बगैर विराम सोचे गया...हर खयाल उसके जहन में उगता गया और उसे सौ-सौ लानतें भेजता रहा। एक बार हज़ारी गया था उसके गांव। लौटकर उसने बताया था—'रुकमिन मइयो की बड़ी बात है। जिस गांव-गली निकल जाती है, मरद-औरतें घरों से बाहर निकलकर उसे देखते हैं कि यही है बागी सुलतान की मां ?...असल ठकुराइन ! बेटा बागी भले हो गया हो, पर चक्रवर्ती राजा जैसे गुन हैं उसमें। सुलतानसिंह, गो-बाम्हन प्रतिपालक ! जिसके राज में पत्ता भी उसकी मरजी से ही हिलता है।'

परेशान हो उठा सुलतानसिंह। अब उसकी मां गर्व से सिर ऊंचा कर नहीं निकल सकती। न उसे देखने घरों से बाहर लोग निकलेंगे।

शाम झुक आई थी और बीहड़ों की चोटियां घूंघट ओढ़ने लगी थीं। सुलतान वैसे ही बैठा हुआ था। झांई की आवाज़ उठी तो उसे लगा कि चारों दिशाओं से सवाल उठ रहे हैं—'सुलतान, तेरे 'कीरत गीतों' का क्या होगा ?...कौन-सी मां मानौती मानेगी कि उसका बेटा सुलतानसिंह जैसा हो ?...तेरी मां को कौन कहेगा ठकुराइन ?...'

वह बुदबुदा उठा—'नहीं नहीं, मैंने पुतली को छुआ तक नहीं है। भला कौन कह सकता है कि सुलतान की आंख में खोट है ? जो कहेगा उसे ?...' उसने जबड़े भींच लिए। पंजा रायफल पर कस गया। झांई के बोल और तीखे हुए। लगा जैसे लोग ठहाके देकर हंस रहे हैं—'तेरी रायफल के सामने कोई बोला, तभी तो उसे यमलोक पठाएगा? हजार मुंह, हजार बातें। कौन मानेगा कि तूने पुतली का बदन नहीं छुआ?'

"ठाकूर !"

"हूं ?" सुलतान चौंका, इस तरह जैसे बीहड़ों में रास्ता चलते ठोकर खा गया हो। उसने देखा हजारी सामने खड़ा था।

"पुतली रोटी खाने के लिए इनकार कर रही है।"

"क्यों ?"

"बस, नखरे करती है।"

"बस नखरे करती है ?" सुलतान चिढ़ा। इच्छा हुई कि हजारी को फटकार दे—'बेवकूफ, वह नखरे करेगी ? डर के मारे मरी जी रही है, वह नखरे करेगी ?' उसने कहा, "जा, डर रही होगी। समझा दे उसे कि उसे उसके घर पहुंचा दिया जाएगा। चुपचाप रोटी खा ले।"

हजारी चला गया। थोड़ी ही देर में पुनः वापस लौट आया। बोला, "वह कुछ बोल ही नहीं रही है।"

"बोलती नहीं है ?" सुलतान परेशान हुआ। एक क्षण चुप रहा फिर उठा, रायफल संभाली, बोला, "चल मैं देखता हूं कि कैसे नहीं बोलती !"

दोनों भीतर पहुंचे।

मशालें जल गई थीं। मद्धिम रोशनी में सुलतान ने देखा— पुतली एक कोने में सिकुड़ी बैठी थी। सुलतान पहुंचा तो उठकर खड़ी हो गई। सुलतान बोला, "हजारी, पूछ इससे—क्यों नहीं बोलती।"

पुतली को लगा, सुलतान अजीब आदमी है। एक मर्द श्यामराव भी था और एक सुलतान...

हजारी ने कहा, "ठाकुर पूछ रहे हैं—क्यों नहीं बोलती ?"

पुतली चुप रही।

"हजारी, पूछ इससे—रोटी क्यों नहीं खाएगी ?"

"क्यों, रोटी क्यों नहीं खाएगी ?" हजारी ने पूछा।

पुतली चुप रही। उसके पैर कांपे। डाकू और मौत दोनों का कोई भरोसा नहीं। न जाने कब किस रूप में सामने आएं।

सुलतान की समझ में नहीं आ रहा है कि क्या कहे। बोला, "नहीं बोलती तो मत बोल ! ...मरार हजारी, कह दे इससे—अगर रोटी नहीं खाएगी तो गोली मार दूंगा।"

हजारी ने नहीं दोहराया। उसने सुलतान का चेहरा देखा। पागल हो गया है क्या ?

एकाएक ही सुलतान को लगा कि कुछ गलत बोल गया है। पर अब हो भी क्या सकता

है ? बन्दूक से निकली गोली और मुंह से निकली बात दोनों वापस नहीं होते। सरकारी मरदों की बात अलग है। वह हजारी की बांह पकड़कर खींचता हुआ बाहर चला गया।

रोटी नहीं खाएंगी तो सुलतान गोली से उड़ा देगा। पुतली के शरीर में फुरहरी दौड़ गई। कैसा निर्दयी हैपर इसके अतिरिक्त खयाल भी थे जो उसके दिमाग में चाहे-अनचाहे कौंध रहे थे। उस दिन 'पुरोगराम' देखने पहुंचा तो कैसी सीधी-सीधी बात की थी इसने। गोल-गोल आंखें पुतली के चेहरे पर ही टिकाए रहा था, पर आज...? आज न तो इसकी आंख ही ऊपर उठी है और न सीधी बात ही कर पा रहा है...?

द्वार पर खांसी के ठसके उठे। पुतली के विचार पारे की तरह बिखर गए।

हजारी रोटी लाया था। अल्म्यूनियम के कटोरे में दाल और तश्तरी में कुछ रोटियां।

हजारी ने रोटियां पुतली के सामने ला रखीं, "ठाकुर ने कहलवाया है कि अगर पुतली बाई रोटी नहीं खाएगी तो वह भी नहीं खाएगा !"

क्यों ?...अजीब आदमी है सुलतान ! रोटी खिलाने के लिए कभी गोली मार देने की धमकी देता है और कभी इस अपनेपन के साथ...

"ठाकुर का हुक्म है, रोटी तुमको मेरे सामने ही खानी पड़ेगी।" हजारी मुसकराता हुआ एक ओर खड़ा हो गया।

पुतली ने दाल का कटोरा अपने आगे खींच लिया।

बारह

नाच के लिए रवाना हुई गाड़ियां जब आधे रास्ते से ही लौटकर वापस गांव आ पहुंचीं तो लोगों ने अचरज से कभी गाड़ी हांकनेवालों को देखा और कभी असगरी बाई को। इतनी जल्दी तो प्रोग्राम पूरा कर लौटा नहीं जा सकता ! जिस गांव में पार्टी गई थी, वह ठहरा रसिकों का गांव। प्रोग्राम एक दिन का हो तो लोग दस दिन बढ़वा लेते।

गाड़ियां रुकीं। असगरी के घर पर।वह रोती-बिलखती उतरी और घर में समा गई। फिर उदास चेहरे लिए हुए सारंगीवाले इमामबख्श और तबलेवाले रहमत मियां उतरे...पुतली कहां है ? देखनेवाले परेशान थे। सब कुछ बड़ा रहस्यपूर्ण लग रहा था। बात की बात में ढेर से मर्द-औरत जुट आए। एक के बाद एक सवाल। कभी गाड़ीवानों से, कभी इमामबख्श से, कभी रहमत मियां से।

"पुतली कहां है ?"

"असगरी क्यों रो रही है ?"

"क्या हुआ ?"

"एक गाडीवान ने मुंह लटकाकर एकसाथ हर प्रश्न का जवाब दे दिया, "पुतली को बीच रास्ते में ही डाकू उड़ा ले गए !"

सब ओर सन्नाटा ! जैसे गिरोह आसपास ही कहीं है। थोड़ी देर वैसा ही रहा फिर सवाल पुनः उग आए, "कहां ?...कैसे ?...किस वक्त...?"

गाड़ीवान झल्ला उठा, "कहा न, कि डाकू उठा ले।गएसुलतान डाकू के गिरोहवाले। अब फालतू दिमाग मत चाटो !"

सवाल बन्द हो गए। एकत्र मर्द-औरतों में फुसफुसाहटें सुलग गई। औरतों के चेहरे उतर गए। सुलतान के मन पर पाप छा गया है। मरदों का विश्वास डगमगा गया। जब सुलतानसिंह जैसा आदमी यह सब करने लगा तो 'कांग्रेसी-राज' में न्याय का क्या ठिकाना ? कुछ विश्वास टूट भी गए। देवी का हाथ उठ गया उसके सिर से ! जल्दी ही सुना जाएगा कि बीहड़ों में ठाकुर की लाश पड़ी सड़ रही है ! जब-जब डाकू ने धरम छोड़ा, यही हुआ है।...पर कुछ विश्वास कायम भी थे। हमें सुलतान के नाम पर ऐसी किसी बात का भरोसा नहीं है। वह गौ, औरत और धर्म का खयाल करता है। सुलतान के नाम पर किया गया यह काम जरूर किन्हीं गुंडों ने किया होगा।

गाड़ीवान गाड़ियां खाली कर घर चले गए।

कुछ पास-पड़ोसी असगरी बाई को सांत्वना दे गए।

बात थाने तक पहुंची तो दरोगाजी दौड़े आए। असगरी को समझा-बुझाकर बयान लिया गया फिर और लोगों के बयानात हुए। कार्यवाही पूरी कर वे भी लौट गए।

गांव के आसमान में कुछ टीका-टिप्पणियां उभर आईं। असगरी की रुलाई बन्द नहीं हो रही है...क्यों नहीं हो रही है...? एक तो बागी को लपका लिया...उसका दिया धन खाया... अब रोती है !...

दरोगा ने दिलासा दिया था, "पता लगा रहे हैं।" असगरी कई दिनों सुबह-शाम थाने के चक्कर लगाती रही। सिपाही से दरोगा तक के पांव पकड़ लेती। कहती, "बस, मेरी पुतली को ला दो। सब जनम-जिन्दगी तुम्हारी गुलामी करूंगी।"

दरोगा और सिपाहियों ने दो-चार दिन तो बर्दाश्त किया फिर खीझने-चिल्लाने लगे। यहां तक कि एक दिन धक्के मारकर थाने से बाहर करवा दिया। असगरी रोती-

सिसकती लौट आई। उसने घर आकर धरती पर सिर पटका—पुतली नहीं आएगी ! उसने सुलतान हैं को हर सांस के साथ गालियां दीं—'वह मरेगा ! उसके कीड़े पड़ेंगे !... उसकी लाश सड़ेगी !...'

तेरह

पुतली को दूसरे दिन भी अनिच्छापूर्वक भोजन करना पड़ा।

हजारी थाली लाता था, साथ में सुलतान का सन्देशा—'ठाकुर ने कहा है कि पुतली नहीं खाएगी तो वह भी नहीं खाएगा !'

पुतली उलझती ही चली गई। सुलतान है विचित्र। पिछले तीन सालों से उसकी निर्ममता और निर्दयता के ऐसे-ऐसे किस्से सुनती आई थी कि दिल दहल जाता था। और अब वह देख रही थी कि बिलकुल बच्चों जैसा स्वभाव है उसका। जब-जब पुतली सुलतान के बारे में सोचती, उसे लगता कि कोने में एक भरी हुई बन्दूक टिकी हुई है और कोई बच्चा उससे खेल रहा है।

उस दिन पुतली बाहर की एक चट्टान पर बैठी सुलतान और उसके साथियों का काम देख रही थी। रोज़ का नियमित काम। वह ऊबने लगती थी...रोज़ सिर्फ बन्दूक... रोज़ सिर्फ गोलियां...

दोपहर का खाना खाकर वह थोड़ी देर सोई थी कि एकाएक ही बन्दूक की आवाज़ हुई और वह घबराती हुई बाहर चली आई। देखा कि सामने के टीले पर बैठा सुलतानसिंह गरदन झुकाए हुए अंगुलियों से मिट्टी में कुछ बना-बिगाड़ रहा है। हजारी और कुछ डाकू अपनी-रायफलें संभाले दूर एक टीले पर रखी खाकी टोपी पर क्रमवार निशाना लगा रहे थे।

धांय ! ...एक गोली फिर छूटी। टोपी उड़ गई थी। कहां ? पुतली की नज़रें कुछ भी न देख सकीं। हजारी ने निशानेबाज़ डाकू की पीठ थपथपाई, "शाबास ! इसी तरह निशाना साधकर पुलिस के कुत्तों को उड़ा देना !"

सिहर गई पुतली। जैसे-तैसे जी थामकर खड़ी रही वह। बिलकुल एक तसवीर की तरह।

सुलतान किसी आवाज़ से विचलित नहीं होता था। वह पूर्ववत् धरती पर अंगुलियां फिरा रहा था।

पुतली कुछ देर खड़ी रहकर भीतर चली आई।

शाम को सुलतान का सन्देशा आया,"पुतलीबाई, बाहर आ जाएं।"

"क्यों ?"

"पासवाले गांव से मिसरजी आए हैं। रामायण बांचेंगे !"

पुतली बाहर आ गई। चाहती तो इनकार कर देती। सुलतान के हुकम की गुलाम तो है नहीं, पर रामायण सुनने से इनकार कर देना उसके धर्मभीरु मन के लिए असम्भव है।

टीले के चौड़े हिस्से पर श्रोता डाकू अपने-अपने हथियारों से लैस वैठे हुए थे। उन सभीकी दृष्टि मिसरजी की ओर लगी थी जो तिकटी पर रामायण रखे गंभीर मुद्रा में बैठे हुए थे। पुतली आई। डाकुओं ने एक ओर हटकर उसके लिए जगह बना दी। उसने उड़ती-सी दृष्टि से देखा। सुलतान उसकी ओर से न जाने क्यों बहुत उदासीन है। वह लगातार मिसरजी की ओर देख रहा था। बीच में नज़र हटती तो दोनों हाथ में थमी रायफल की ओर देख लेता।

मिसरजी ने खांसा। पास में रखी लालटेन की बत्ती कुछ बढ़ाई और आंखें रामायण पर टिका दीं—"तो भइया !..."

"महाराज, पहले शिव-पार्वती विवाह हो जाए !" एक डाकू ने फरमाइश की।

"तुम्हारी मरजी।" मिसरजी ने रामायण से आंखें हटा लीं। कुछ गुनगुनाए फिर बोलने लगे, "तो परसंग तब का है जब पारबती माता की घोर तपस्या और जोग से परसन्न हो कें नांई सिबजी महाराज परकट हो गए। वे भांत-भांत से पारबती को समझाने लगे। तो सिबजी महाराज कैसे समझाते हैं, सो सुनो...

अगड़ बम्म बम, बम लहरी...

अगड़ बम्म बम, बम लहरी...

बारह बरस की पारबती
और साठ बरस का मैं जोगी
मेरा-तेरा जोग नहीं, संजोग नहीं
और ब्याह करने का समय नहीं
गई जवानी आया बुढ़ापा
डगर-डगर मेरी नार : गरदन : हले
घुटने से घुटना लगन लगा है
थर-थर काया डोल रही

अगड़ बम बम, बम लहरी..."

"जै हो, जै हो ! धन्न है महाराज !" श्रोता भावविभोर होकर कहते हैं। पुतली ने मन ही मन शिव-पार्वती का स्मरण किया, फिर मिसरजी और ध्यान लगाए बैठे श्रोताओं की ओर देखा। सुलतान की आंखें बन्द हैं जैसे आत्मविभोर हो गया हो।

मिसरजी कहते हैं, "तो सज्जनो, सिबजी महाराज, पारबती से कहते हैं कि तू बारह साल की है और मैं बुड्ढा हो गया हूं—साठ साला का। मेरा-तेरा न जोग 'फिट' बैठता है न संजोग। फिर कैसे ब्याह होगा। ब्याह तो बराबरीवालों में होता है ना, और इधर मेरा घूंटे से घूंटा मिल जाता है और गरदन तथा खोपड़ी डगर-डगर करके हिलती है। सारी काया का हाल यह हो गया है कि—

बोले महादेव

सुन गौरा,
तू बड़ी बावरी पारबती
जो जोगी के ख्याल पड़ी
सव्वा मन का है सोटा
और पांच हात लम्बी साफी
अफीम-पोस्त के भोजन करूं मैं
भांग-धतूरा पिया करूं
और दिन-भर दिन-भर भंग रगड़ूं

अगड़ बम्म बम, बम लहरी...
अगड़ बम्म बम..."

"जै हो सिबजी महाराज की !" सुलतान ने कहा और सौ का एक नोट मिसरजी पर उछाल दिया। एक क्षण के लिए मिसरजी अगली पंक्ति भूल गए—अगड़ बम्म बम...

"तो सज्जनों..."

...और देर तक भक्ति-रस से ओतप्रोत गीत चलता रहा, फिर रामायण हुई।

काफी रात गए जब मिसरजी दान-दक्षिणा लेकर चले गए तो पुतली भीतर आई। पर देर तक जागती रही वह। नींद भी बुरे वक्त में इस तरह बगावत कर देती है कि ढूंढ़े नहीं मिलती। पुतली जागती रही। वह तरह-तरह से सुलतानसिंह के बारे में सोचती रही और जब रात का अंधेरा रोशनी-भरी भोर से डरकर बीहड़ों में दुबकने लगा तो तब भी वह जाग रही थी। वह बाहर आई। देखा कि एक ओर सुलतान बैठा बीड़ी पी रहा

है। पुतली का मन हुआ पूछे—'अव तक जाग रहे हो, ठाकुर ?' पर यह पहल ? उसके मन में संकोच आ घिरा। चुप रही।

सुलतान ने उसे देखा, जैसे पूछ रहा हो, 'तुम सोई नहीं अब तक?' फिर उसने जल्दी-जल्दी बीड़ी के कुछ कश खींचे और धरती पर रगडकर उसे बुझा दिया।

पहरे पर जाग रहे दोनों डाकुओं ने दोनों ही ओर संकोच के कई परदे डाले।

सकुचाकर पुतली भीतर चली गई। भला वे पहरेवाले क्या सोचेंगे ?—और सुलतानसिंह ?—उसकी आंखें कितनी सुर्ख हैं ? शायद वह भी सारी रात सो नहीं सका है। निर्दयी सुलतानसिंह ! बच्चों जैसा जिद्दी।—लगता है जैसे गांव, घर, गली और असगरी सभीको दबाती हुई एक नई तस्वीर मन में उभरती जा रही है—सुलतानसिंह ! सांवले रंग का जवान, छाती पर बड़े-बड़े बाल, बात का धनी है, पर है ढीठ। दो दिन बीत गए हैं। न नज़र फिराकर पुतली की ओर देखा है, न उससे बोला ही है। पुतली को याद आता है जब स्टेज पर उतरती थी तो लोग किस तरह आहें फेंकते थे ?—यों भी जब गली-गांव में निकलती तो बुढ़े-जवान दिलों को रौंदती चली जाती थी। हर आंख से लगता था जैसे भीख मांगी जा रही हो, मगर यह सुलतान ?—कितनी उपेक्षा दे रहा है उसे ?—घमण्डी कहीं का !

पुतली की तबीयत होती है, दौड़कर जाए और सुलतान की छाती नोंच-नोंचकर कहे—'तू मुझे देख !—देख कि मैं कैसी लगती हूं ? सारे गांव के लोग कहते हैं कि कलजुग में असगरी की बेटी का रूप धरकर मेनका अप्सरा उतर आई है धरती पर !...'

वह देर तक और दूर तक सोचती रही। और फिर उसने निर्णय कर लिया कि सुलतानसिंह से साफ-साफ बात करेगी ! अब और उपेक्षा नहीं सही जाती है पुतली से !

दिन निकला। पुतली सुलतान के सामने जा खड़ी हुई। गिरोह के लोगों ने विस्मय से देखा। वह पहली बार यह विचित्र-सा व्यवहार कर रही थी।

पुतली भारी स्वर में बोली, "ठाकुर, तुमने मुझे कहीं का नहीं छोड़ा। अब सारे

गांव-गैल के लोग मुझे ताने देंगे ! मैं जानती हूं कि तुमने मेरे तन-बदन को नहीं छुआ, मगर उससे क्या होता है ? पराये मुंहों पर लगाम देना मुश्किल बात है !"

गिरोह के लोग खड़े हो गए। एक ओर वे आश्चर्यपूर्वक पुतली का दुस्साहस देख रहे थे, दूसरी ओर सुलतान का चेहरा। सुलतान को सुनने की आदत नहीं है। पुतली अपनी मौत बुला रही है।

पुतली आवेश में थी, कहे गई, "तुम्हारे कीर्ति के गीत खूब सुने थे कि गौ-बाम्हन और औरत जात के रखवाले हो तुम ! सूरजबंसी छत्री! पर खूब धरम निबाहा है तुमने !" उसकी आवाज़ हिलक गई, "तुमने मुझे सारी जिंदगी के लिए रुलाई दे दी है। जात से छोटी-बड़ी हो जाने पर भी औरत के धरम में कोई फर्क नहीं पड़ता !"

पुतली के हर शब्द के साथ गोली लगने जैसी पीड़ा अनुभव करता रहा सुलतान। गिरोह के सदस्य जड़ हो गए थे। जैसे चम्बल की छाती पर भुतहे टीले खड़े हों।

पुतली रो पड़ी, "बस तुम तो मुझे मेरे गांव छुड़वा दो। ताकि सारी जिंदगी पिछले जनम के किसी भाव का बोझा ढोती रहूं !"

सुलतान ने कमज़ोर मन से जीवन की सारी शक्ति लगाकर क्षमायाचना की, "मुझसे भूल हो गई। भारी गलती हुई। तू मुझे माफ कर दे! औरत जात की इज्जत मैं भी जानता हूं। तू जो दंड दे, वह मैं भुगतने को तैयार हूं। भावावेश में उसने अपनी रायफल पुतली की ओर बढ़ा दी, "ले तू चाहे तो मार दे मुझे !...भगबती की सौगंध, मुझसे भूल हुई है। मैं तेरा अपराधी हूं !..."

गिरोह ने हैरानी से देखा। क्या हो गया है इसे ? जिस बन्दूक का साथ इसने व्याहता औरत की तरह कभी नहीं छोड़ा है, उसे एक नाचनेवाली के हाथों में देकर वह अपनी मौत मांग रहा है ?

पुतली भी कम परेशान नहीं थी। ! अब क्या कहे ? वह फुर्ती से भीतर लौट गई।

चौदह

सुलतान ने पुतली को छुड़वा दिया !

जब से खबर फैली थी, तब से रुकमिन न तो पास-पड़ोस के घरों में उठने-बैठने गई और न ज़्यादा घर से बाहर निकली। उसके जिन कानों ने बेटे के 'कीरतगीत' सुने

थे, वे ही बदनामी सुन रहे थे। सुलतान को बागी हो जाना रुकमिन के लिए उतनी बड़ी घटना नहीं थी जितनी बदनाम हो जाना।

रुकमिन का एकान्त आंतरिक उथल-पुथल में डूब गया।

उसे किसुनसिंह' का खयाल आता—उसका पति। दूर-दूर गांवों में उसकी ठकुरास का डंका बजता था। कभी चौपाल या पंचायत में बात चलती है तो चार लोग आज भी याद करते हैं। कहते हैं कि आदमी हो तो किसुन ठाकुर जैसा। बात का सच्चा था। बिलकुल रानी विक्टोरिया के जमानेवाला चांदी का कलदार ! दूर चबूतरे पर कोई बहू-बेटी बैठी हो तो मोड़ से ही खांसता-खंगारता आता था। पराई औरत से इस तरह बोलता था जैसे सीतला माता के मन्दिर में माथा टेकने आया हो। भाई हमने तो सारी जिन्दगी में वैसा मर्द ठाकुर देखा नहीं।

रुकमिन, किसुनसिंह के जीते-जी और मरने के बाद भी आज तक यही सब सुनती रही है। जब-जब उसने ये बातें सुनी हैं, उसमें ज़िंदा रहने की इच्छा-शक्ति बढ़ी है। वह अनुभव करती है—किसुन सिंह की अमरता। मरते वे हैं जो अपने पीछे कीर्ति नहीं छोड़ जाते। किसुनसिंह कैसे मरता ? उसके गैर-ठौर कीर्तिगीत गाए जाते हैं।

रुकमिन याद करती है और हर क्षण व्याकुल होती जाती है। बह किसुनसिंह और सुलतान के चेहरे अपनी स्मृतियों में उभरते-फैलते पाती है। अनचाहे ही वे तुलने लगते हैं...एक उसका पति था जिसकी कीर्ति के गर्व पर वह आज तक जिंदा है और एक है उसका बेटा सुलतान ! छोटी जात किसी नाचनेवाली को उड़वा लिया है उसने। गांव के हर घर में चर्चा है। रुकमिन का उठा रहनेवाला माथा झुक गया है जैसे सुलतान ने अपना धर्म नहीं छोड़ा, रुकमिन के गर्भ ने छोटी जात पैदा की है !

कितना अच्छा होता कि सुलतान पुलिस की गोली खाकर भर गया होता।

रुकमिन मनौती करती है—'हे सीतला माई, बांझ औरतें तेरे मंदिर पर दीया रखकर कोख फलने-फूलने का आशीष मांगती हैं और मैं तेरे मन्दिर पर दीया रखकर ऐसे बदनाम बेटे की मौत मांगती हूं !'

हजार आदमियों को अपने हाथ से कतल कर डालता सुलतान सींग, पर पराई बहू-बेटी पर हाथ डाला उसने। पुराणों में लिखा है—क्षत्रिय जाति का आदमी हजार हत्याएं करे तो भी वह पातक नहीं लगता जो औरत की आबरू पर हाथ डालने से

लगता है ! ...

रुकमिन दांत भींच लेती है। कितनी अवश है वह? सुलतान सामने होता तो बोलने का भी मौका न देती, गोली मार देती ! जैसे-जैसे सोचती है वह, उसकी भी कोख में दर्द होता है। सुलतान ने घाव कर दिया है वहां।

कोई और दिन होता तो उन सब लोगों को जो व्यंग्य कर रहे हैं, रुकमिन गालियां सुनाती, उनकी सौ-सौ पीढ़ियां कोसती, बहुत सिर चढ़ आते तो गोली मार देती, पर अब कुछ नहीं कर सकती। सुलतान ने काम ही ऐसा किया है कि सदा उठा रहनेवाला सिर झुक गया है और झुके रहनेवाले सिर हिमालय तक ऊंचे उठ गए हैं।

एक बार काम से घर के बाहर चली गई थी वह तो ढेर-सी बातें सुन आई थी ! न रोटी मन से गले उतरी, न चैन से नींद आई उस रात। उसने सोचा और बुदबुदा उठी—'सुलतान, तूने कुल की लाज लजाई, तूने मांटी का धरम छोड़ा ! तू नहीं बचेगा ! चम्बल सब कुछ माफ करती है—औरत जात पर बिगड़ी आंख माफ नहीं करती !...'

व्यंग्य-चर्चा ने करवटें ली थीं। रुकमिन तक बातें पहुंची थीं। लोग कहते हैं कि सुलतान किसनुसिंह का खून नहीं है ! रुकमिन लहू का घूंट पीकर रह गई। एक बार—बस, एक बार सुलतान उसके सामने आ जाए...उस दिन रुकमिन सारे कलंक धो डालेगी।

रुकमिन को याद है, सुलतान छोटा था तो वह उसके लिए सैकड़ों सपने बुना करती थी। वह बड़ा होगा, बिलकुल किसुनसींग जैसा हट्टा-कट्टा, चौड़ी छातीवाली। रुकमिन उसके लिए ऐसे कुल की बहू लाएगी जिसकी चाल में अदब और बोलने में धरती जैसी गंभीरता होगी। फुल-सा मुलायम शरीर होगा। चलेगी तो लगेगा जैसे नई फसल लहलहाई हो, खेतों में। बोलेगी इस तरह जैसे हार-खेत में भर सावन कोयल बोली हो।

रुकमिन एक गहरी टीस पीकर ऐसा हर खयाल दफन कर लेती है।

कांच की चूड़ी जैसी आबरू उतर गई उसकी।

"कमिन काकी हैं ?"

रुकमिन ने दरवाज़ा खोला, "क्यों ?''

"दूर गांव से तुम्हारे मेहमान आए हैं।"

"कौन ?" रुकमिन ने संदेशवाहक ग्रामीण के साथ खड़ी बूढ़ी महिला को पहचानने की कोशिश की। दिमाग में क्रमशः जाने-पहचाने चेहरे उतरे। यह चेहरा तो कहीं है नहीं ?...

"सतझिरी से आई हूं।...असगरी मेरा नाम है। पुतली की मां..."

परिचय जानकर रुकमिन की इच्छा हुई थी, दुत्कारकर बाहर निकाल दे, पर उसने ऐसा न कर पूछा, "किस काम से आई हो ?...भीतर आओ।"

असगरी भीतर आई। रुकमिन ने उसे बैठने के लिए चटाई दी।

"ठकुराइन, तुम सब जानती हो।" असगरी बैठ गई, "कहावत है कि भरी जवानी औरत की जात कन्धे से पल्लू गिरा दे तो सारे जमाने की अंगुलियां उठ जाती हैं। किसी धन-धरमवाले की 'छत्तरछाया' सिर पर हो तो लोग कुछ कहने से पहले दस बार सोच-समझ लेते हैं नहीं तो ठकुराइन, बात कहते-सुनते दुनिया को दो घड़ी भी नहीं लगतीं।"

रुकमिन ने कोई जवाब नहीं दिया।

असगरी ने अपनी बात जारी रखी, "ठकुराइन, तुम चाहो तो पुतली को मुझे वापस दिला सकती हो। पुलिस का बूता नहीं है कि सुलतान ठाकुर से मेरी बिटिया वापस दिला दे। तुम्हारे हुक्म पर सुलतानसींग सब कुछ कर सकता है।"

रुकमिन अब भी चुप थी।

"बड़ी आस लगाकर आई हूं, ठकुराइन।" असगरी बोली, "तुम्हारे बेटे ने उसकी आबरू उतार दी, शायद यह सोचकर कि नाचने-गाने का पेशा करनेवालियों की कोई इज्जत-आबरू ही नहीं होती। छोटे मुंह बड़ी बात न समझो तो एक प्रार्थना करू ?"

"कहो ?"

"पुतली वापस आ जाए तो तुम उसे अपनी बहू-बांदी बना लो। दस जगह हमारी भी जात-बिरादरीवाले, नाते-रिस्तेदार हैं। अपने-अपने समाज में हर किसीकी इज्जत होती है। फेरे न पड़े तो न सही। पुतली को तुम सुनतान के नाम पर अपने घर में ही डाल लो। हमारे लिए यही बड़ी बात होगी। चार जगह मुंह बताने लायक रहेंगे। अभी तो बात न इधर की है, न उधर की !"

रुकमिन का मन हुआ, दुत्कार दे। तोमरों के असल खून में असगरी की औलाद मिलावट करेगी। जगह-जगह नाचने और कूल्हे मटकानेवाली औरत सुलतान के कुल की आबरू बनेगी ?—बेवकूफ असगरी, अपनी औकात में रह ! तेरी और तेरे समाज

की इज्जत हम खूब समझते हैं। सुलतान तेरी बिटिया को वापस कर दे, समझना यही बहुत हो गया।...शायद रुकमिन कह भी देती, पर हर बार उसे यह भी लगता था कि असगरी बाई जो कुछ कह रही है, उसके पीछे कहीं रुकमिन अपराधी है—रुकमिन का खून—सुलतानसिंह अपराधी है !

"ठकुराइन, नाचने-गाने का पेशा भले ही करते हों, हम लोग। पर इज्जत रंडियों की भी होती है। हम तो बड़े लोगों को अपना काम दिखाकर अपना पेट-भर पालते हैं, पर सुलतान ठाकुर ऊंचे कुल और ऊंची जातवाले हैं। उन्हें शोभा नहीं देता था कि अपने गर्व में किसी औरत की आबरू मांटी कर दें।—और अब, जब यह सब हो ही चुका है तो उनका भी फर्ज है कि उस औरत को निबाहें।"

असगरी की ओर रुकमिन की नज़र तेज़ हुई।

असगरी ने कहा, "पुतली का दोनों तरफ से मरना है। तुम घर-आंचल की छाया न दो तो मौत, दे दो तो मौत। सुलतान ठाकुर ठहरे बागी। उनकी सांसें रायफल में चल रही हैं। पुतली सारी जवानी जलेगी और एक दिन मर जाएगी। पर यह मौत, आबरू की मौत होगी, बाई। कम से कम कलंक और पाप का बोझ ढोती हुई तो न मरेगी !"

रुकमिन का क्रोध संयम की सीमा लांघ गया, फिर भी उसने स्वयं को बहुत संयत रखने की चेष्टा करते हुए कहा, "मैं सुलतान के किए-धरे पर बहुत दुःखी हूं, बाई। बस चला तो तुम्हारी मदद करूंगी। सुलतान तक खबर पहुंचवा दूंगी कि पुतली को छोड़ दे।''

असगरी ने तरह-तरह से धन्यवाद दिए, फिर कहा, "ठकुराइन, तुम खुद औरत जात हो। दूसरे का दर्द समझती हो। पुतली को स्वीकार करके तुमने अपना बढ़प्पन बताया है।

रुकमिन की सहानुभूति और संयम से असगरी को कुछ गलतफहमी हो रही है—यह समझते रुकमिन को देर नहीं लगी। उसने बात तुरन्त साफ कर दी, "बाई, आदमी बदन से बड़ा कपड़ा पहन ले तो बदन नहीं बढ़ता, उलटे वह बेडौल दीखने लगता है। पुतली का खून हमारे खून में मिलाने की कोशिश मत करो। तुम्हारी बेटी तुम्हारे पास जिन्दा पहुंच जाएगी, यही काफी है।''

असगरी बाई को लगा जैसे बदन पर तेज़ाब के कुछ छींटे आ गिरे हैं और जगह-जगह से चमड़ी फोड़कर मांस निकल आया है।

रुकमिन ने संयत स्वर में कहा, "सुलतान तुम्हें जितना खल रहा है, उससे कहीं ज्यादा मुझे खल रहा है। उसने हमारे कुल की मर्यादा तोड़ी है। ऐसा बुरा किया है उसने

जैसा उसकी सात पीढ़ियों में कभी नहीं हुआ। पर इसका यह मतलब नहीं है कि उसमें राजपूती खून ही नहीं रहा। खेत चलते बाड़ थोड़े ही खाई जाती है। सुलतान की जरा-सी गलती पर इतना मौका मत साधो कि हमारी अगली पीढ़ियों में शुद्ध लहू ही नहीं रहे। तुम्हारी पुतली तुम्हारे घर पहुंच जाएगी, बस !"

"बडी ऊंची ठकुरास है तुम्हारी !" असगरी बौखलाकर उठ पड़ी, "अपनी इज्जत पर पैबन्द लगाते लाज आती है और दूसरे का आंचल खींचते दया नहीं आती। ...मैं जाती हूं ठकुराइन ! पर तुम भी औरत हो। दूसरे की आबरू से खेलोगी तो तुम्हारे सामने भी तुम्हारा किया आएगा ?" वह पैर पटकती हुई बाहर चली गई।

रुकमिन को कुछ कहने का भी मौका नहीं मिला। सिर्फ यही देख सकी कि देहरी पार करते समय असगरी ने आंखों पर साड़ी का आंचल फिराया था।

पन्द्रह

रुकमिन के बुने सपनों से सुलतानसिंह बेखबर नहीं है। वह कुल की मर्यादा भी जानता है और राजपूती खून की असलियत भी। पर कई बार आदमी ऐसी उलझन में फंस जाता है कि लाख सुलझना चाहे, सुलझ नहीं पाता। सुलतान ने बहुत सोचा। कभी रुकमिन के सपनों के बारे में, कभी पुतली के बारे में और कभी अपनी बागी ज़िन्दगी के बारे में, पर हर बार उलझता ही गया। पहले से कई गुना ज़्यादा।

ऐसा नहीं है कि सुलझाव है ही नहीं, है—पर इस सुलझाव के रास्ते पर सैकड़ों उलझनें हैं। मुमकिन है कि सुलझते-सुलझते सुलतान और अधिक उलझ जाए।

उसने बहुत सोचा। इतना, जितना न कभी पुलिस के बारे में सोचा था, न गिरोह के बारे में। पर हर बार हुआ यही कि वह जहां से सोचना शुरू करता, वहीं वापस लौट आता।

आज भी, भोर से दोपहर तक वह विचारों की भूल-भुलैया में ही फंसा रहा। और अंत में अपनी उसी पुरानी जगह पर आ पहुंचा।

सिर्फ एक तरीका है। एक सुझाव। उसे पुतली से विवाह करना होगा !

पर रुकमिन के सपनों का क्या होगा ?... उसके बाप किसुन सिंह की कीर्ति ? ...खुद सुलतानसिंह के ही कीर्तिगीत कम नहीं हैं।... यह पूरे जात-समाज की बात है।...वह अपने-आपसे जवाब तलब करने लगा।

उलझनें—लगातार उलझनें।

पर उसने फैसला कर लिया। जो भी हो, आज उसे रास्ता चुन लेना है।

और उसने रास्ता चुन लिया। वह उठा। मन में दृढ़ संकल्प और पैरों में विश्वास की शक्ति।

दूर एक टीले पर पुतली बैठी थी। ठीक सुलतान की ही तरह उलझनों में घिरी—बैचैन।

सुलतान उसके ठीक पीछे जा खड़ा हुआ। इतने फासले पर कि दूर से देखनेवाले को भी उनके बीच की दूरी दीख सके। उसने बन्दूक की नली पर मुट्ठियां कसी, बोला, "पुतली बाई !"

पुतली ने चौंककर पीछे देखा।

आज सुलतान ने और दिनों की तरह नज़र झुकाकर बात नहीं की, "पुतली बाई, मुझसे कसूर तो बड़ा हो गया है, पर मैं इसके प्रायश्चित्त के लिए तैयार हूं। मैं अपने कुल की मान-मर्यादा सब कुछ छोड़कर यह कलंक धो डालूंगा।"

पुतली एकाएक कुछ नहीं कह सकी। आश्चर्यचकित उसका चेहरा देखे गई।

"पुतली बाई, मैं बागी हूं। मेरी जिन्दगी निश्चित नहीं है। न जाने किस दिन, किस ओर से गोली आए और मेरी छाती फाड़ जाए ! मेरे साथ जिस औरत की जिन्दगी बंधेगी, उसे किस दिन रोना पड़ जाए, इसका कोई ठिकाना नहीं है। मैं खुद भी नहीं चाहता था कि ऐसा हो, पर लाचारी है।"

सुलतान क्या कहना चाहता है ?

"तुम मुझ जैसे आदमी से जिन्दगी बांधने को तैयार हो ?" सुलतान ने एकदम सीधा और बेध जानेवाला प्रश्न कर दिया।

पुतली अवाक्। उसे लग रहा है कि सपना देख रही है। सुलतान, ऊंचे कुल का ठाकुर, बागी है तो क्या हुआ ? पर पुतली से, एक नाचने-गानेवाली से विवाह का प्रस्ताव कर रहा है। उसे लगा जैसे कुछ गलत सुन रही है वह। कैसे करे विश्वास ?

सुलतान ने अपना प्रस्ताव दोहरा दिया।

पुतली की आंखें सुलतान पर ठहरी रह गईं, कहना चाहती थी—'पागल हो गए

हो, ठाकुर ? छोटी, गिरी हुई जाति से नाता जोड़ोगे ? तुम्हारी इज्जत...'

"मैं जानता हूं कि मुझसे विवाह करके तेरी सारी उमर में जहर घल जाएगा, पर अब मेरे पास इसके अलावा और कोई रास्ता ही नहीं है। मेरे कारण तू अपने माथे पर कलंक लिए रहे, इससे अच्छा तो यही है कि मेरे नाम के साथ यह कलंक जोड़ दे। इसमें मेरे जीते जी तुझे रंडापे का बोझ उठाना पड़ सकता है, पर यह बोझ आबरू-इज्जत का होगा।"

पुतली बार-बार सुनकर भी विश्वास नहीं कर पा रही है...कैसे करे ?...आहों, झूठे वायदों और फब्तियों से अलग विश्वास का यह अनजाना संसार पहली बार देख रही है वह...

सुलतान के चेहरे पर फीकी-सी मुसकान बिखरी, "डरती है ?... ठीक ही है, किसी डाकू से सारी जिन्दगी का नाता जोड़कर कौन खुश रह सकता है ? मैं खुद भी नहीं चाहता था, पर क्या करूं? अब इसके सिवाय कोई रास्ता ही नहीं दीखता है।''

"नहीं नहीं, ठाकुर ! तुम जैसे आदमी से जिन्दगी बांधकर कोई दुखी नहीं होगा। मेरे बड़े भाग कि तुम मुझे अपनाने को तैयार हो।"

"पर मैंने पहले ही बता दिया है कि मेरी जिन्दगी का कोई भरोसा नहीं है। तू सोच-समझकर फैसला कर ले। मैं आज संकरसींग की तलास में जा रहा हूं। लौटूंगा तब तक तू सोच-समझ लेगी।"

पुतली तुरंत अपना फैसला सुना देना चाहती थी, पर सुलतान ने मौका नहीं दिया। वह बात पूरी कर फुर्ती से चला गया।

सांझ हुए गिरोह तैयार हो गया।

खबर मिली थी कि शंकरसिंह एक बारात में अपने गांव से बाहर निकल रहा है।

सुलतानसिंह ने सोच लिया था—इस बार नहीं छोडूंगा। उसने कुछ आदमी साथ लेकर सारा इंतज़ाम किया था। वह जगह तलाश कर ली थी जहां से बारात गुज़रनेवाली थी। कहां घेरा डालना ठीक रहेगा...कहां गिरोह मोर्चा लगाएगा...और पुलिस कितनी दूर हो सकती है !

बारात के साथ बन्दूकें होंगी। कितनी होंगी ?...अनुमान कर लिया गया था और उस अनुमान के साथ ही अपनी शक्ति का अनुमान।

सुलतानसिंह ने कमर से सीने तक कारतूसपेटी बांध ली।

पुतली एक ओर खड़ी चुपचाप देखती रही। सुलतान के चेहरे पर कई दिनों के बाद उत्साह दीख रहा था। वह वक्त आ गया है, जिसके लिए वह इतने दिनों तक आंधी-पानी, धूप और सरदी से जूझता हुआ वीहड़ों के टीले गिनता रहा है।

हजारीसिंह ने उसे पानी की केतली दी। सुलतान ने उसे कंधे पर टांगा। वह खुश था। जब-जब शंकरसिंह से वैर चुकाने का मौका हाथ आया था, वह उसी तरह खुश हुआ था। पर अब तक के सारे मौके असफलता ही साथ लाते रहे हैं, मगर सुलतान को विश्वास है कि एक न एक दिन ज़रूर सही मौका आ जाएगा...शायद आज ही मौका आ गया हो !

पुतली के मन में संकोच, उससे भी कई गुना भय। सुलतानसिंह बदला चुकाने जा रहा है। वह खुद गोलियों को न्यौता देगा और मौत से छिवा-छिवऊअल खेलेगा। पुतली को डर लगा। शरीर में विचित्रसी सिहरन अनुभव की उसने। मन हुआ, दो कदम आगे बढ़े और कहे, 'मत जाओ ठाकुर !' पर यह सोचकर पुतली संकोच के और गहरे बोझ में दब गई कि सुलतान को रोकने-टोकने का अधिकार ही क्या है उसे ?

सुलतानसिंह बहुत जल्दी में तैयार हुआ था। उसने धैर्य से अगर कोई काम किया था तो सिर्फ यह कि बन्दूक की परख अच्छी तरह कर ली थी। गिरोह के चलने से पहले वह पुतली के पास आया।

"सबेरे तक लौट आऊंगा। तब तक तेरी हिफाजत के लिए आदमी छोड़े जा रहा हूं।"

और इससे पहले कि पुतली कुछ कहे, वह चला गया।

पुतली ऊंचे टीले पर खड़ी उन्हें जाते हुए देखती रही। अपनी-अपनी रायफलें उठाए हुए वे बीहड़ों की चौड़ी-संकरी गलियों और दरारों में फुर्ती से चले जा रहे थे। सुलतान सभी से आगे था। पुतली उस समय तक उन सभीको देखती रही जब तक कि वे सभी बीहड़ों में न डूब गए।

कुछ देर वह निरुद्देश्य ही बीहड़ों में नज़रें भटकाती रही और फिर अपनी जगह लौट आई।

टीले सांस के साथ ही अंधेरे में कैद होते जा रहे थे और निस्तब्धता हर क्षण, पहले के क्षणों को पराजित करती हुई बढ़ती जा रही थी। सुलतानसिंह जिस आदमी को छोड़ गया था, उसने मशाल जलाई। प्रकाश की एक लौ ने जैसे मज़बूत अंधेरे से मखौल किया।

पुतली उस अस्तित्वहीन प्रकाश को देर तक देखती रही। सुलतान और उसके साथी न जाने कितनी दूर जा पहुंचे होंगे। वह सोच रही थी और हर क्षण किसी अज्ञात आशंका से डरी हुई थी।

सुलतान अपने गिने-चुने आदमी लेकर बारात पर टूट पड़ेगा। वह कुछ लोगों की हत्या कर डालेगा या मुमकिन है पुलिस से उसकी मुठभेड़ हो जाए। यह भी तो हो सकता है कि कोई गोली सुलतानसींग को...नहीं-नहीं उसने इस कड़वे विचार को मन से उतार फेंकने की कोशिश की।

पर मन का क्या करे ? सोचता है तो सोचता ही चला जाता है। बेलगाम। और आदमी बेबस उसके साथ बंधा चला जाता है।

न चाहते हुए भी पुतली ने बहुत कुछ सोच लिया था। बागी की जिन्दगी का क्या ठीक ? आज सांस चल रही है, कल बन्द हो जाए ! बीमारी तो आदमी को इलाज का मौका भी दे देती है, पर गोली तो सामनेवाले को दूसरी सांस भी नहीं लेने देती। सुलतान बागी है, पर है कितना भला...व्यर्थ कभी किसीसे शत्रुता नहीं बांधी, किसी औरत का बदन नहीं छुआ, पर गोली भले-बुरे का फर्क ही कहां करती है ? वह तो एक बार नली से निकली सो निकली।

पुतली तमाम रात सोचती रही। शंका-कुशंकाओं का कोहरा उसके दिल से दिमाग तक छाया रहा।. जब भोर का पहला संकेत अंधेरे को तोड़ता, बीहड़ों के टीलों पर आ गिरा तब उसने नीचेवाली संकरी पगडण्डियों पर कुछ फुसफुसाहटें सुनीं और इससे पूर्व कि वह उठे, नीचे देखे, टीले पर मुस्तैदी से रायफल साधे खड़ा डाकू पहरेदार उसके पास आ गया, "बाई, ठाकुर आ गया !"

पुतली टीले पर आई। गिरोह उन्हीं भूलभुलैयों-भरी दरारों से आ रहा था। सुलतान उन सबके आगे-आगे।

वे सब ऊपर आ गए। थके हुए थे और उन सभी के चेहरों पर बेचैनी थी। पुतली चुपचाप देखती रही। उसे आश्चर्य था हजारी कहां रह गया ?

एक डाकू ने आगे बढ़कर सुलतान की बांह से केतली उतारी, फर्स्ट-एड का डिब्बा कन्धे से खोला और जब वह उसे भीतर रखने चला गया तो सुलतान निढाल-सा धरती पर बैठ गया। उसका चेहरा मलिन था। वह रीती आंखों से आसमान की ओर ताक रहा था।

हजारी नहीं दीखता ?...पुतली ने आए हुए लोगों पर एक के बाद एक नज़र दौड़ाई। फिर एक डाकू से पूछा, "हजारी..."

“उसे पुलिस ने मार दिया !”

पुतली जैसे-तैसे बेहोशी थाम सकी। उसके पैर कांपे। कुछ घंटे हुए होंगे...केवल दिन डूबा है और यह रात गुज़री है...पलक मारते एक चेहरा बुझ गया जिसे उसने कुछ देर पहले देखा था। लम्बा-चौड़ा शरीर, बड़ी-बड़ी आंखें, चौड़े कन्धे, गोश्त से भरी हुई मजबूत बांहें...सब एक सपने की तरह झूठ हो गए हैं।

पुतली सिहर गई। इसी तरह किसी दिन सुलतान...

नहीं, नहीं ! पुतली ने कई बार चाहा कि यह कड़वा खयाल दिमाग से उलीचकर बाहर फेंक दे, पर वह असमर्थ रही—तेरे सोचने न सोचने से क्या होता है...’ जैसे कोई उसके कानों में कुशंका का यह लोहा गरम कर उंडेले जा रहा है। वह सुन रही है, लाचार होकर महसूस भी कर रही है...बागी की जिन्दगी का कोई ठिकाना नहीं होता... एक न एक दिन सुलतानसिंह भी इसी तरह जाएगा और फिर कभी नहीं लौटेगा... बिलकुल इसी तरह जैसे हजारी शाम को गया था और सुबह नहीं लौटा...और सब सपने की तरह आया-गया होकर रह जाएगा...

सुलतानसिंह देर तक वैसे ही पड़ा रहा। बिना हिले-डुले। इस तरह जैसे किसीने उसके हाथ से बन्दूक छीन ली है। बगल से कारतूसपेटी उतार ली है और वह निहत्था-निढाल धरती पर आ गिरा है...

सूरज की इक्का-दुक्का किरणें बीहड़ों की मीलों दूर फैली कतारें लांघती हुई कुछ देर पहले ही उसके पास आ गिरी थीं और अब धीरे-धीरे उसके बदन पर बिखरने लगी थीं।

पुतली ने उसकी मनःस्थिति पहचानी। हजारी का अभाव, संकरसींग से बदले की आग और पुतली—एक उलझन...

सुलतान टूटने लगा है। इस तरह जैसे परिस्थितियों ने उसके युवा शरीर को बुढ़ापे में डुबो दिया है।

हजारी मर गया। वह हजारीसिंह, जिसका निशाना ठाकुर की ज़बान की तरह सच्चा था और कहते हैं जिसकी बन्दूक का जवाब देने वाली बन्दूक बीहड़ों में अब तक पैदा नहीं हुई थी। सुलतान उसे याद किए जा रहा था...अपने सगे भाई पर भी शायद सुलतान उतना भरोसा न करता जितना उसने हजारी पर किया था और हजारी ने अपने सारे जीवन सुलतान का विश्वास इस तरह निबाहा था जैसे वह उससे अलग कहीं

था ही नहीं। सुलतान के दुश्मन को हजारी ने सारी ज़िन्दगी अपना दुश्मन माना था...

सुलतान ने इस विचार के साथ ही अनुभव किया जैसे उसके हाथों में खून की रफ्तार कम हो गई है। वह रफ्तार जिसकी धुन में उसने न दिन देखा था, न रात...हजारी मर गया ! जिसके मज़बूत कन्धों पर सुलतान ने घायल होने के बाद कोसों दूर तक खतरा पार किया था, मौत को धोखा दिया था। सुलतान का मन हुआ कि बीहड़ की मांटी में मुंह देकर फफक-फफककर रो पड़े।

हजारीसिंह नहीं मरा है, सुलतानसिंह और मौत के बीच का फासला कम हो गया है। वह था, तो सुलतान और पुलिस की गोलियों के बीच इस तरह अड़ जाता था जैसे बीहड़ों का कोई ऊंचा टीला बीच में पड़ गया हो।

सुलतान सोचता गया और हर क्षण उसके इर्द-गिर्द हजारी की यादें घिरती गई।

गिरोह के हर आदमी से आगे बढ़कर मार करता था वह।

सुलतान को बीती रात की घटना याद हो आई। उस समय भी हजारीसिंह ही सबसे आगे बढ़ा चला गया था। चिल्लाता हुआ।

सुलतान दांत भींचकर बुदबुदाया—'संकरसींग ! साले ! ... पुलिस गार्ड लेकर बारात में चल रहा था ! ...'

हजारी आगे बढ़ा था। चीखा था, संकरसी-ई-ईग...!" वह दौड़ता ही आगे चला गया था और गाड़ियों में से गोलियों की बौछार उसपर होने लगी थी। हजारी को बन्दूक संभालने का मौका भी नहीं मिला था।

दायीं ओर बढ़े जा रहे सुलतान के आदमियों ने जारी की कुछ चींखें सुनी थीं और फिर वे सब उलटे पैरों भाग खड़े हुए थे। यह दौड़ मीलों तक चलती रही थी। पुलिस बहुत थी और हजारी गोलियों से बिंधा वहीं मांटी में पड़ा रह गया था।

सुलतान की मुट्ठियां भिंच गईं।

पुतली उसके पास आई। कुछ देर रीती आंखों सुलतान उसे देखता रहा। बिलकुल एक बच्चे जैसी मासूमियत से।

"ठाकुर, धूप बहुत चढ़ आई है। भीतर चलो !"

सुलतान चुपचाप भीतर चला गया।

सोलह

आषाढ़ लगा। बरखा की पहली बूंदें गिरीं और सुलतान ने गिरोह के सारे लोगों को बुलाकर बता दिया, "अब यह जगह छोड़नी पड़ेगी !"

गिरोह सिर्फ गर्मियों के मौसम में ही यहां टिक पाता था। बारिश शुरू होते ही जगह बदलना आवश्यक हो जाता। सुलतान ने जगह बदलने की बात कही, उस वक्त उसे अनचाहे ही हजारी याद हो आया। हर बरसात में गिरोह का इन्तज़ाम वही करता था। और तो और, जगह बदलने की घोषणा भी सुलतान को नहीं करनी होती थी।

हजारी की मौत हुए एक सप्ताह से अधिक समय बीत गया था। पुतली और सुलतान के बीचवाले संकोच के परदे करीब-करीब उठ गए थे। न उठते तो कुछ दिनों बाद उठने ही थे। पुतली ने सुलतान को फैसला सुना दिया था, "मैं तुम्हारे नाम के साथ अपना नाम जोड़ने को तैयार हूं।"

गिरोह को एक दिन फिर सुलतान का बुलावा मिला और सबकी उपस्थिति में पुतली का हाथ पकड़कर सुलतान ने कसम ली, 'मैं वचन देता हूं, जिन्दगी-भर तुझे निबाहूंगा।"

गिरोह के कुछ लोगों को आपत्ति थी। दबी-मुंदी चर्चा भी सुलतान के कानों में आई थी—'पुतली, नाचनेवाली है...उसपर अंधा भरोसा नहीं करना चाहिए...'

पर सुलतानसिंह ने परवाह नहीं की। पीठ-पीछे सौ बातें होती हैं। गिरोह के किसी आदमी ने सामने आकर तो कहा नहीं है। कहता तो सुलतान जवाब दे देता, पर न कोई सवाल उठा, न जवाब दिया गया। न बाजे बजे, न बरात आई, न मंडप लगा, न गीत गाए गए। ठाकुर ने बांह थामी, वचन हारा और पुतली ठकुराइन हो गई।

पुलिस के पहरे बहुत कठोर थे। सुलतान चाहकर भी इस मौके पर पुतली के लिए कुछ नहीं मंगवा सका। हालांकि उसके मन में रुकमिन के संजोए सपने हरे हो गए थे।

कितना कुछ सोचा था, रुकमिन ने ! सुलतान शादी करेगा तो दस गांवों से जाति-बिरादरी के लोग इकट्ठा होंगे। मिलिटरी का बैंड आएगा, मुरैना से आतिशबाज़ी का सामान और ग्वालियर से दूल्हे के हल्दिया कपड़े, गोटे टका साफा और टोनदार जूतियां। बारात इस धूम-धड़ाके से निकलेगी कि आसपास के गांववाले कहें—बारात हो तो सुलतानसिंह जैसी।...क्यों न हो, वह किसुनसिंह का बेटा है।

सुलतान बहू लेकर लौटेगा। दरवाज़े पर स्वागत करते हुए रुक मिन रानी विक्टोरिया के जमाने के पांच खरे कलदार न्यौछावर करनेवाली थी...

सुलतान ने सोचा। बरबस ही उसे हंसी आ गई। कितने सपने थे रुकमिन के ! पर ग्रहों के खेल और हालातों के सामने किसका मनचाहा हो पाता है ? सुलतान का ब्याह हुआ है और 'यह' 'वह' आना तो दूर रहा, खुद रुकमिन ही नदारद है !

पुलिस-पहरे कठोर न होते तो शायद सुलतानसिंह पुतली के लिए नई साड़ियां ज़रूर मंगा लेता, पर वह भी नहीं हो पाया।

सुलतान ने उदास नज़रें पुतली के शरीर पर फिराईं। जिस साड़ी में उठा लिया था, वही धोकर पहन रखी थी पुतली ने। डाके में मिले दो-चार गहने उसके बदन पर थे। अगर कोई नई बात थी तो सिर्फ यह कि पुतली की लज्जा में डूबी मुस्कान बहुत नशीली...

सुलतानसिंह डूबता गया था गहरे, खूब गहरे...अनजाने ही वह पुतली की ओर बढ़ता चला गया था।

संकोच से सिमट गई पुतली। सुलतान उसके एकदम करीब आ पहुंचा था। इतने करीब कि पुतली की धोती और शरीर के कई हिस्से उसके शरीर से टकराने लगे थे। सुलतानसिंह ने पहली बार बड़े अपनत्व के साथ कहा, "पुतली !..."

पुतली को अच्छा लगा। सिहर गई। इस तरह जैसे बरखा की पहली फुहार बदन पर आ गिरी हो।

"पुतली ! ..." सुलतान दोबारा बोला। शायद वह सोच रहा था कि उसे क्या कहना चाहिए ? वह पुतली से और सट गया।

झुनझुनी !...कई बार झुनझुनी भी कितनी मीठी होती है !

सुलतान ने कहा, "मैं तेरे लिए कुछ नहीं मंगवा सका..."

"मुझे कुछ नहीं चाहिए ठाकुर !"

"मैं वहुत दुखी हूं, पुतली। इधर कुछ महीनों से पुलिस की बन्दिश बहुत बढ़ गई है। सरकार नई-नई प्लाटूनें बीहड़ों में भेज रही है। इच्छा तो बहुत थी कि तेरे लिए ग्वालियर से जरीपट्टेवाली धोतियां मंगा देता, पर..."

पुतली पुनः कहना चाहती कि मुझे कुछ नहीं चाहिए, पर संकोच में बात होंठों पर ही जमी रह गई।

"ठाकुर !" बाहर से एक आवाज़ उठी।

सुलतान, पुतली से छिटककर दूर हो गया।

"रुकमिन काकी का आदमी आया है।'' संदेशवाहक डाकू अब भी बाहर ही था।

सुलतान ने कोने में रखी रायफल उठाई और पुतली पर एक नज़र फेंककर बाहर चला गया।

पुतली ने उसका अनुकरण किया।

"राम-राम !" आगंतुक ने सुलतान को देखते ही कहा।

गिरोह के लोग आसपास जुट आए।

सुलतान पूछ रहा था, "कैसे हो बदरी ? बहुत दिनों बाद आना हुआ। मइयो कैसी है ?"

बदरी ने उड़ती दृष्टि से एक ओर खड़ी पुतली को देखा, फिर कहा, "सब ठीक है, ठाकुर ! बड़ी कठिनाई से आ पाया हूं।"

"क्यों ?"

"मंगलपुरा के पास डिप्टी साहब पूरी प्लाटून लिए पड़े हैं !"

सुलतान मुसकराया। उसने कहा, "मुझे मालूम है। तुम तो यह बताओ कि किस काम से आए हो !"

"रुकमिन काकी ने खबर भेजी है कि..." बदरी ने संकोचपूर्वक पुतली को देखा, फिर कहा, "उन्होंने कहलवाया है कि पुतली को उसके घर वापस भेज दो। उन्होंने यह भी कहलवाया है कि पुतली से विवाह की बात मत सोचना !"

सुलतान ने धैर्यपूर्वक समाचार सुना।

पुतली के चेहरे से खुशी की पर्त पुराने प्लास्टर की तरह उखड़ने लगी। कुछ अविश्वास के भाव से उसने सुलतान को देखा। वह गंभीर था, पर आंखों में उदासी का कोहरा तैर आया था।

बदरी सुलतानसिंह का चेहरा देख रहा था जैसे उत्तर की प्रतीक्षा कर रहा हो। जब कुछ देर सुलतान नहीं बोला तो उसे ही बोलना पड़ा, रुकमिन काकी ने कहा है कि जवाब लेकर आना। उन्होंने पुतली की मां को वचन दे दिया है कि वे उसे वापस करवा देंगी !"

सुलतान चुप रहा।

बदरी बोला, "मुझे आज ही वापस लौटना होगा, ठाकुर ! ... उन्होंने कह दिया था जवाब लेकर लौटना।..."

सुलतान ने समझ लिया, बदरी तुरन्त उत्तर चाहता है। उसने पतली को देखा। संशय और असमंजस की कई सीधी और चुभनेवाली लकीरें चेहरे पर उभारे बह उसीकी ओर देख रही थी। क्या कहेगा सुलतान ? ...

सुलतान ने कहा, "रुकमिन मइयो से मेरा चरन छुना कहना और बताना कि सुलतान उनके वचन का रत्ती-रत्ती पालन करेगा, पर इधर वह भी एक वचन हार बैठा है। मइयो ने मुझे खबर भेजने में देर कर दी। मैंने सीतला माता और धरम के नाम पर पुतली को अपनी घरवाली मान लिया है। अब वह किसुनसिंह की बहू है। रही पुतली को उसकी मां के पास भेजने की बात, सो कहना कि सुलतान उसका हुक्म जल्दी ही पूरा कर देगा !"

"पर ठाकुर, काकी ने कहा था कि विवाह की बात मत सोचना। यह कुल, जात और धरम का मामला है..."

बदरी को बीच ही में रुक जाना पड़ा। सुलतान ने स्वर ऊंचा किया, "बस, मैं समझ गया। तू खबर लेकर आया है, चुपचाप खबर लेकर जा। मइयो का हुक्म जितना मेरे बूते में है, मैं निबाह दूंगा। अब उसका भी धरम है कि मेरे वचन की रक्षा करे। मैं पुतली को वचन दे चुका हूं कि तू मन, वचन, करम से मेरी हुई !"

सभी चुप। इस तरह जैसे नौटंकी का परदा उठ रहा हो...दृश्य की उत्कंठा...आगे क्या होगा ?...

बदरी ने आदत के अनुसार पुनः टिप्पणी की, "ठाकुर, रुकमिन कोकी.ने कहलवाया तो नहीं है, पर तुम्हें भीतर की एक बात बताए देता हूं। एक दिन कह रही थी कि अगर सुलतान ने पुतली से फेरे डाल लिए तो उसका मुंह भी न देखूंगी !...सोच-समझकर जबाब दो, काकी का स्वभाव तुम खूब जानते हो..."

"मैं सब समझता हूं !" सुलतान गुर्राया, "तू मुझे ज्यादा मत समझा। मैंने जो जवाब दिया है, वह मइयो तक पहुंचा दे। बस!"

बदरी समझ गया।

"क्या समझा ?"

"समझ गया। कह दूंगा।" मुंह बिगाड़कर बदरी ने उत्तर दिया।

"बाबू ! बदरी को भोजन-पानी कराओ। न जाने कितना चक्कर लेकर चला आ रहा है। इसे इनाम भी देना। जो भी हो, आदमी हीरा है।"

बाबू और कुछ अन्य डाकुओं के साथ जब बदरी एक ओर चला गया तो सुलतान ने हंसते हुए पुतली के गले में बांह डाल दी, "मैं जानता था कि मइयो यही हुक्म करेगी !"

सत्रह

आषाढ़ बीता।

बारिश के दो-चार दौर हुए। गिरोह को जगह बदलनी थी। और सालों तो सुलतान आषाढ़ लगते ही जगह बदल देता था, पर इस बार बात अलग थी। आजकल, आजकल करते सुलतान ने पूरा महीना बिता दिया। सारे-सारे दिन वह बीहड़ों के एकांत में पुतली को साथ लिए घूमता रहता।

हजारी की जगह ली थी बाबू ने। जाति से लुहार था, पर स्वभाव बहुत कुछ ठाकुरों से मिलता था। निशाना भी खूब लगाता था, गाली भी खूब उगलता था। गिरोह पर उसका रौब-मर्तबा था। आंख कुछ खोटवाली थी पर सुलतान की बन्दूक ने सदा यह खोट दबाए रखा था। उसकी सारी इच्छाएं और आंखें सुलतान की बन्दूक के ट्रिगर पर केन्द्रित रहतीं। खोट देखने-करने की फुरसत ही न मिल पाती। तीन साल हुए वह गिरोह में आया था। पुलिस से फरार हुआ था। और बहुत थोड़े समय में ही थाने-चौकियों में उसके नाम पर लूटमार और हत्यारों के इतने जुर्म दर्ज हो चुके थे कि वह हमेशा-हमेशा के लिए बीहड़ों का अपना होकर रह गया।

जब सुलतान ने हजारी से पुतली को उठा लेने के लिए कहा तो बाबू ने विरोध प्रकट किया था—'औरत गिरोह में आएगी यह ठीक नहीं है। फिर नाचनेवाली...'

हजारी ने भी दबा-मुंदा समर्थन किया था, मगर सुलतान का खयाल आते ही उन्हें विचार घोट लेना पड़ता था। मशहूर था कि सुलतानसिंह सोते समय भी बन्दूक के ट्रिगर पर इस तरह अंगुली दबाए रहता है जैसे निशाना साधने ही वाला हो। न तो उसकी आंख को धोखा दिया जा सकता है, न बन्दूक को। जिसने भी कोशिश की अपनी पूरी उमर नहीं जो पाया। और इस खयाल के साथ ही एक-एक कर आंखों में वे चेहरे उभरने लगते थे जिन्हें सुलतान ने पूरी उमर नहीं जीने दिया...

जालिमसिंह, बनवारी, रामरक्खा, सीताराम गिरोह का हर आदमी जानता था कि सुलतान धोखा सूंघता है और उसकी तस्वीर मिटा डालता है। यही कारण था कि पसन्द-नापसन्द के बावजूद गिरोह का हर आदमी सुलतान के हुक्म के आगे चुपचाप गरदन झुका देता है।

सुलतान ने पुतली को उठवाया, नाचनेवाली की जाति को गिरोह के बीच रखा,

उससे विवाह कर लिया...गिरोह का हर आदमी खून के घूंट पीकर रह गया। पर आज ...? आज हर बात से सौ कदम आगे बढ़कर बात कही है सुलतान ने !

गिरोह ने सुना। मौत का सन्नाटा चेहरों पर उतर आया।

"मुझे अपनी मां का हुक्म पूरा करना है।'' सुलतानसिंह ने कहा था, "पुतली को उसके गांव छोड़ देना है !"

यह बात बरदाश्त से बाहर की है !

सुलतान आदेश देकर बीहड़ों में चला गया था—पुतली के गले में बांह डाले हुए।

गिरोह में सनसनी फैल गई।

सारे गुप्त स्थानों और मेल-मुलाकातियों की जानकारी लेकर पुतली वापस गांव में जाएगी ! गिरोह के हर आदमी ने महसूस किया जैसे उसके कहीं नज़दीक ही पुलिस की गोली चलती है और सीना बेध जाती है। उन्हें लगा कि उनके और पुलिस के बीच किसी बीहड़ की ओट नहीं है। सब साफ !...मृत्यु की तरह निश्चित ! ...

बाबू गरजा, "ऐसा नहीं हो सकता ! ठाकुर, पुतली को वापस नहीं भेज सकता। वह पतली है। वह रत्ती-रत्ती बात मालूम कर लेगी और हममें से एक भी नहीं बचेगा !"

पर ठाकुर से कहे कौन ?

"कौन कहेगा ?" एक डाकू ने समस्या पेश की। बाबू ने सीना ठोककर ज़िम्मेदारी ली, "मैं बात कर लूंगा !"

"पर बाबू भइया, अच्छी तरह सोच-विचार कर लो। ठाकुर जिद्दी है !"

"जिद्द की कोई बात नहीं है !'' बाबू ने लापरवाही से कहा, "उसकी जिद के कारण हमें थोड़े ही सरना है।" उसने निश्चय कर लिया था कि एकांत पाते ही सुलतान से बात करेगा। यह महज़ इत्तिफाक था कि सुलतानसिंह ने उसी दिन जगह बदलने की घोषणा की थी—"परसों जाएंगे। बरबई के बीहड़ों में पुतली को छोड़ते हुए आगे निकल जाएंगे।"

धड़कते दिल से गिरोह ने यह निर्णय भी सुना था। एक क्षण सन्नाटा रहा फिर बहुत हिम्मत सहेजकर बाबू ने कहा, "पुतली बाई को छोड़ना बहुत जरूरी है क्या ? बरबई की तरफ पुलिस का दबाब ज्यादा है। उधर जाना खतरे से खाली नहीं है। मेरी सलाह मानो, तो अभी ठहरो।"

"नहीं नहीं !" सुलतान बोला, "यह मेरी मइयो के बचन का सवाल है। पुतली को

बरबई तक छोड़ना ही पड़ेगा। पुलिस के दबाव की बात समझ लेंगे !"

बाबू ने तरीके से बात आगे बढ़ाई,"पुतली बाई को वहां छोड़ दिया तो पुलिस परेशान करेगी। औरत जात है। पुलिसवाले कुत्ते होते हैं। वे औरत की इज्जत-आबरू, किसीका खयाल नहीं करते !"

बाबू नहीं चाहता था कि सुलतान से सीधे, सामने आकर विरोध करे। उसने कूटनीति का सहारा लिया।

सुलतान भुसकराया।

बाबू ने कहा, "सोच लो, ठाकुर ! पुलिस का हर काम तुम्हारा जाना-समझा है।"

सुलतान ने उत्तर दिया, "मैंने सोच लिया है। पुलिस पुतली से कोई गड़बड़ नहीं कर सकती ! सुलतानसिंह की बन्दूक़ का पहले ध्यान रखना पड़ेगा !"

"वहां तक अपना रोब थोड़े ही चलता है, ठाकुर !" बाबू ने व्यंग्य किया।

सुलतान सुलग गया, "जो भी हो, पुतली को उसके गांव पहुंचाना बहुत जरूरी है। पुलिसवालों को पुतली से क्या मतबल ? सुलतान के पास आएं और उसे जिन्दा या मुरदा खींच ले जाएं !"

"पुलिसवाले तुम्हारी तरह नहीं सोचते।" बाबू बोला, "औरत हो, या मर्द, थानों में खाल उधेड़ ली जाती है। मैंने तो बरसों पुलिस में काम किया है। जानता हूं कि वहां क्या-क्या होता है ! मेरी सलाह मानो, पुतली को वहां भेजने का विचार छोड़ दो !"

सुलतान चुप रहा। डाकू उसका चेहरा देखते जा रहे थे। उसपर कई भाव आए-गए। बाबू काले सांप के आगे हाथ घुमा रहा है...पर बाबू ने रटे-रटाए पाठ की तरह बात जारी रखी, "ठाकुर, तुम्हें पुलिस के लम्बे हाथों का पता नहीं है। आदमी से पलक मारते जुर्म कबुलवा लेते हैं। इसमें वे न मर्द का ध्यान करते हैं, न औरत का। पुतली बाई गांव पहुंची और थाने-चौकियों में गति खराब हो जाएगी उसकी !... और बात की बात में वह हमारे सारे ठौर-ठिकाने उगल देगी। जरा सोच-समझ से काम लो, ठाकुर। मार बुरी चीज होती है..."

"बाबू !" सुलतान गुर्राया, "तू बहुत समझदार हो गया है बे !"

गिरोह को लगा—बस, अब सुलतान ट्रिगर पर हाथ रखने ही वाला है...

बाबू नहीं रुका। आज कहने ही बैठा है तो सब कुछ कह डालेगा। बोला, "यह सारे गिरोह की जिन्दगी और मौत का सवाल है, ठाकुर ! तुम अपनी जिद्दबाजी में

सबकी जान खतरे में डाल रहे हो ! जरा सोचो, पुलिस किस तरह बात निकालती है? फिर पुतली ठहरी औरत, उसपर भी नाचनेवाली...पलक मारते सब बता देगी और हम लोग बीहड़ों में मील-भर भी न चल पाएंगे..."

"बाबू !" सुलतान ने बिजली की तरह कौंधकर बन्दूक उठा ली, "अपनी हैसियत में रह हरामी !"

गिरोह फटे दूध की तरह कतरों में बंटकर एक-दूसरे से बहुत अलग हट गया। सुलतान ने झपटकर बाबू का गिरहबान पकड़ा। बाबू पर न संभलते बना, न भागते। उसने भयातुर सुलतान का चेहरा देखा!

"कमीने ! पुतली अब नाचनेवाली नहीं है ! वह सुलतानसींग की घरवाली है।..."

सुलतान की आंखों में वही क्रूरता तैर आई थी, जिसे बाबू ने अक्सर शंकरसिंह का नाम सुनते या लेते वक्त सुलतान के चेहरे पर देखा था।

"माफ कर दो ठाकुर ! ... गल्ती हो गई !"...बाबू का गला रुंध गया।

"स्साले !" सुलतान ने उसका गिरहबान एक झटका देकर छोड़ा। बाबू धरती पर आ गिरा। सुलतानसिंह ने बन्दूक को उलटा कर आसमान की ओर उठाया और लगातार कई चोटें बाबू की कमर पर कीं।

"ठा-आ-आ...कुर !..." बाबू चीखा।

तूने पुतली को गाली दी है, कमीने ! ..."तूने मुझे गाली दी हैं ! सुलतान ने दायें पैर की कई ठोकरें उसके मुंह पर जड़ दीं और ऐसी हर ठोकर के साथ बाबू चीखता-चिल्लाता रहा।"

"माफ कर दो, ठाकुर !...गल्ती हुई ! मैं तुम्हारे पांव पड़ता हूं !..."

सुलतान रुक गया। उसके जबड़े अब भी कसे हुए थे। "पुतली मेरी घरवाली है। उसके गर्भ में मेरा खून पल रहा है !..."

गिरोह के सभी डाकू कांपते-सिहरते सब कुछ कह सकने की हालत में देखते रहे। पास के बीहड़ की ओर से निकलकर पुतली भी आ पहुंची थी, पर उस समय तक बात ठंडी हो गई थी।

बाबू धरती पर पड़ा कराह रहा था।

सुलतान चिल्लाया, "अपनी औकात नहीं समझता मादर...! कमीन !..." उसने एक डाकू को संकेत से पास बुलाकर कहा, "इस कुत्ते को यहां से घसीट ले जाओ। इसके हाथ-पैरों की सिकाई करो। परसों चलने के वक्त तक अगर ठीक नहीं हुआ तो

गोली मारकर यहीं फेंक जाऊंगा!"

कुछ डाकुओं ने मिलकर बाबू को.उठाया और एक ओर ले गए।

अठारह

दरोगा श्यामराव सो रहा था। पत्नी ने उसे जगाया, "सुनते हो, बाहर दीवानजी और छोटे थानेदार खड़े हैं।"

"क्यों ?" श्यामराव कुछ झल्लाता हुआ उठा।

"यह तो वे ही जानें, पर कहते हैं कि तुमसे जरूरी काम है।"

श्यामराव अंडरवीयर-बनियान पहने ही क्वार्टर से बाहर आ गया। आधी रात से ज़्यादा समय बीत चुका था।

दीवानजी और छोटे थानेदार खुसर-पूसर कर रहे थे। जैसे ही श्यामराव बाहर आया, दीवानजी ने समाचार दिया, "पुतली वापस आ गई है।"

"क्या ?" श्यामराव को आश्चर्य हुआ।

"हां।" दीवान बोला, "अपने घर में ही है। अभी घंटे-भर पहले ही आई है।"

श्यामराव बिना कुछ कहे तुरन्त क्वार्टर में चला गया। थोड़ी देर बाद कपड़े पहनकर लौटा। बोला, "चलो देखते हैं।"

तीनों असगरी के घर पहुंचे। दीवान ने कुंडी खटखटाई, लगातार आवाज़ें दीं और जब तक असगरी बाई ने आकर दरवाज़ा खोला तब तक आस-पड़ोस के लोग जाग चुके थे। क्या हुआ ? क्या बात है ? जैसे सवाल चेहरे पर उगाए हुए वे इक्ट्ठे हो गए थे।

"पुतली आ गई ?" श्यामराव ने सवाल दाग दिया।

असगरी का चेहरा बुझ गया। वह कुछ कहे, इससे पूर्व ही श्यामराव को उत्तर मिल चुका था। पुतली भी बाहर आ खड़ी हुई। इस तरह एकाएक उसके सामने आ खड़े होने से श्यामराव कुछ विचलित हो उठा। थोड़ी देर बाद बोला, "तन्दुरुस्त हो गई है।"

असगरी और पुतली दोनों ही खामोश रहीं।

श्यामराव उनकी ओर लगातार देखे जा रहा था।

असगरी बहुत डर गई। पुलिसवाले हैं। न जाने कैसा व्यवहार करें ? फिर श्यामराव को तो वह बहुत अच्छी तरह से जानती-समझती है। बात न हो तो बात पैदा कर दे

और उसके इर्द-गिर्द सौ-सौ दफाएं लागू कर दे। सहमते हुए उसने दरोगा को देखा। जानती है कि पुलिस का चक्कर किसी नागपाश से कम नहीं होता। तिसपर दरोगा श्यामराव का चक्कर...असगरी का दिल धड़कने लगा। बहुत गिरा हुआ आदमी है इसके विपरीत पुतली के चेहरे पर अधिक घबराहट नहीं थी। वह जानती है, पुलिस से भुगतना पड़ेगा। भुगतेगी और कोई चारा भी नहीं है।

श्यामराव उसे टकटकी बांधे देख रहा था। थोड़ी देर बाद पूछा, "कब आई ?"

"अभी, बस घंटा डेढ़ हुआ होगा सरकार !" असगरी ने कहा।

श्यामराव ने उसे डपट दिया, "मैं तुझसे नहीं पूछ रहा हूं !"

कुछ खिसियाकर असगरी चुप हो गई।

"थाने चलो !" श्यामराव पुतली से बोला, "वहां तुम्हारा बयान होगा।"

दर्शक ग्रामीणों का घेरा सिकुड़ता जा रहा था। वे सब कुछ पास से देखने के लिए उत्सुक थे, पर छोटे थानेदार ने बेंत हवा में घुमाकर उन्हें धमका दिया, "ऐ क्या तमाशा हो रहा है? भागो, दूर हटो !"

घेरा छितरा गया।

असगरी कह रही थी, "पुतली थकी-थकाई है हजूर। बयान यहीं ले लो ना। इतने दिनों बाद की कैद से लौटी है दो कौर भी इसके गले नहीं उतरे हैं अब तक।"

"नहीं नहीं, बयान थाने पर ही लिया जाएगा !" श्यामराव ने कठोर स्वर में कहा। फिर पुतली को संकेत किया, "चलो !"

असगरी कुछ और कहती, पर पुतली स्वयं आगे बढ़ गई, "चलो साहेब।"

ग्रामीणों में फुसफुसाहटें फैल गईं—आसमान से गिरे, खजूर में अटके। बागियों के बाद पुलिस के चक्कर में फंस रही है बेचारी।

असगरी चाहती थी, वह भी पुतली के साथ जाए, मगर दरोगा ने कहा, "तू क्या करेगी ? हम तो इसका बयान लेंगे, बाद में भले घर लौट आए। हमें कोई हवालात में थोड़े ही डालना है।"

असगरी ने आश्वस्त होने की कोशिश की किन्तु संदेह की एक हल्कीसी परत दिमाग पर चढ़ रही—पुलिस का क्या भरोसा कब बदल जाए। मगर किया भी क्या जा सकता है?

श्यामराव पुतली को लेकर थाने पहुंचे। छोटे दरोगा से कहा, "इसे कमरे में बिठाओ, तब तक मैं आता हूं।"

पुतली को कमरे में विठाल दिया गया। वही कोना, एक बार पहले भी लाई गई थी यहां और यही दरोगा...पिछली याद ने शरीर में एक सिहरन पैदा कर दी।

थोड़ी देर बाद श्यामराव लौटा। पुतली ने देखा छोटा थानेदार उसके साथ था। बाहर संतरी है और चारों तरफ सन्नाटा...सिहरन में डूबी हुई एक और संदेह की हवा।

श्यामराव कपड़े वदल आया था। छोटा थानेदार और वह पुतली को कुछ देर देखते रहे फिर श्यामराव ने व्यंग्य किया, "तो सुलतान मज़े में है, पुतली बाई ?"

पुतली चुप रही। भला यह कौन-सा तरीका है बयान का ?

"कैसी गजुरी उसके साथ ?"

पुतली दोबारा चुप।

"मैं क्या पूछ रहा हूं ?" दरोगा की आवाज़ कड़क हो गई।

पुतली ने कहा, "मेरा बयान ले लो, साहेब, और घर जाने दो।"

"बड़ी कानून-दां हो गई है ?" श्यामराव ने पुनः व्यंग्य किया, "लगता है सुलतान ने कसकर कानून पढ़ाया है, क्यों ?"

पुतली फिर चुप हो गई। उसे क्रोध आ रहा था, सरकार ने इनके कंधों पर बिल्ले क्या चिपका दिए हैं, मनमानी करने का हुक्म दे दिया है। भला इस तरह बयान लिया जाता है ? यह तो परेशान करना हुआ।

"पुतली, मैं नहीं चाहता कि तू ज्यादा चक्कर में पड़ जाए। भला इसीमें है कि सब कुछ सच-सच कह दे। सुलतानसिंह ने तेरी आबरू-इज्ज़त खराब कर दी है और अब अगर तू चाहे तो बदला ले सकती है। तू हमें सारे ठौर-ठिकाने बता दे। फिर देख, सुलतान का क्या हाल होता है !...बोल जल्दी, तुझे खुद छोड़ने आया था क्या ?"

"हां !" पुतली ने उत्तर दिया और उसका मन हुआ, श्यामराव से कहे—'बेवकूफ है तू ! हर आदमी को अपनी तरह कमीना समझता है।'

श्यामराव ने समझा—पुतली काबू में है। अब सुलतानसिंह को मार देना मुश्किल नहीं होगा। बीस हज़ार...सुलतानसिंह मरेगा और बीस हज़ार श्यामराव की जेब में होंगे। राजस्थान और मध्यप्रदेश सरकार के इनाम ! सारे डिपार्टमेंट में वाहवाही और सम्मान... उसे लगा, इस 'हां' के बाद पुतली जो कुछ कहेगी, जितना कहेगी, उतनी ही रफ्तार से नया और चमचमाता हुआ अशोक बिल्ला उसके कंधों की ओर सरकता आएगा। उसने मुसकराकर छोटे थानेदार की ओर देखा और फिर कहा, "भई, यह

भूखी होगी। कुछ मंगवाओ इसके लिए !"

छोटा थानेदार बाहर चला गया और श्यामराव ने मिठास-भरे स्वर में पूछा, "अब तो गिरोह का ठिकाना बदल दिया होगा सुलतान ने ? वैसे, तुझे कहां ठहराया था ?"

पुतली चुप रही। मूर्ख कहीं का ! इस तरह पूछ रहा है जैसे पुतली और सुलतान का बड़ा हमदर्द है...समझता है, पुतली बतला ही देगी, उंह !

श्यामराव पूछे ही जा रहा था, "खिलाने-पिलाने में तो उसने कोर-कसर रखी नहीं होगी, क्यों ?"

पुतली ने सोचा, ज्यादा गलतफहमी में डालना ठीक नहीं है, बोली, "मुझसे तो बयान ले लो साहब, और जितना मैं जानती हूं सब उसमें लिखा दूंगी। बस !"

"हां-हां, वह तो लेते ही हैं।" श्यामराव ने कहा, "मैं तो ऐसे ही पूछ रहा था।" वह उठ खड़ा हुआ। बाहर निकलते-निकलते कह गया, "पहले तू थोड़ा खा-पी ले, फिर कानूनी लिखा-पढ़ी हो जाएगी।"

बड़ा चालाक बनता है !

थोड़ी देर बाद एक सिपाही खाना ले आया। श्यामराव ने अपने क्वार्टर से बनवाकर भिजवाया था। पुतली ने उसे ज्यों का त्यों रखा रहने दिया। श्यामराव बाहर से लौटा। बड़े अपनत्व के साथ पूछा उसने, "अरे, तूने कुछ नहीं खाया अब तक?"

"मुझे भूख नहीं है, साहेब !"

"क्यों, सुलतान ने एक बार ही में ज़िन्दगी-भर के लिए खिला दिया है क्या ?" वह एक खोखली हंसी हंसा, फिर कुर्सी पर बैठकर रजिस्टर सामने रख लिया, "खैर, बयान दे। क्या-क्या हुआ ?"

पुतली ने बयान लिखवाया। बयान के अनुसार उसे सुलतानसिंह के आदमी रास्ते से पकड़ ले गए थे। आंखों पर पट्टियां बांध रखी थीं। किसीने उसके साथ कोई बुरा व्यवहार नहीं किया है। सीतला माता की सौगन्ध उठाकर सुलतान ने उसे अपनी घरवाली मान लिया है और जब उसे यहां छोड़ने सुलतान अपने गिरोह सहित आया तब फिर उसकी आंखों पर पट्टी बांध दी गई थी। पुतली को उसके किसी गुप्त स्थान की कोई जानकरी नहीं है और सुलतान तथा बाबू के अतिरिक्त वह गिरोह के अन्य डाकुओं की सूरतें भी नहीं पहचान सकती।

श्यामराव की सारी उम्मीदें ढह गई। झूठा बयान दे रही है। बीच-बीच में वह कई सवाल भी करता गया था, पर पुतली ने हर बार यही जानकारी दी। बयान खत्म होते-

होते वह झल्ला उठा, "तू अपने-आप मौत बुला रही है पुतली ! पुलिस आंतें भेदकर सारा पता निकाल लेती है। ज्यादा बनने की कोशिश मत कर। भला इसी में है कि सब सच-सच बोल दे। यहां तुझे न तो सुलतान बचा सकता है, न मार सकता है।"

"मैं सच कह रही हूं, साहेब। मुझे जितना मालूम है सब बता दिया है। इससे ज्यादा मैं कुछ जानती ही नहीं हूं तो बताऊ क्या ?"

श्यामराव ने समझ लिया, इस तरह बात नहीं बनेगी, बोला, "एक बार फिर मौका देता हूं। सब बोल दे !"

"मैं जितना जानती हूं, सब कह दिया है हजूर !"

"तो तू ठीक-ठीक नहीं बतलाएगी ?" श्यामराव का पारा चढ़ा।

पुतली चुप रही।

श्यामराव उठा, "तू न बताए तो न सही, हमें तो पूछना ही है।" वह बाहर चला गया।

पुतली ने अगली स्थिति के लिए स्वयं को तैयार कर लिया। थोड़ी देर बाद श्यामराव एक संतरी को लेकर आया।

"यह खाना ले जाओ।" श्यामराव ने कहा। सिपाही खाना लेकर लौट आया और श्यामराव ने धड़क की आवाज़ के साथ कमरे का दरवाज़ा बन्द कर लिया।

पुतली चौंक गई।

श्यामराव ने कहा,"अब भी बतला दे!" और वह उसके नजदीक आ गया, "सुलतान ने जी भरकर प्यार किया है, क्यों ?" वह पुतली के करीब झुक आया।

"साहेब...यह...यह..." पुतली हड़बड़ा गई।

श्यामराव ने अपने दोनों हाथों के बीच पुतली का चेहरा पकड़ा और कई चुम्बन उसके गालों पर जड़ दिए।

"हजूर...यह पाप है...यह..."

"तू इसी तरह बताएगी !" श्यामराव ने अपनी बांहों को अजगर की तरह फैलाकर पुतली का शरीर लपेट लिया। पुतली ने बहुत कोशिश की थी कि वह उसे रोके। पूरी शक्ति लगाकर उसने श्यामराव को पीछे धकेला भी था। एक बार नहीं, कई-कई बार, पर श्यामराव की मज़बूत बांहों की कसन उसके शरीर पर बढ़ती ही चली जा रही थी।

"हरामजादे !...कमीने !..." पुतली बिलकुल बेबस होकर गलियां उगलने लगी, पर थाने का यह बन्द कमरा सब कुछ पचा लेता है। दरवाजों के अतिरिक्त न तो इसमें

खिड़की है, न रोशनदान। शरीर...चीखें...गलियां—सभी कुछ बेबस है इसमें !

इस कमरे के बाहर आवाजों पर पहरा देते संतरी खड़े हैं।

श्यामराव झुकता ही जा रहा है।

पुतली की चुनरी दूर जा पड़ी है—छातियां उधर गई हैं और उनपर छीना-झपटी के कारण खरोंचें पड़ गई हैं, जिनमें खून छलछला आया है...

"स्साली ! सीधी तरह कुछ बोलती ही नहीं !" श्यामराव ज़ोरज़ोर से बोल रहा है ताकि बाहर खड़े संतरी को एहसास हो, दरोगा जुर्म-इकबाली करवा रहा है।

पुतली के जिस्म पर श्यामराव का पूरा जिस्म आ टिका है। कुछ रेंगते हुए सांप... कानों के पास फुफकारे...श्यामराव भी कम नहीं थका है। वह अपना हांफता हुआ मुंह एक कुत्ते की तरह पुतली के चेहरे पर टिका देता है...

"सुलतान तुझसे ज़रूर बदला लेगा।''...पुतली ने हथियार डाल दिए हैं...निश्चेष्ट बांहें...हांफने से नीचे-ऊपर उठती-गिरती छातियां ...पुतली संज्ञाशून्य होने लगी है... लगता है उसकी हर कोशिश और विरोध की आवाज़ मटकती हुई दीवारों से टकराकर दम तोड़े दे रही है।

"तू क्या, तेरा तो बाप इकबाली करेगा। तुझे सब बताना पड़ेगा।" इथामराव ने एक झटके के साथ पुतली को धरती पर लिटा लिया। वह पैर सिकोड़कर रह गई है...कुछ अस्फुट स्वर..."नहीं... नहीं...नहीं ! दरोगाजी..." और श्यामराव ने उसका शरीर सीधा कर लिया, बड़ी आसानी से, जैसे सिकुड़ने पड़े चादर को सपाट बिछा लिया हो।

पुतली की आखिरी कोशिश...कुछ सिसकियां...और फिर सब कुछ अंधेरे में डूबा हुआ। काश ! वह बीहड़ों के अंधेरे में ही रही होती। उजाले की बस्ती का अंधेरा वह झेल नहीं पा रही है। घुटनों से लेकर जांघों और फिर छातियों तक कुछ रेंगने लगा है—मन के किसी कोने में विद्रोह का पहला अंकुर फूटता है— बेबसी के बीच एक निश्चय ...'मैं इस कुत्ते से बदला लूंगी !'...

"बदला !"...उसने दांत भींच लिए थे।

श्यामराव के लिपटे हुए शरीर का कोई हिस्सा उसके माथे से कुमकुम की बिंदिया मिटा गया...सुलतान का धरोहर, वह बिंदिया एक लौ बनकर पुतली के मन में जल उठी है...

श्यामराव उठ खड़ा हुआ। बाहर जाने से पहले उसने कपड़े संभाले। पुतली भी

उठी, पर सिकुड़ी हुई। कपड़े उसके शरीर पर भी लौट आए हैं, पर लगता है सब नंगा है। यह कमरा, दीवारें, उजाला और पुतली—और उसने देखा, छोटा थानेदार कमरे में आ गया है। वह दरवाजे से घुसते ही फुर्ती से पीछे लौटा था। और अब...

धड़ाक् ! दरवाज़ा बन्द हो गया। पुतली नहीं चौंकी। उसने उघरे हुए शरीर पर कोई संकोच नहीं लपेटा सिर्फ कांपता हुआ हाथ चेहरे तक लाकर गालों तक ढुलक आए आंसू पोंछ लिए।

छोटा थानेदार अब सिटकनी चढ़ा रहा था।

उन्नीस

सुबह पुतली घर पहुंची। असगरी ने पहली नज़र में ही सब कुछ समझ लिया। उनींदी आंखे, उतरा हुआ चेहरा, बिखरे हुए बाल। पुतली बिलकुल बदल गई है। कोई और लड़की...परायी।

ऐसा तो उस समय भी नहीं हुआ था जब पुतली, सुलतान के यहां महीनों रहने के बाद लौटी थी। असगरी के दिमाग में एक सवाल कौंधा था और तुरन्त उसका जवाब—पुतली अब सिर्फ पुतली या एक लड़की नहीं रही है, वह औरत हो गई है ! मादा... ।

असगरी उसे देखकर मन से ही नहीं, आंखों से भी भारी हो उठी। उसका खयाल था कि पुतली उसके सामने आते ही पैरों पर आ गिरेगी, कमर में लिपटकर बिलख उठेगी और वह सब जिसे असगरी ने अनुमान में समझा-सोचा है, स्वीकार करते हुए कहेगी—'मैं लुट गई। मइयो !' मैं बरबाद हो गई। मेरी आबरू...और उत्तर में असगरी का झुर्रियों-भरा हाथ उसके माथे और चेहरे पर घूमने लगेगा। वह कुछ कहना चाहेगी, पुतली को दिलासा देना चाहेगी, पर शब्द रुलाई में पिघलकर बह जाएंगे। वह कुछ नहीं कह पाएगी, न दिलासा दे सकेगी...

पर ऐसा कुछ भी नहीं हुआ। असगरी आश्चर्य से उसका चेहरा ही देखती रह गई। बिलकुल अजनबी—नया चेहरा। उदासी और दर्द के बावजूद एक कठोरता...।

ऐसी कठोरता तो कभी नहीं रही इसके चेहरे पर ?

पुतली आई। उसने असगरी की ओर देखा, इस तरह जैसे असगरी भी उसके लिए

अजनबी है और खामोशी से एक ओर जा बैठी जैसे सोकर उठी है।

असगरी पूछना चाहती थी—क्या हुआ ? उस हरामी दरोगा ने...पर असगरी ने सवाल किया, "हो गए बयान ?"

"हां !" पुतली से अलग कोई बोल रहा है।

असगरी चुप हो गई। वह पुतली है ? लजीली, सुकुमार, जरासी फब्ती पर गुलाब के फूल की तरह मुरझा जाने वाली पुतली ? नहीं, शायद नहीं है। सामने बैठी औरत... सिर्फ औरत है !

कुछ देर पुतली वैसी ही खामोश बैठी रही और फिर घर के कामकाज में जुट गई। सुबह...दोपहर...शाम...

असगरी आश्चर्य और.घबराहट का सम्मिलित भाव चेहरे पर लिए सारे दिन उसे देखती रही। इस बीच उसने कई बार अपने मन को झूठ के बुर्के में बन्द कर लेना चाहा था—कुछ नहीं हुआ होगा। सिर्फ बयान...! पर नहीं, कुछ हुआ है। ऐसा जिसने पुतली को बदल दिया है...न सिर्फ बदला है बल्कि उसे मार डाला है और उसकी जगह उसका प्रेत सारे घर में दौड़-दौड़कर काम करता हुआ बार-बार असगरी को धोखा दे रहा है कि वह पुतली है।

शाम भी गुज़र गई और रात के साथ ही लालटेन बुझाकर पुतली इस तरह सो रही जैसे नशा कर लिया था उसने।

असगरी आधी रात के बाद तक जागती रही। क्या सचमुच पुतली सो रही है? उसे नीद आ गई है ?

खर्राटे नहीं हैं हालांकि होने चाहिए थे। पिछली सारी रात की जागी हुई है वह ? खर्राटे जरूर होने चाहिए थे। असगरी कांप गई। एक बार गांव के जवान चौधरी का बेटा मर गया था और चौधरी भी इसी तरह आंसू पी गया था। बिलकुल बदल गया था वह और फिर एक दिन इसी तरह सोता रह गया था...बिलकुल इसी तरह जैसे पुतली...

"ऐ, पुतली !...ऐ..." न जाने किस तरह मन से अलग संचालित होकर असगरी पुतली के पास आ गई थी।

"ऐ-ऐ...पुतली !"

"हूं-ऊं...ऊं..." एक करवट !

और असगरी अपने बिस्तरे पर लौट आई। वह बोल रही है... ऊंह ! उस चौधरी का दिल ही कमजोर था। गले टमाटर की तरह फिस्स से बैठ गया। उसने आश्वस्त

होकर अगले-पिछले खयाल दूर, घर की देहरी से बाहर उलीच दिए और खामोशी से बिस्तरे पर लमलेट हो गई। पलकों में कुछ गड़ने लगा था—शायद नींद।

सुबह के साथ ही हवलदार आ खड़ा हुआ।

"दरोगाजी ने पुतली को बुलवाया है !" वह दनदनाता हुआ भीतर आ गया, बिलकुल रसोई में। पुतली रोटियां सेंक रही थी। असगरी पड़ोस के घर में गई हुई थी।

"क्या है ?" पुतली ने सवाल किया और हवलदार ने दोबारा अपनी बात कह सुनाई।

"नहीं, नहीं। पुतली नहीं आएगी।" असगरी ने दरवाज़े में घुसते ही सारी बात सुन ली थी और जी कड़ा कर हवलदार को सुना दिया था, "बयान हो चुके हैं। अब बार-बार इसे बुलाने की क्या जरूरत है ?"

हवलदार ने उसे समझाया, "असगरी बाई, कानूनी काम में दखल नहीं देना चाहिए। दरोगाजी ने पुतली को बुलवाया है तो उसे जाना ही पड़ेगा। सरकारी मामले ऐसे ही होते हैं।"

असगरी ने चिढ़कर कहा, "सरकारी मामले ऐसे नहीं होते कि औरत जात को बिना कसुर थाने में रात-रात-भर बन्द रखा जाए ! मैंने कह दिया है, पुतली नहीं जाएगी ! दरोगाजी को कुछ पूछताछ करनी है तो यहीं आ जाएं !"

हवलदार बोला, "तेरी तो मति फिर गई है ! दरोगा तेरे घर पर आएगा ? सरकारी अफसर की बेइज्ज़ती कर रही है? मैं कहता हूँ, बड़ी मुश्किल में पड़ जाएगी तू !"

"अब और क्या मुश्किल होगी ?" असगरी चिढ़ी, "सारे जमाने में हमारी आबरू उतार दी तुम लोगों ने। अब तो बस यही सोचे बैठे हैं कि आगे एक दिन जो होना है, सो अभी हो जाए !"

"तो पुतली को नहीं भेजेगी तू?" हवलदार का स्वर बदल गया।

"हां !" कठोरता के साथ असगरी ने उत्तर दिया।

"फिर हमें दोष मत देना।" हवलदार ने कहा, "तेरी इज्जत का खयाल करके ही मैं कह रहा था कि चुपचाप सरकारी हुक्म पूरा कर दे, पर अब, जब तू मानती ही नहीं है तो मैं लाचार हूं कि उसे जबरदस्ती पकड़ ले जाऊं। दरोगाजी का हुक्म तो बजाना ही पड़ेगा।"

वह वापस जाने लगा। तभी पुतली आ गई, "मैं चलती हूं।"

हवलदार पुतली को लेकर चला गया। जब पुतली ही किसीकी बात नहीं सुनती तो असगरी क्या कर सकती है ? वह चुपचाप उसे जाते देखती रही थी।

करीब दो घंटे बाद पुतली लौटी। उसके गालों पर अंगुलियों के निशान थे और चेहरे पर हल्की-हल्की सूजन नज़र आ रही थी। बगैर पूछे, असगरी फिर सब कुछ समझ गई। वह उससे कुछ कहना भी चाहती थी, पर पुतली...? इतने जुल्म हो रहे हैं और एक बूंद आंसू गिराने को तैयार नहीं है। नौटंकी के मंच पर थिरकनेवाला लोचदार शरीर पत्थर की तरह सख्त हो गया है और हमेशा नशा फैलानेवाली आंखों में एक रिक्तता आ समाई है। असगरी समझ नहीं पा रही है, क्या हो गया है इसे ?

वह दिन बीत गया था...और भी कई दिन बीत गए थे। पुतली के गालों पर उभरी सूजन बैठ गई थी और उसे फिर उभार दिया गया था...उसकी आंखों में जन्मी रिक्तता गहरी और गहरी होती चली गई थी और बुलावे बढ़ते गए थे—सुबह, शाम, रात और फिर सुबह, शाम और रात...

हर दिन एक ही सवाल। जिस्म से लेकर मन की परतों तक को भेदता हुआ सवाल...

सुलतान कहां है? वह किन-किन जगहों पर रुकता है ? किस-किससे मिलता-जुलता है ?

लातें...जूते...घूसे। कुछ दिनों पुतली चीखती थी और फिर यह चीखना. विरोध करना भी बन्द हो गया। सब कुछ एक दिनचर्या की तरह ग्रहण कर लिया था उसने। जैसे-जैसे लातों-जूतों का वेग बढ़ा, पुतली और सख्त होती गई थी।

थक गया श्यामराव ! और सिर्फ बही नहीं, थाने का हर सिपाही थक गया। पुतली की पीठ पर कुछ दिनों लाल-नीले निशान बनते-भिटते रहे और हर निशान सुलतान और बीहड़ों की याद बनकर गहरे तक उसके शरीर और मन में समाता गया...

बीहड़ों का वह एकांत...अंधेरा—क्या फिर लौट सकता है ? काश, ऐसा हो सकता ! ऊब गई है वह गांव के उजाले से। कितने महीने हो गए हैं, शायद पांच ? इन पांच महीनों में ही पुतली को लगने लगा है—पांच सौ साल रह ली है। सामाजिक उपेक्षा और दमन-चक्र के पांच साल।

सुलतान ने इस बीच कोई खबर नहीं भेजी। भेज ही नहीं सका। जब से पुतली गांव वापस लौटी है तब से इस सारे इलाके पर पुलिस बरसाती बादलों की तरह फैल

गई है—दूर, बीहड़ों के पार तक।

बीच में एक बार खबर मिली थी पुतली को। सुलतानसिंह ने कोई डाका डाला था और सारे गांव में चांदी के कलदार लुटाता हुआ चला गया था। कलदार...। पुतली एक गहरी सांस खींचकर रह गई। कलदारों के लिए उसने नौटंकी तो दूर विवाह-उत्सवों के मौके पर सैकड़ों की भीड़ के बीच अकेले नाचना शुरू कर दिया है। वे पैर सस्ते ढंग से नाचते-थिरकते हैं जिन्हें कभी रुई के फाहों की तरह सुलतान ने संभाला था—वे आंखें गन्दे इशारे पीती और पचा जाती हैं जिनकी पलकों को उस दिन सुलतान ने दोनों हथेलियों से बन्द करते हुए कहा था, "तू ऐसे मत देखा कर मेरी तरफ !"

"क्यों ?"

"मेरी जीने की इच्छा बढ़ जाती है। मोह होने लगता है जिन्दगी से !"

"हिश्श !"

"तेरी सौगन्ध !" सुलतान ने लम्बी-लम्बी बांहें फैलाकर उसे लपेट लिया था और उसके गरम-गरम होंठ पुतली के होंठों पर झा चिपके थे।

माथे पर कुमकुम की बड़ी टिकिया रखने लगी थी वह। अब भी रखती है, पर लगता है इस टिकिया के बीच में काजल का एक धब्बा आ चिपका है। श्यामराब... छोटा थानेदार...हवलदार और न जाने कितनी बारातों के बुलावे, वहां गुजरी रातें..."काजल का एक धब्बा !

टीके में लगा धब्बा बड़ा होता है...फैलता जाता है। इतना कि पुतली ढंक जाती है उसमें। और इस ढंकी हुई पुतली के भीतर अंधेर है...अंधेरे में फैले हुए बीहड़...मीलों और कोसों तक।

बीहड़...अंधेरा... पुतली...

सुलतान कहां है ? और कुछ ही दिनों की कोशिश के बाद उसने सुलतान का पता लगा लिया था। गांव का मास्टर मुरैना से घर आ रहा था। रास्ते में सुलतानसिंह मिल गया था। राम-राम, दुआ-सलाम के बाद उसने पुतली के बारे में पूछताछ की थी और मास्टर ने सब सुना दिया था...पुतली पर हो रहे जुल्म और उनका एक सिलसिला...

सुलतान ने कहलवाया था, "उससे कहना बारह नम्बर पर चली आए। चार-पांच दिन वहीं रुकूंगा।"

"बारह नम्बर ?" पुतली जानती है सब। सुलतान कहां-कहां रुकता है और उन

जगहों के क्या-क्या नाम हैं ? वह चली जाती, पर कैसे जाए ?

"क्यों, पुलिस का घेरा पड़ा है इसलिए ?" मास्टर ने पूछा था।

"नहीं !" पुतली बोली।

"फिर ?"

"अभी साल-खांड़ तक मैं कहीं नहीं जा सकती!" पुतली ने बेबसी से कहा तो मास्टर कुरेदने लगा, "क्या बात है ?" उसे डर था, अगर पुतली न पहुंची तो सुलतानसिंह समझेगा—मास्टर ने खबर पहुंचाई ही नहीं। बंदूकवाला हाथ मास्टर के दिलो-दिमाग पर छाया हुआ हैं।

पुतली अब क्या जवाब दे उसे ? उसने पास बैठी असगरी की ओर देखा जैसे कहा हो—बता दो इसे ! और फिर उठकर भीतर चली गई।

असगरी ने उसके जाते ही बताया, "गुरुजी, पुतली के पांव भारी हैं। ठाकुर तक यह खबर पहुंचा दो !''

"ओह !" मास्टर बोला, "मगर मुझे तो कुछ भी नहीं मालूम कि सुलतान ठाकुर किस जगह हैं ? उन तक खबर..."

"पुतली बता देगी, पर यह समझना भइया कि बागी और बीमारी दोनों का भरोसा नहीं होता। उन्हें छेड़ना नहीं चाहिए।"

"सो तुम निश्चिंत रहो।" मास्टर ने कहा।

पुतली भीतर से लौट आई थी।

बीस

मास्टरजी बारह नम्बर पर खबर पहुंचाकर जब लौटे तब पुतली के नाम एक संदेशा भी ले आए थे—"कुछ दिन और धीरज रखे, फिर सब ठीक हो जाएगा।"

पुतली धीरज रखे रही। हर हालत में। आए दिन पुलिस-पाटियों के दौरों और थाने के बुलावों के बावजूद ज्यों-त्यों कर पुतली ने वक्त काटा। बीहड़ों से लौटकर यह सात महीने कैसे कटे हैं और पुतली अब भी जिन्दा है ? वह सोचती और आश्चर्य से भर उठती।

इधर एक महीने से वह कोई काम नहीं कर सकी। चारपाई पर पड़ी-पड़ी गांव में होनेवाली टिप्पणियां और पुलिस दबिश की गालियां—धमकियां ही सुनती रही है।

अभी-अभी एस० ए० एफ० की एक टुकड़ी सतझिरी से निकली थी। दरोगा ने पुतली से मुलाकात की। कोई और दिन होता तो उसे थाने पर ही बुलवा लिया जाता, पर इन दिनों पुतली चल-फिर नहीं पाती। उसके भारी पांव हल्के हो गए हैं। एक लड़की को जन्म दिया है उसने।

दरोगा ने मुस्कराकर पुतली को देखा था फिर अपनी मोटीमोटी आंखें पुतली की बांहों के करीब लेटी बच्ची की ओर गड़ाई थीं और सवाल किया था, "क्यों, लड़की हुई है। सुलतान ने इसके लिए क्या भेजा है ?"

बेहूदा सवाल। पुतली क्या उत्तर दे। अक्सर ये लोग इसी तरह के ऊल-जलूल सवाल करते हैं और पुतली हमेशा ऐसे सवाल इसी तरह चुप रहकर पी जाती है।

दरोगा उसे समझाने लगा। वही चाशनी में लिपटी हुई कड़वी घूंटवाली गोलियां, "पुतली, हम तेरे भले की कहते हैं। सुलतान जब तक बन्द नहीं होगा या मारा नहीं जाएगा तब तक तू इसी उलझन में पड़ी रहेगी। अब तू सिर्फ औरत नहीं है, मां भी है। इस नन्ही-सी बच्ची का खयाल कर और सब कुछ बतला दे। तेरी ज़िन्दगी भी सुखचैन से कट जाएगी और इस बच्ची की भी।"

पुतली फिर चुप। चुप न रहे तो क्या उत्तर दे? हर बार एक ही सवाल। पिछले हर दिन यही सवाल ओढ़कर ये खाकी वर्दीवाले आते रहे हैं और इसी तरह चुप में उत्तर लेकर लौट गए हैं।

दरोगा ने बहुत कुछ कहा और फिर हमेशा की तरह वह भी धमकियों पर उतर आया, "ठीक है। सुलतान का कुछ नहीं, उसे तो पुलिस एक न एक दिन बीहड़ों में चटका ही देगी, पर तू घुट-घुटकर मरेगी। पीठ पर बूटों के निशान लिए हुए और साथ में इस पाप की कमाई को भी बुरे दिन देखने पड़ेंगे !"

पुतली की तबियत हुई, उठकर उसके गाल पर थप्पड़ मार दे। पाप की कमाई कह रहा है बच्ची को ! पर कितनी अवश है वह ? सब कुछ सुन-सोचकर भी कुछ नहीं कर पा रही है। सात महीने। हर दिन, हर क्षण पुतली के मन में विद्रोह का भाव एक लपट बनकर उठा है और घुटकर रह गया है।

पुलिस पार्टी लेकर दरोगा लौट गया था और पुतली सुलगती रह गई थी। उसने बच्ची पर हाथ फेरा था—बस, कुछ दिनों का धीरज और...फिर सब ठीक हो जाएगा।

पाप की कमाई। गांव, समाज और पुलिस की ओर से मिला एक नया आरोप।

ईश्वर और धर्म का नाम लेकर पुतली ने सुलतान को स्वीकार किया है, सौगंधे उठाई हैं और फिर भी...।

बच्ची कुनमुनाने लगी और पुतली ने उसे छाती से भींच लिया। शायद ठीक ही कहते हैं ये लोग। पुतली ने सोचा। उस दिन सुलतान की मां के पास खबर भेजी थी असगरी ने—'पुतली ने बिटिया जन्मी है। सुलतानसिंह का खुन...'और रुकमिन ने खबर पहुंचानेवाले को दसियों खरी-खोटी सुना दी थीं—'सुलतान का खुन इतना गन्दा नहीं हो सकता कि नाचनेवाली छोटी जात की औरत के गर्भ से जन्मे।...धुत्।'

पुतली जी मसमोसकर रह गई।

आज भी रह गई है।

बेटी जन्मी थी और गीत न गाए गए थे, न चार लोग खुशियां व्यक्त करने आए थे। क्यों आएं ? नाचने-गानेवाली का क्या धर्म-ईमान ? इस गांव में सुलतान के भी चार नाते-रिश्तेदार हैं। वे भी नहीं आए। क्यों आएं ? बड़ी जातवाले...परदे में बन्द घर। घूंघटों में कैद बड़प्पन !

पुतली सिर से पैर तक जलने लगी है। धीरज कब तक ठंडा रख पाएगा उसे !

बीहड़ों का अंधेरा फिर प्यारा लगने लगा है। आग नहीं बुझ पा रही है। सौ-सौ लपटें ''बड़े घरों और घंटों में बन्द चेहरे'...ऊंची जातवालों के हिमालय तक उठे हुए सिर...पुलिस की गोलियां... पुतली अधिक दिनों तक धीरज नहीं रख पाई। एक विस्फोट हुआ था उसके मन में। बच्ची तीन महीने की ही हो पाई थी और पूतली ने उसे अन्तिम बार चूमकर बिस्तरे पर लिटा दिया था ! बस, अब नहीं सहा जाता। लपटें छाती फाड़कर बाहर जो आ गई हैं...

बारिश शुरू ही हुई थी।

पुतली उस रात देर तक जागती रही। कमरे में गुप्प अंधेरा फैला हुआ था और असगरी बरामदे में चारपाई डालते ही हल्के-हल्के हवा के झोंके खाकर गहरी नींद में डूब गई थी।

अब नहीं सहा जाता।

अभी सप्ताह-भर हुआ, पुतली ने बेटी को नाम दे दिया है—तन्नो।

लचीला, मुलायम बदन, मीठी-मीठी लोरियों-जैसी मुस्कराहट।

तन्नो एक खूबसूरत सपने की तरह इस अंधेरे में पड़ी है। पुतली ने एक बार नीचे झुककर उसे फिर चूमा।।

तन्नो ने करवट बदली और पुतली को लगा—चल देना चाहिए। अगर यह जाग गई तो शायद पुतली बंध जाएगी और उस बंधाव का मतलब होगा—एक और दिन... सैकड़ों उपेक्षा-भरी निगाहें...ऊलजलूल सवाल...पुलिस की गालियां और मारपीट। एक झोंके की तरह वह वेगपूर्वक घर के बाहर आ गई।

चारों ओर खामोशी थी। पुतली की रीती गोद की तरह सूनापन ! उसका मन हुआ था, मुड़े, एक बार असगरी को देख ले। शायद अब नहीं लौट पाएगी। पर नहीं, अभी बूंदें हल्की हैं। रास्ता सुनसान...इससे अच्छा वक्त और कोई नहीं हो सकता !

उसने पगडंडी पर पैर डाल लिए...यह खत्म हुई और बीहड़ शुरू हो जाएंगे। बीहड़, जहां उसे सुलतान मिलेगा, शान्ति मिलेगी और आसरा...कई बार न चाहकर भी कितने अजीबोगरीब आसरे ढूंढ़ने पड़ते हैं ! इस आसरे के लिए लाचार हो गई है पुतली। बीच में असगरी ने सलाह दी थी, "किसी बड़े शहर में रहें। दिल्ली...बंबई या कलकत्ता..."

पुतली ने समस्या रख दी थी, "करेंगे क्या ? कैसे गुजर होगी ? बड़े शहरों में नौटंकियों या नाच का कोई काम है नहीं।'

असगरी चुप हो गई थी। ठीक ही तो कहती है पुतली। दिल्ली या बंबई में क्या करेंगी वे ? वह कहना चाहती थी—पेशा। जिस्म का पेशा। पर नहीं कह सकी। यह जानते हुए भी कि इस गांव और पुलिस ने पुतली को पेशे की स्थिति तक ला दिया है, मगर वह मुंह खोलकर अपनी बेटी से कैसे कह सकती है यह ?

और सवाल फैलता गया था...दिल, दिमाग और घर के सारे माहौल में ! ...जिन्दगी इस तरह कैसे निभ पाएगी ? रोज पुलिस के दौरे गालियां, मारपीट, पास-पड़ोस और नाते-रिश्तेदारों के उलाहने, व्यंग्य...

कोई हल नहीं है। कोई सुझाव नहीं सूझता। दिन का हर क्षण पुतली और असगरी के सामने यह सवाल सीने पर लिखे घूम रहा है।—कैसे ? वे कैसे बचें इस सबसे ?

और पुतली को बीहड़ों में उतरते ही हंसी आ गई...दर्द में डूबी हुई हंसी। असगरी कल्पना भी नहीं कर सकती थी, पुतली इतना विचित्र और अपने-आपमें एकदम नया हल ढूंढ़ निकालेगी।

बोहड़ ! पुलिस और समाज की तंगदिली से बचाव के एकमात्र मर्दाना आसरे।

पुतली के पैरों पर चिकनी मिट्टी के लौंदे चढ़ आए थे और हर कदम के साथ उसे फिसलन से बचना पड़ रहा था। मील-भर से अधिक रास्ता पार कर आई है वह। अब टार्च से रोशनी की जा सकती है। अंधेरे में अब तक उसने बहुत संभाल-संभालकर कदम रखे थे। इस बीच उसकी गति भी बहुत कम रही।

टार्च का बटन दबा और रोशनी का गोला उसके आगे-आगे रास्ते पर लुढ़कने लगा। बारिश बन्द नहीं हुई थी—बारीक-बारीक बूंदे अब भी झिर रही थीं। बड़े शहरों के अच्छे घरों में लगे नहाने के फव्वारों से झरती बूंदों की तरह...

ओढ़नी को छेदती हुई पानी की बूंदें पुतली की अंगिया के भीतर तक पहुंच गई। हवा के कुछ झोंके खिलखिलाते हुए उसके इर्द-गिर्द से गुज़रे और एक सिहरन पुतली के शरीर और मन पर छा गई।

दुर...आंखों की परिधि के पार तक बीहड़ और छोटी-छोटी दरारें फैली हुई हैं। लुढ़कते हुए गोले से बीच-बीच में वे स्पष्ट हो उठती हैं और पुतली को लगता है, ये सुलतान के हजार-हजार हाथ हैं उसकी अगवानी में उठे हुए और हर तरफ से एक गूंज उठ रही है—सुलतान की आवाज में—आ...आ...आ...।

पुतली ने चाल की गति बढ़ा दी—एक बार फिसल भी गई वह और बायें धड़ का करीब-करीब पूरा हिस्सा गीली मिट्टी में सन गया। चुटने में हल्का-सा दर्द उठ आया।

तन्नो ? मुमकिन है जाग गई हो वह। आधी रात को उठकर दूध के लिए ठूनठुना उठती है नन्हे-नन्हे हाथ आसमान की ओर उठाकर। पुतली उसके मुंह में दूध दे देती हैं—चप्प्...चप्प्...और फिर नींद का एक झोंका...

रोशनी के गोले पर सवार पुतली को लगा उसको छातियों के बीच नन्ही-नन्ही अंगुलियां कुलबुला रही हैं...

बारिश अई भी हो रही है...बूंदों में वेग नहीं है, पर वे झर रही हैं। पिछले तीन दिनों से इसी तरह झर रही हैं और न जाने कितने दिनों तक झरती जाएंगी। फिर कुछ झोंके उठेंगे और ज़ोर से बरसात होगी। सारे बीहड़ भीग जाएंगे। फिर झिर...फिर ज़ोर की बारिश—महीनों का एक क्रम...

छाती के बीच तन्नो की नन्ही-नन्ही अंगुलियां कुलबुलाती हैं और खामोश हो जाती हैं...

पुतली चलती जा रही है। बीहड़ों का रास्ता ठीक से याद नहीं है, पर एक अनुमान

है...वापसी भी इसी रास्ते से की थी सुलतान ने। संभव है कुछ भटकना पड़े...

इक्कीस

सुबह बड़ी हलचल मची।

असगरी अलख सुबह घर और गांव-गलियों के कई चक्कर खाने लगी—'पुतली आई थी ?...आई थी क्या ?...इतने सबेरे-सबेरे कहां चली गई ?...इस तरह तो कभी जाती न थी ?...' हर घर. देहरी-दरवाज़ा...

पुतली कहीं नहीं है। शायद भाग गई। असगरी ने तन्नो को सीने से भींच लिया—"हे मेरे भगवान ! क्या-क्या दिन देखने हैं अभी !"

तन्नो ने जो रुलाई शुरू की तो बंद होने पर ही न आती थी। भूखी है। अब आंचल का दूध कौन पिलाएगा ? तीन महीने की लड़की है कुल। न जाने बच सकेगी या नहीं। निर्मोही पुतली ! तू मां है या पत्थर !

जैसे-तैसे गाय के दूध में पानी मिलाकर पिलाए जाने पर वह बंद हुई।

गांव की हवा में कुछ फुसफुसाहटें तैरने लगीं—खयाली पतंगे—

"शायद रात को सुलतान आया होगा और पुतली को ले गया !"

"दिल की लगी बुरी चीज़ होती है। रात-बरसात, आग-आंधी किसीकी परवाह नहीं करता है आदमी ! देख लो, पुतली ऐसे आंधी-पानी में गायब हो गई !"

"कमीनी !...तन्नो का भी खयाल नहीं किया। तीन महीने की जान, मां के बगैर बच सकती है भला !"

"नाचनेवाली के पास दिल नहीं होता।"

दरोगा श्यामराव तुरंत असगरी के पास पहुंचा। तन्नो को गोद में लिटाए वह कुछ औरतों के बीच घिरी हुई रो रही थी।

"कैसे भाग गई ?"

"मुझे क्या मालूम साहेब ?" रोते हुए असगरी ने बताया। बोली, मेरी आंख तो तब खुली जब यह बच्ची रो-रोकर बेहाल हुई जा रही थी। मैंने सोचा कि शायद पुतली गहरी नींद में सो गई है, पर यह अकेली छटपटा रही थी। मैंने पुतली को सारे घर में ढूंढा, फिर पास-पड़ोस में, फिर सारे गांव में...पर..." वह जोर-जोर से रोने लगी।

"हट हरामज़ादी !" श्यामराव गरजा, "झूठ बोलती है स्साली ! यह सारा नाटक तेरा ही रचा हुआ है। पुतली को सुलतान के साथ भेज दिया और हमें चरका दे रही है। तेरी नस-नस जानता हूं। कुतिया कहीं की !"

असगरी ने दरोगा को अपनी ओर से बहुत विश्वास दिलाने की कोशिश की, पर वह मानता ही न था और वही क्या कोई नहीं मानता थी।

श्यामराव गरज-तरजकर थाने लौट गया। आसपास बीहड़ों में कुछ सिपाही दौड़ा दिए और शाम तक वे सारे थककर खाली हाथ कीचड़ में सने हुए लौट आए।

निकल गई पुतली। शायद अब नहीं आएगी !

"अरे, उसका तो बाप आएगा। आखिर कब तक बीहड़ में डाकू के साथ घूमती रहेगी !" श्यामराव ने पुलिस हैडक्वार्टर को खबर भेज दी—'सुलतान की रखैल गांव से फरार हो गई है। खयाल है कि सुलतानसिंह खुद उसे सतझिरी आकर उड़ा ले गया। तलाश जारी है !'

मगर उस समय श्यामराव बहुत परेशान हुआ जब पुलिस हैडक्वार्टर से वायरलैस मैसेज़ मिला—'रिपोर्ट गलत है। उस रात सुलतानसिंह सतझिरी से दूर नौझिरी गांव के बीहड़ों में था। पुलिस टुकड़ी से वहां उसका मुकाबला हुआ है। उसने शंकरसिंह पर हमला करने की एक और कोशिश की थी, पर उसे नाकामयाब कर दिया गया।'

तब शायद पुतली अकेली ही भाग गई।

कहां?

सुलतान के पास या किसी बड़े शहर में !

पुलिस ने बहुत तंग किया था उसे !

नहीं, सुलतान से दिल लग गया था उसका !

तरह तरह की अटकलें पुलिस और ग्रामीणों के बीच लगती रहीं। असगरी गाय के दूध में पानी मिलाकर तन्नो को पिलाती और सारे दिन उसे छाती से चिपकाए घूमती।

दिन, सप्ताह और फिर माह...।

मध्यप्रदेश, राजस्थान और उत्तरप्रदेश तीनों प्रान्तों के बीहड़ों में फैली पुलिस टुकड़ियों तक पुतली का हुलिया और फोटो पहुंचाए गए। तलाश होती रही, मगर पुतली एक सवाल ही बनी रही।

खोज के सिलसिले में बीहड़ों में बसे गांवों में काम करनेवाली औरतों को खासी

परेशानी हुई। ज़रा से संदेह पर उन्हें खेत या खलिहान से पकड़कर पुलिस-कैम्प या थाने पर ले जाया जाता और पुतली के फोटो से मिलान किया जाने पर खेद प्रदर्शन के साथ वापस कर दिया जाता।

पुतली कहां है ? कुछ दिनों खोज और खबरों का बाजार गर्म रहा और फिर पुलिस हैडक्वार्टर से लेकर थाने-चौकियों के रजिस्टर भरे जाते रहे और फिर बात जमने लगी। बर्फ हो गई। ठंडी ! मरने दो ! छोड़ो किस्सा। नुकसान भी क्या होता हैं उसके होने या न होने से ? नुकसान सिर्फ यही हुआ है कि पुलिस के पास सुलतान का पता पा जाने का एक रास्ता था, वह मिट गया है। मिट जाए, नया रास्ता बनेगा।

श्यामराव ने भी शान्ति की एक सांस ली। रोज़-रोज़ की उलझन मिटी। पुतली गांव में थी—सबकी जानकारी में—तो आए दिन हैडक्वार्टर के अफसर तंग किया करते थे—'पता लगाओ ! सुलतान को वही मरवा सकती है !...सिर्फ वह...' और श्यामराव उससे तंग आ चुका था—कम्बखत, कुछ बताती न थी !

बाईस

"वहां, बिलकुल नाक की सीध में।"

पुतली ने रायफल कंधे पर टिकाकर साध तो ली, पर हाथ कांप रहा था उसका।

"डरती क्यों है, कुछ नहीं होगा। यह बायां हाथ ट्रिगर से आगे की तरफ रख ! ...हां, यों ही। बस, ठीक है।"

सामने खड़ा हुआ आदमी कांपने लगा।

"क्यों रे, हिलता क्यों है ? ठीक से खड़ा रह !"

सुलतान ने उसे डांटा फिर पुतली की ओर मुड़ा, "अरे तू अब भी हिल रही है? डर मत, कुछ नहीं होगा। ट्रिगर पर अंगुली रख दे..." उसने पुतली का हाथ पकड़कर अंगुली ट्रिगर पर रखवा दी, "हां, अब दबा !"

पुतली ने साहस किया पर अंगुली बिलकुल निर्जीव हो गई है। सारा शरीर कांपा... हाय राम, मर जाएगा बेचारा।

"हिश्श्...डरपोक !" सुलतान ने उसे झिड़का। फिर दोनों कंधे दबा दिए, "हिल मत, दबा दे ट्रिगर'...!

"... !"

"अरे, दबा !" सुलतान चिल्लाया।

पुतली ने पूरी ताकत लगाकर ट्रिगर पर अंगुली मोड़ी।

"हां, छोड़ !"

"नहीं, ठाकुर मुझसे नहीं बनेगा !"

"क्यों नहीं बनेगा ?"

"... !"

"दवा दे अंगुली !" सुलतान ने गरजकर कहा।

पुतली ने आंख मूंद ली। ट्रिगर पर अंगुली दबने ही वाली थी कि सामने खड़ा हुआ आदमी भाग दिया।

"अरे, रे ! पकड़ो उसे !" सुलतान चिल्लाया और आसपास खड़े गिरोह के लोग उसे पकड़ने दौड़ पड़े।

"मुझे छोड़ दो ! भगवान के लिए मुझे..."

किसीने जैसे सुना ही नहीं। वे उसे घसीटते हुए उसकी पुरानी जगह पर ले आए।

"सीधे खड़ा हो जा बे ! नहीं तो सचमुच ही गोली पड़ेगी !"

वह रुआंसा-सा हांफता हुआ चुपचाप खड़ा हो गया। उसे लग रहा था जैसे सामने फैले हुए बीहड़ घूमने लगे हैं उसके चारों ओर।

सुलतान ने पुतली के कंधे पर पुनः रायफल टिका दी और कहा, "हां, अब दबा ट्रिगर !"

फिर वही भय। पुतली के हाथ कांप रहे हैं...

सामनेवाला आदमी चीखने लगा, "नहीं-नहीं।''मुझे..."

"दबा !"

"...!"

"सुनती नहीं ? दबा !"

अंगुली मशीन के पुर्जे की तरह ट्रिगर पर पहुंची, दबी—धांय। कंधे पर इस ज़ोर का धक्का लगा था कि पुतली गिरते-गिरते बची। वह हांफने लगी थी और उसने देखा कि सामने खड़ा आदमी अब मिट्टी में औंधा मुंह दिए इठ रहा है। उसे लगा बेहोश हो जाएगी वह। सुलतान ने उसकी पीठ ठोकी—"ठीक ! शाबास ! अब लगता है कि तू सुलतान की घरवाली है ! चल ! आ, उसे देखें !" उसने आगे चलते हुए पुतली को खींचा।

नहीं नहीं," पुतली डरी, "मुझसे नहीं देखा जाएगा। नहीं...।"

"अरे, चल !" सुलतान उसे बांह से पकड़कर आगे तक खींच ले गया।

जब तक वे उस आदमी के पास पहुंचे तब तक वह दम तोड़ चुका था। रक्त की कुछ धाराएं पीठ पर बिखरती हुई कपड़ों को भिगोती, धरती तक बह आई थीं। खून का एक धब्बा...ताज़ा, चिपचिपा खून...पुतली ने चीखकर आंखें मूंद लीं।

सुलतान जोर से हंसा, ''पगली, डरती है ? यह तो देखती नहीं कि सधा हुआ निशाना लगा है।''

"चलो, ठाकुर !" पुतली ने पीठ मोड़ ली।

"अच्छा, चल !" सुलतान उसे एक हाथ से संभाले हुए लौट आया। पीछे-पीछे गिरोह।

आंखें फटी रह गई थीं उसकी ! सब तरफ खन...गले से लेकर टांगों तक धारें बह आई थीं। दोनों हाथों से सीना थामे हुए वह औंधा पड़ा था...

पुतली ने एक करवट ले ली। अंधेरा खूब गहरा गया है। बाहर पहरेवाले दो आदमी जाग रहे होंगे।

कैसे देख रहा था उन फटी-फटी आंखों से, जैसे अभी उठकर पूछेगा—बोलो, मेरा कसूर क्या है ? बोलो...!

पुतली ने पुनः एक करवट ली। सारा शरीर सिहर उठा।

क्या कसूर था उसका। बस, इतना कि इस बीहड़ से निकलकर एक ओर जा रहा था बेचारा। सुलतान की नज़र पड़ गई थी उसपर। बाबू से कहा था उसने, "पकड़कर ला स्साले को !"

पुतली ने समझा था, पूछताछ करेगा उससे। धमकियां देगा। पुलिस कहां-कहां मिली थी, बता ? किधर जा रहा है ? किस गांव का रहनेवाला है ?

बाबू उसे पकड़ लाया। बच्चों जैसा मासूम चेहरा लिए वह सुलतान के सामने आ खड़ा हुआ, "राम-राम ठाकुर !"

राम-राम !"

धारीदार पाजामा और मटमैली-सी कमीज़। कंधे पर अंगोछा डाले हुए था वह। लगता था, अभी रो देगा। उसकी सांस ज़ोर-ज़ोर से चलने लगी थी।

सुलतानसिंह ने सवाल किया, कहां का है रे ?"

"मुढेरी गांव का, हजूर !"

"कौन जात है ?"

"चमार हूँ, मालिक !"

"इधर कहां जा रहा था ?"

"मुरैना।"

"क्यों ?"

"एक मुकदमे के लिए सरकार।"

"कैसा मुकदमा ?"

"मुढेरी के पटेलजी ने मेरी जमीन दबा ली है, हजूर। उसीका झगड़ा चल रहा है कचहरी में। कल की तारीख लगी है।" उसने कांपते हुए बताया था।

"मुढेरी के पटेल तो बदनसिंह ठाकुर हैं ना ?" सुलतान ने पूछा।

"हां, हजूर !"

"स्साले ! ठाकुरों से मुकदमेबाजी करता है ?" सुलतानसिंह गरजा, "अपनी जात नहीं पहचानता।"

वह कांपने लगा।

"अभी गोली पड़ी तो चीथड़े उड़ जाएंगे तेरे !"

वह सुलतानसिंह के पैरों पर आ गिरा, "माफ करो हजूर, मैं मुकदमा वापस ले लूंगा। गलती हो गई।"

"दूर हट !" सुलतान ने बड़ी बेरहमी से उसे पैर की ठोकर मारकर अलग कर दिया था। फिर अपने साथियों को आज्ञा दी थी, "इस चमार को उधर निचले बीहड़ में ले चलो।"

उसे नीचे ले जाया गया था। सुलतानसिंह ने पुतली को बुलाया था। मुस्कराकर पूछा था, "निशाना सीखेगी ना ?"

शौक में पुतली ने 'हां' कर दी थी। एक बार पहले भी सुलतानसिंह कह चुका था, 'गिरोह के साथ रहना है तो थोड़ी-बहुत निशानेवाजी जरूर सीख लेनी चाहिए। न जाने किस दिन खतरा आ जाए !" और पुतली को लगा था—ठीक है।

वह पुतली को साथ लेकर नीचेवाले बीहड़ों में उतर आया। एक चौड़ी दरार में वह जा रुका जहां गिरोह के कुछ डाकू उस चमार को पकड़े हुए खड़े थे। वह आदमी समझ नहीं पा रहा था, यह सब क्या और क्यों हो रहा है?

पुतली भी नहीं समझी थी। तब तक नहीं समझी थी जब तक कि सुलतानसिंह के आदेशानुसार उस व्यक्ति को कुछ कदम दूर, ठीक पुतली के सामने खड़ा नहीं कर

दिया गया था।

"हिलना मत।" सुलतान ने उससे कहा था और फिर पुतली की ओर रायफल बढ़ा दी थी, "ले, निशाना सीख !"।

पुतली समझ गई। एक क्षण अवाक् होकर उसने सुलतान का चेहरा देखा। कहीं वह मज़ाक तो नहीं कर रहा है ?

सुलतान ने दोबारा कहा, "हां, निशाना लगा !" उसकी आंखों में एक हिंस्र भाव तैर आया था। वह गंभीर था। जिन्दा आदमी पर निशाना ! सिर्फ सीखने के लिए? पुतली के सारे बदन में जैसे चींटियां रेंगने लगीं और फिर वह सब हुआ था जिसकी उसने कभी कल्पना भी नहीं की थी।

ज़िन्दा आदमी अभ्यास का साधन बनकर रह गया था !

वह छटपटाहट...खून में सने कपड़े...फटी रह गई आंखें... पुतली सिहर उठी। लगता है जैसे इस अंधेरे में भी वह सब कुछ देख पा रही है। सब...।

उसने गले का थूक निगल लिया। उसकी सांस ज़ोरों से चढ़ने लगी थी। आंखें कई बार मूंदने के बावजूद वह भूल नहीं पा रही है धांय। और एक मौत...।

सुलतानसिंह उसके बिलकुल नज़दीक सटा हुआ सो रहा है। नथुनों से हल्की-हल्की आवाज़ आ रही है...'फ्फु...ह फ्फुहह—' कितनी ज़ोर से हंसा था वह...? पुतली के कानों में कोलाहल भर गया। एक आदमी की मौत सुलतान के लिए किसी खिलौने के टूट जाने से अधिक महत्त्व नहीं रखती।

पुतली न खाना खा सकी है, न सो पा रही है और सुलतान है कि सब कुछ एक सामान्य बात की तरह पचा गया है। उसने जी भरकर खाना खाया था, पुतली से मुसकानों में लिपटी हुई बातें की थीं और अब इस तरह सो रहा है जैसे खेत से ज्वार काटकर लौटा हो। बिलकुल सहज होकर''निश्चिन्त।

दूसरे दिन भी यही हुआ था...तीसरे दिन भी। और फिर कई दिनों। पुतली ने बहुत कोशिश की...भूल जाए, पर कुछ भी नहीं भूल पा रही है।

सुलतान से कुछ संकोचपूर्वक उसने कहा था, "उस दिन की बात मैं भूल नहीं पाती हूँ। लगता है वह आदमी..."

सुलतान हंसा।

पुतली को उसका यह व्यवहार कुछ असाधारण लगा।

सुलतान कह रहा था, "तू डरपोक है।...ऊंह। मुझे तो कुछ भी नहीं लगता। चिन्ता

मत कर, तुझे भी थोड़े दिनों बाद कुछ नहीं लगेगा !"

पुतली उससे डरने लगी। जब-जब ऐसी बातें करता है वह तब-तब पुतली को लगता है, वह कोई और आदमी हो गया है। अजनबी।

एक दिन बोला, "तू यों ही डरती हैं। यह तो कुछ भी नहीं हुआ, किसी दिन इससे भी बड़ी बात होगी और तू पिछली बात भूल जाएगी !"

ठीक ही कहा था उसने। एक दिन उससे भी बड़ी बात हुई और पुतली पिछली घटना को इस तरह भूल गई जैसे वह एक सपने से अधिक कुछ नहीं था।

सुलतान उसे एक डाके में साथ ले गया था। रायफल कंधे पर लटका दी थी और कहा था, "तू मेरे पीछे, कम से कम दस कदम के फासले पर रहना और जैसे ही कोई खतरा दीखे, तुरन्त गोली चला देना।"

"हां।"

"चूक मत जाना। मेरी जान तेरे हाथों में है।"

"तुम निश्चिन्त रहो।"पुतली ने जिम्मेदारी ले ली।

गिरोह ने आधी रात को वह मकान घेर लिया जहां डाका पड़ना था। कुछ लोग बाहर रुक गए, दो डाकू दनदनाते हुए ऊपर छत पर चले गए और बाकी तीन आदमियों और पुतली के साथ सुलतान ने घर के मालिक के कमरे में प्रवेश किया।

ठंड के दिन थे। सारा परिवार लिहाफों में दुबका हुआ था। वे दबे पांव कमरे में घुसे। एक ओर आले में रखी लालटेन की रोशनी मद्धिम थी। सुलतान ने अगे बढ़कर लौ बढ़ा दी। हर आदमी की रायफले लिहाफों पर जा टिकीं, "उठो!"

सेठ चौंककर जागा। उसकी बुढ़ी मां, पत्नी और छोटी बच्ची भी। वे सब चीख पड़ते, पर सुलतान ने रायफल की नली सेठ के माथे पर टिका दी, "शिंश...चिल्लाना मत वरना..."

"ठाकुर...!" सेठ ने हाथ जोड़ दिए।

"चाबी ?...तिजोरी की चाबी कहां है ?"

सेठ कुछ सकपकाया तो सुलतान ने नली से उसे धक्का दे दिया। "जल्दी कर।"

तकिये के नीचे से भयातुर सेठ ने कांपते हाथों से चाबी निकालकर सुलतान की ओर बढ़ा दी। सुलतान ने उसे लिया और बाबू की ओर बढ़ा दिया, "ले

जल्दी कर!"

बाबू और दो अन्य डाकू आदेशपालन में जुट गए। दीवार से मिली हुई तिजोरी रखी थी। बाबू ने तिजोरी में चाबी मिलानी प्रारम्भ की। पुतली दरवाजे के किनारे रायफल संभाले खड़ी थी। सुलतान ने उसे न सिर्फ निशाना सिखा दिया है, बल्कि उसका पहनना-ओढ़ना भी मर्दाना कर दिया है। कहता है—धोती-ब्लाउज़ में ठीक से भाग-दौड़ नहीं हो सकती और बागी का मतलब है दौड़ ! उसने पुतली के नाप के मर्दाना कपड़े सिलवा मंगवाए थे। पेंट, कमीज़, जूते, मोजे

सेठ और उसका परिवार न तो चीख ही पाता था, न रो पाता था। वे भयातुर सुलतान और उसके साथियों को देखे जा रहे थे। ज़िन्दगी-भर की पूंजी...अभी दस-पन्द्रह मिनट बीतेंगे और स्वप्न की तरह छल बन जाएगी।

सुलतान की पीठ मुख्य द्वार की ओर थी। पुतली चौंक पड़ी। दबे पैरों एक परछांई सुलतान की ओर रायफल का निशाना साधे आ रही है...

"धांय !..."

सुलतान और उसके साथी चौंक पड़े। एक क्षण में रायफले हाथों पर आ थमीं। सेठ और उसका परिवार चीखे -

पुतली ने अपनी जिम्मेवारी पूरी कर दी थी। सेठ का नौकर था। गोली की आवाज़ के साथ ही चीख मारकर देहरी पर ही ढेर हो गया।

सेठ और उसके परिवार को सुलतान ने धमकाया, "चुप्प !... शिश..." फिर वह बाबू की ओर मुड़ा, "जल्दी कर! आवाज़ बहुत जोर से हुई है।"

बाबू ने जल्दी-जल्दी हाथ बढ़ाकर समेटना प्रारम्भ कर दिया...कंगन, बाजूबन्द, सोने की लड़े, कमरधनी...और नोटों की गड्डियां...

एकाएक सेठ चीखा, "ठाकुर, मैं बरबाद..."

"धांय !" पुतली की रायफल ने एक गोली और उगली और परिवार की महिलाएं भी साथ ही चीखीं। पुतली नहीं रुकी। एक के बाद एक तीन फायर उसने और किए। घर में कुछ दर्द-भरी चीखों के बाद एक सन्नाटा फैल गया।

गिरोह भाग खड़ा हुआ। कई मील भागते रहने के बाद वे सब एक दरार में आ रुके थे। सुलतान ने हांफते हुए पुतली से कहा था, "कमाल है तेरा ! एक के बाद एक चार चटका दिए तूने! वाह-वाह ! अब हुई तू पक्की ठकुरानी !"

पुतली हंसकर रह गई।

सुलतान ने प्रस्ताव किया, "थोड़ी-सी देर सुस्ता ले ?"

"नहीं नहीं, अभी चले ही कितने हैं?" पुतली ने कहा और रायफल झुलाती आगे-आगे चलने लगी।

तेईस

बीहाड़ों में दौड़ते समय पुतली के बायें पैर पर मोच आ गई थी। पहले तो हल्का-हल्का दर्द कौंधता रहा फिर सूजन उभरने लगी। सुलतानसिंह ने गिरोह के एक आदमी को मुरैना भेजकर मालिश का तेल मंगवाया। लौटते समय वह तेल के साथ-साथ एक खबर भी ले आया था, "नौझिरी में 'एमेले' (एम० एल० ए०) के यहां शादी है। बारात बहुत घूम-धड़ाके से आएगी। पुलिसवाले विवाह के काम में फंसे रहेंगे, क्यों न इस मौके से फायदा उठाया जाए ? संकरसींग की हवेली सूनी रहेगी उस वक्त।"

सुलतान ने तुरन्त निश्चय कर लिया, ठीक है। जब टीका चढ़ने लगेगा और बैंड-बाजों का शोर होगा, तब संकरसींग की हवेली में गिरोह घुसेगा।

तैयारी हो गई। पुतली ने बहुत कहा कि उसे भी साथ ले लिया जाए, पर सुलतान तैयार नहीं हुआ, "तेरे पैर की हालत खराब है, तू चल कैसे पाएगी ?"

पुतंली ने जिद की, "मैं तो चल लूगी। तुम चिन्ता मत करो।"

सुलतान कुछ कठोर हुआ, "नहीं !"

पुतली को चुप होना पड़ा। शंकरसिंह के प्रति बदले की आग में जलता हुआ सुलतान पिछली कई बार की तरह इस बार भी खतरा ओढ़ने जा रहा है। इसी तरह एक बार गया था और हजारी को खो आया था। कहीं इस बार...नहीं नहीं, उसे इस तरह नहीं सोचना चाहिए।

सुलतान दिन डूबते ही रवाना हो गया। पुतली की सार-संभाल के लिए बाबू को पास छोड़ गया ! पुतली नहीं चाहती थी कि बाबू उसके पास रहे, पर जब सुलतान ने पूछा, "क्यों ?" तो वह चुप रह गई। यह तो कहा नहीं जा सकता कि बाबू की नजर में खोट है।...अभी कह देगी पुतली और सुलतान की रायफल गोली उगल देगी।

"बाबू, देखना उसे कोई तकलीफ न हो !...यह मेरी जिंदगी है। अपने प्राण तेरे पास छोड़े जा रहा हूं !"

बाबू ने सिर स्वीकारात्मक ढंग से हिला दिया था। कहा था, तुम निश्चिन्त रहो ठाकुर, तुम्हारी जिंदगी की हिफाजत मेरी रायफल करेगी।”

पुतली कुछ चौंकी थी—क्या कर रहा है बाबू ? इसका मतलब यह भी तो हो सकता है कि...मगर सुलतान ने अर्थ समझने या बहुत गहरे तक सोचने की आवश्यकता नहीं समझी। वह फुर्ती से गिरोह के अन्य लोगों के साथ बीहड़ों में उतरकर लोप हो गया था।

वह जा चुका है। दिन डूबा और बीरानी का एहसास हर बीतते क्षण के साथ भारी होने लगा। वह मील-भर से अधिक रास्ता पार कर गया होगा। पुतली बीहड़ के एक गुफानुमा हिस्से में अधलेटी पड़ी देर तक सुलतान के बारे में ही सोचती रही...वह चला ही जा रहा होगा...पुतली जानती है, सुलतान को जब-जब शंकरसिंह को ख़याल आता है, वह पागल हो उठता है बिलकुल !...

बाबू अभी-अभी इस गुफा में आकर मशाल लगा गया था। हल्की-सी रोशनी उसकी लौ से फूटकर पुतली तक आ गिरी थी। फिर भी गुफा के कुछ कोने अब भी अंधेरे में डूबे हुए थे और कुछ हिस्सों में प्रकाश बह आया था।

मोचवाले हिस्से को सहलाते हुए पुतली ने सोचा—-जब बाबू मशाल लेकर आया तो उसकी ओर कैसे देख रहा था जैसे उसके शरीर का हर हिस्सा नोंचकर खा डालना चाहता हो। पुतली को भय लगा...पर दूसरे ही क्षण वह संभल गई थी। भय की क्या बात है ? सुलतान ने उसे हर तरह से समर्थ बना दिया है। वह निशाना साध सकती है और उसके पास रायफल भी है।

पुतली ने तुरन्त रायफल पर हाथ रख लिया था।

अब भी रखे हुए है।

गरदन मोड़कर उसने देखा—बाहर, खुले मैदान में, जिसका कुछ हिस्सा मशाल का प्रकाश पी रहा था—बाबू लेटा हुआ है। पर अधिक देर उधर नहीं देख सकी वह। बाबू उसीकी ओर देख रहा था और धीमी रोशनी में होने के बावजूद पुतली उसकी खुली, घूरती हुई आंखें देख पा रही थी।

सुलतान अभी चला ही जा रहा होगा। कह गया है, लौटने में कम से कम दो दिन लग जाएंगे। काफी दूरी है। पुतली की अंगुलियां अनायास ही सूजी हुई पिंडली और एड़ी तक घूमने लगीं। अगर यह चोट न लगी होती तो वह सुलतान के साथ...और पुतली की नज़रें पुनः बाहर चली गई—वह अब भी देख रहा है...बिलकुल पहले की तरह।

क्या इरादा है इसका ?...पुतली पहले ही सोच रही थी, कहे, कि इसे मत छोड़ जाओ, पर सुलतान सौ अच्छाइयों के बावजूद एक बुराई की गिरफ्त में भी है—ज़िद ! इसी ज़िद में उसने हजारी को दिया था और इसी ज़िद में पुतली को...

पुतली ने नज़दीक रखी रायफल पर पंजा कस दिया। कैसे देख रहा है जैसे चीता बैठा हो !

पर क्या कर सकता है उसका ? पुतली ने जैसे खुद को भुलावा देना चाहा मगर मन नहीं मानता।...कैसे माने ? जब से दोबारा गिरोह में आई है पुतली, सुलतान की नज़र बचाकर बाद इसी तरह उसे देखता रहा है...बिलकुल यों ही। नोचकर खा जाने के मूड में !

कुछ दिनों तक पुतली ने समझा था—बाबू की आदत है। किसी-किसी आदमी के देखने का ढंग ही ऐसा होता है, जिससे लालच झांकता रहे, चोर का सा प्रभाव छोड़ती हुई नज़रें...मगर जल्दी ही पुतली को भूल-सुधार कर लेना पड़ा था। बाबू की आंख औसत आंखों जैसी ही है। जब-जब वह पुतली को देखता है, वे आंखें कुछ असाधारण हो उठती हैं...बिलकुल श्यामराव जैसी। बयान के बहाने उस दिन जब थाने में बुलाकर श्यामराव ने ऊल-जलूल बातें की थीं तव उसकी आंखें भी बिलकुल बाबू जैसी ही थीं।

पुतली इन आंखों का अर्थ खूब समझती है। उसने जल्दी ही समझ लिया था—बाबू की आंखों में क्या है। वह देखता है और पुतली को लगता है उसके शरीर का कोई हिस्सा बाबू के सामने नगा होता जा रहा है...

पुतली बाबू की ऐसी आंखों से कुछ कतराने लगी थी, पर कब तक कतराती ? एक दिन बाबू अपनी बात आंखों से होंठों तक उतार लाया था, "पुतली बाई" !

नहा रही थी पुतली। बाबू एकाएक पीछे आ खड़ा हुआ। वह घबरा गई, "हंय ?"

बाबू को कोई डर नहीं था। सुलतान के बाद गिरोह में वह ही एकमात्र ऐसा आदमी है, जिसकी बन्दूक का आतंक हर आदमी के सिर पर नाचता है। सुलतान रिश्तेदारी के एक विवाह में शामिल होने के लिए काफी दूर एक गांव में गया हुआ था।

पुतली नहाने के लिए बेसली नदी के किनारे, बीहड़ों की ओटवाले हिस्से में उतर आई थी। गिरोह के बाकी लोग खाना बनाने में व्यस्त थे और इस बीहड़ के पार उनके और पुतली के बीच एक पर्दा था।

पुतली ने गीले कपड़ों में शरीर सिकोड़ लिया। दोनों हाथों से छातियां छिपा लीं। कुछ गुर्राकर बोली, "क्यों आया है तू ?"

बाबू हंसा। वह उसके गीले कपड़ों में चिपककर उभर आए शरीर को नज़रों से नोंच रहा था...जांचें...पिंडलियां...गीली लटों से छाया हुआ चेहरा...डरी हुई आंखें... बाबू ने कुछ न कहकर होंठों पर जीभ फिरा ली।

पुतली फिर गुर्राई, "क्या काम है ? देखता नहीं...मैं..."

"यही देखने तो आया हूँ मेरी जान !" उसने 'जान' शब्द रबर की तरह खींचा था।

"आने दे सुलतान को !" पुतली ने धमकी दी।

"आने दे।' बाबू बड़ी ढीठता से हंसा।

"जता है कि नहीं ?" पुतली आवेश में उठ खड़ी हुई।

बाबू हिला तक नहीं। खड़ी हुई पुतली के शरीर का हर उभार और अधिक स्पष्ट हो गया था। वह उसकी ओर बढ़ा जैसे किसी सम्मोहन में खिच रहा हो।

पुतली पीछे हटी, "देख...देख, मैं कहती हूं, तू चला ज़ा यहां से। चला जा !..."

"जाना तो पड़ेगा ही पुतली बाई, मगर आज तो प्यास बुझाकर जाऊंगा। नदी किनारे जो आ गया हूं।" उसने झपटकर पुतली को बांहों में जकड़ लिया और होंठ पुतली के गालों पर टिका दिए। प्चु... प्चु...चु...वह हांफ रहा था और उसके मुंह से थूक बह आया था। पुतली बेबस छटपटाकर रह गई थी...

"बाबू !" टीले के पार एक आवाज़ उठी थी और बाबू ने चौंककर उसे छोड़ दिया था...शायद सुलतान। वह डरी हुई आंखों से पुतली को देखता हुआ वापस हो गया था।

पुतली लौट आई थी। उबली हुई। सुलतान आया। पुतली का मन हुआ था—सब कुछ बतला दे, पर चाहकर भी कह नहीं सकी थी वह। सुलतानसिंह उसे गोली मार देगा और गिरोह में फूट...इसी तरह पहले भी कई गिरोह टूट चुके हैं। जब-जब किसी गिरोह में आपसी फूट हुई है तब-तब वह मुट्ठी में छूट पड़े गेहूं के दानों की तरह बिखर गया है...

उन दिनों बाबू भी तो उसे किस तरह देखने लगा था ? बिलकुल बच्चे की तरह मासूम निगाहों से।...एक याचना का भाव रहता था उसकी आंखों में, जैसे कह रहा हो—तेरे पांव पड़ता हूं। आगे से कभी ऐसी भूल न होगी। इस बार माफ कर दे...बस,

इस बार और। पुतली ने किसीसे कुछ नहीं कहा।

उस दिन दया करके गलती कर गई थी शायद पुतली।

पुतली ने मोचवाले हिस्से को सहलाया। कभी-कभी टीस उठता है। सुलतान शायद अब भी चला जा रहा होगा...बीहड़-दरबीहड़...

अगर उसी दिन सुलतान से कह दिया होता तो बाबू की ये आंखें शायद होती ही नहीं। हर क्षण बदलनेवाली दगाबाज आंखें। पुतली ने दया की और बाबू समझा था शायद पुतली उसे चाहती है और फिर बदल गई उसकी आंखें। बच्चेवाली मासूमियत गुम।

कमीना कहीं का। कैसे देख रहा है ?

पुतली ने रायफल पर अंगुलियां पुनः कस दीं। हथेली रायफल पर पसीज गई थी।

देखता है तो देखता रहे। क्या कर सकता है ! पुतली ने निश्चय कर लिया, अगर बाबू उसके नजदीक आने की कोशिश करेगा—-किसी भी बहाने तो तुरन्त निशाना लगा देगी...धांय।

पर सब कुछ सोच लेने के बावजूद पुतली रायफल नहीं उठा सकी। बाबू सामने आ खड़ा हुआ। उसी तरह जिस तरह उस दिन, नहाते वक्त...

"क्या है ?" पुतली ने पूछा।

"कुछ नहीं।" बाबू ने उत्तर दिया, "सिर्फ तुझे देखने के लिए खड़ा हूं। जैसे-तैसे रात ढल रही है, तू और हसीन होती जा रही है। भगवान कसम, तेरी ये सूरजमुखी जवानी..."

"क्या बकता है !" पुतली ने रायफल उठा ली।

"शिश्...शि..." बाबू शरारत से मुसकराया, "ऐसा मत करना। गोली बाहरवालो के लिए होती है, अपनों के लिए नहीं !"

"सुलतान ठाकुर तुझे चीर डालेगा। मैं तुझपर एक बार रहम खा गई थी, पर इस बार..."

"इस बार भी तुझे मुझपर रहम खाना पड़ेगा !" बाबू का स्वर कुछ तीखा हुआ, "तन्नो की जिन्दगी के नाम पर।"

पुतली समझी नहीं। तन्नो...? इसे उससे क्या लेना-देना है ?

बाबू ने बात साफ की, "तन्नो अब असगरी के पास नहीं है। वह मेरे आदमी के हाथ में है। धौलपुर में। मुझे कोई नुकसान पहुंचा और तन्नो की जिंदगी खत्म। बोल, अब क्या कहना है ?"

पुतली का सारा क्रोध हवा हो गया। बाबू ने उसे बांध लिया है। रायफल पर कसा हाथ ढीला हो गया। हथेली फिर पसीज गई है।

"मैं तो यह नहीं समझ पाता पुतली बाई कि सुलतानसींग में ही कौन-से लाल जड़े हुए हैं !" बाबू ने आगे बढ़कर पुतली के हाथ में थमी रायफल एक झटके के साथ छीनकर अपने कब्जे में कर ली और पुतली निरुपाय बैठी रही, सिर्फ यह कहकर कि तु कमीना है।

बाबू उसके नजदीक झुक आया और पुतली बैठी हुई थी एक पुतले की तरह... अवश। तन्नो ने एक डोर बनकर पुतली को बांध लिया है और बाबू बंधी हुई पुतली के साथ मनचाहा खेल खेल सकता है...

बाबू ने उसे बाजुओं में भर लिया। सीने से लगाकर जोर से भींचा...और पुतली बिना कुछ कहे सुने उसके हाथों में एक खिलौने की तरह हिलती-डुलती रही...

सुलतान अब भी चला जा रहा होगा...बीहड़-दर-बीहड़...उसे क्या मालुम कि तन्नो एक नागपाश की तरह पूतली को बांधे है... पुतली चाहेगी भी तो कुछ नहीं कह सकेगी।

चौबीस

कुछ दिनों तक दूर-दूर गांवों में यह समाचार फैला रहा कि सुलतानसिंह के गिरोह में मर्दाने कपड़े पहने हुए एक औरत भी है। बाद में इस समाचार की पुष्टि पुलिस ने भी कर दी—वह औरत पुतली ही है। और बहुत थोड़े समय में ही बीहड़ों के थानों और पुलिस चौकियों में इस आशय की अनेक रिपोर्टें दर्ज हो गईं कि पुतली डाके की घटनाओं और पुलिस से मुकाबलों में सक्रिय भाग लेती है।

सुननेवाले हैरान रह जाते। बीहड़ों के इतिहास में यह पहला मौका था जब कोई सुन्दर स्त्री कत्ल और डाकेबाज़ी के मामलों में आ जुड़ी थी।

श्यामराव ने कल्पना तक न की थी कि पुतली इस तरह बदल जाएगी। उस दिन थाने में जैसे ही श्यामराव ने उसका नाजुक शरीर कुआ था, पुतली बोली थी—'मैं तुझसे बदला जरूर लूंगी। इधर हाल में सतझिरी के पास एक डाके के सिलसिले में वह पहुंची थी और सरे आम यह घोषणा कर गई थी—'मुझे श्यामराव से निपटना है। उसे

कुत्ते की मौत न मारा तो पुतली नाम नहीं।'

समाचार श्यामराव तक आया। सिहर उठा। दिमाग की परतों में पुतली से जुड़ी हुई एक याद करीब-करीब दब चुकी थी, अब एकाएक ही उभर आई। काम-काज में उसका मन न लगता और रात को सोते समय कई-कई बार चौंक उठता। लगता, पुतली रायफल ताने सामने आ खड़ी हुई है। बिलकुल सिर पर...उसकी आंखों में एक हिस भाव तर आया है और एक गाली श्यामराव के चेहरे पर थूककर वह रायफल से निशाना साधती है...

नींद खुल जाती श्यामराव की और फिर देर तक पलक न लगते। उसने हैडक्वार्टर पर दरखास्त भेजी—'मेरी तबियत खराब चल रही है। स्थानांतर कर दिया जाए।'

सुलतान के गिरोह की गतिविधियां बढ़ती जा रही थीं और इन गतिविधियों से जुड़े हुए समाचारों में पुतली की नृशंसता के ऐसे-ऐसे टुकड़े सुनने को मिलते कि लोग कांप उठते। विश्वास न होता था—क्या यह वही पुतली है, जिसके घुंघरू हज़ारों कानों में चाशनी टपकाया करते थे ! वे नाजूक हाथ, जो पुतली के मंच पर थिरकते समय देखनेवालों को कैद कर लेते थे, कैसे हत्या कर पाते होंगे ?...

पर थोड़े ही दिनों में विश्वास करना पड़ा।

एक नई खबर मिली थी। डाकेज़नी की एक ताज़ी वारदात में पुतली ने क्रूरता का वह उदाहरण पेश किया जिसकी बीहड़ों में मिसाल नहीं थी। जिस घर में डाका पड़ा था, वहां की औरतों की अंगुलियां पुतली ने काट डाली थीं...सिर्फ इसलिए कि वे औरतें हीरों की बेशकीमती अंगूठियां पहने हुए थीं।

श्यामराव गांव में देखा जाता और देखनेवालों के दिमाग में पुतली की तस्वीर उभर आती। यही है, जिसे पुतली ने खुला चैलेंज दिया है। श्यामराव के चेहरे की चमक फीकी पड़ने लगी और हर क्षण वह शंकित रहने लगा।

स्थानांतर की दरखास्त का कुछ ही दिनों में उत्तर आ गया—'विचार किया जाएगा। श्यामराव ने बहुत दौड़-धूप की। ज़िला-अधिकारियों से मिला, नेताओं से भेंट की। बहुत कुछ कहा-सुना, पर कुछ भी नहीं हो सका। कुछ दिनों की छुट्टी भी मांगी उसने, पर हैडक्वार्टर से निर्देश आए—'फिलहाल संभव नहीं है।'

लाचार होकर उसने अपनी ओर से यथासंभव सावधानी बरतनी प्रारम्भ कर दी। दबिश का मौका आता तो वह किसी न किसी तरह कतरा जाया करता, वारदातों की जांच-पड़ताल के लिए छोटे थानेदार को भेजा जाता, दिन डूबते ही

थाने पर दीवानजी काम संभालते और श्यामराव क्वार्टर में आ समाता। उसके कमरे में हमेशा भरी हुई बन्दूक टंगी रहती थी और सोते समय रिवाल्वार सिरहाने रहता। खांसने की आवाज़ होने पर भी वह चौकन्ना होकर रिवाल्वर संभाल लेता।

एक नये शंकरसिंह को जन्म दे दिया था पुतली ने। वे ही बेरोशन आंखें, उतरा हुआ चेहरा, हर आवाज़ के साथ बेकाबू हो जानेवाली सांसें और ज़िन्दगी के हर उजाले को ढंकता हुआ मौत का अंधेरा...

हर तरह की सावधानी के बावजूद श्यामराव के सामने एक उलझन थी। सतझिरी और नौझिरी दोनों ही गांव, एक थाने के अन्तर्गत हैं। दरोगा पर अनिवार्य बंधन था कि वह दोनों गांवों के थानों पर दौरा करता रहे।

इस दौरे से कैसे बचा जा सकता है ? हर थाने पर रखे रोज़नामचे में सर्किल इंस्पेक्टर के दौरे की रिपोर्ट दर्ज होती है। उसने बहुत सोच-समझकर निर्णय ले लिया कि हर दौरा दोपहर के वक्त ही हुआ करेगा। ऐसे हर दौरे में वह कुछेक सिपाही हमेशा अपने साथ रखा करेगा।

उस दिन वह बड़ी सावधानी से ऐसे ही एक दौरे पर निकला। एक दिन पहले समाचार मिला था—नौझिरी गांव में मिनिस्टर साहब आनेवाले हैं; और श्यामराव लाचार हो गया था कि समाचार मिलते ही नौझिरी की ओर चल पड़े।

दिन अभी नहीं डूबा था। बीहड़ों के टीले धूप में चमक रहे थे। श्यामराव ने एक गार्ड अपने साथ लिया और नौझिरी की ओर रवाना हो गया। पर पुलिस टोली अभी कुछ ही दूर पहुंची होगी कि एक दरार से गुजरते समय अचानक ही दो तरफ से फायरिंग होने ली।

"लौटो ! कवर लो !..." श्यामराव चिल्लाया और सिपाही छितराकर इधर-उधर भागने लगे।

गोलियां दो दिशाओं से बरस रही थीं और इन बीहड़ों में दूर तक छिपाव के लिए कोई रास्ता नहीं दीखता था। सिपाही मुकाबला करना तो दूर रहा रायफलें छोड़कर पागलों की तरह जिधर रास्ता मिला, भागने लगे। श्यामराव एक छोटे-से टीले की ओट में दुबका रह गया। घबराहट में उसकी रायफल भी छुट गई थी। उसने रिवाल्वर निकालकर निशाना लगाना चाहा था, पर गोलियों की यह बाढ़ और एक आदमी...कोई सिपाही जवाब नहीं दे पा रहा है। उसने सामने देखा—

दो सिपाही गोलियों से छिदे दरार में पड़े थे। अब कुल तीन सिपाही हैं और श्यामराव...मुकाबला नहीं किया जा सकता। मोर्चे के लिए भी उपयुक्त स्थिति नहीं है...अब ?

श्यामराव ने क्षण-भर में निर्णय ले लिया। सम्पूर्ण शक्ति से चीखा, "गोलियां बन्द करो। हम हथियार फेंक रहे हैं।...गोलियां बन्द करो !..." फिर उसने उसी तरह चीखकर बाकी तीन सिपाहियों को आदेश दिए, "हथियार डाल दो !... हथियार डाल दो !"

गोलियां बन्द हो गईं। श्यामराव हांफने लगा था। उसने देखा तीनों सिपाहियों की रायफलें दरार के चौड़े हिस्से में आ गिरी हैं। उसने भी अपना रिवाल्वर एक झटके के साथ उसी ओर फेंक दिया।

कुछ देर चुप्पी रही। श्यामराव दायें-बायें सिर उठाकर बीहड़ों की ऊंचाइयों की ओर देखता रहा...गिरोह है। मगर किसका सुलतानसिंह...लाखन...या...

एक ओर कुछ परछाइयां उभरीं और स्पष्ट होने लगीं।

सुलतानसिंह। श्यामराव का दिल बैठने लगा। पुतली भी ज़रूर होगी। घबराहट में वह ओट से फिसल पड़ा और लुढ़कता हुआ नीचे आ गिरा, एकदम सामने।

"बाहर आ जाओ !...सब बाहर आ जाओ !"

सुलतान चिल्लाया और कांपते हुए तीनों सिपाही दरार में ठीक सामने आ खड़े हुए। उन्होंने हाथ आसमान की ओर उठा रखे थे और उनके हथियार दूर, धरती पर पड़े हुए थे। श्यामराव भी धूल-धूसरित उठकर उसी तरह खड़ा हो गया।

सभी चेहरे स्पष्ट हो गए। वे घोड़ों पर सवार थे। श्यामराव ने कांपते हुए देखा कि एक घोड़े पर पुतली भी सवार है। कुछ लोग फुर्ती से उतरे और उन्होंने सिपाहियों की धरती में पड़ी रायफलें बटोर ली।

सुलतान मुसकराता हुआ घोड़े से उतरा, "दरोगाजी हैं।" उसने कहा फिर वह पुतली की ओर मुड़ा, "ले, तेरा बैरी सामने खड़ा है। कर ले हिसाब साफ !"

श्यामराव ने हाथ जोड़ दिए, घिघिया उठा, "मुझे माफ कर दो, पुतली बाई, मुझे..."

पुतली ने रायफल संभाली। कंधे से सरकने लगी थी और डर से श्यामराव चीख उठा, "नहीं नहीं, मैं बाल-बच्चोंवाला आदमी हूं। मैं तेरा बच्चा हूं...मुझे !"

पुतली ने गिरोह के एक डाकू को आदेश दिया, "इसके पैर घोड़े से बांध दे, ले !" उसने घोड़े की गरदन के पास जीन से लटकी रस्सी निकालकर उस डाकू की ओर फेंक दी।

"नहीं नहीं।" श्यामराव चीखा, पर व्यर्थ। गिरोह के कुछ लोग आदेश के साथ ही दौड़कर उसे बांधने लगे। बहुत हाथ-पैर फेंके उसने पर हर प्रयत्न बेकार रहा। थोड़ी-सी देर में श्यामराव घोड़े के पैरों से बंधा छटपटा रहा था। सभी लोग अपने-अपने घोड़ों पर सवार हो गए। सिपाही निरुपाय खड़े भयातुर सब कुछ देखते रहे। सुलतान ने उनसे कहा, "घबराओ मत, तुमसे हमें कुछ भी नहीं लेना-देना। तुम तो सिर्फ यह देखो कि तुम्हारे दरोगाजी के कर्मों का फल उनके सामने कैसे आता है।" फिर वह अपने साथियों की ओर मुड़ा, "चलो !"

कुछ पैर जीनों पर थपके, लगामें ढीली हुईं और घोड़े दौड़ उठे।

सिपाहियों ने देखा कि चीत्कार करता हुआ श्यामराव का शरीर इधर-उधर उछलता-गिरता, बीहड़ी दरार में उड़ती धूल में गायब हो गया।

पच्चीस

बाबू दगाबाज है !

पुतली के मुंह पर यह शिकायत आते-आते ठहर गई है। जब-जब उसने कुछ कहना चाहा है, तन्नो का मासूम चेहरा दिमाग की तहों से उतरता हुआ होंठों पर आ चिपकता है...एक ताले की तरह। और पुतली कभी कुछ नहीं कह पाती। लगता है, भीतर ही भीतर कोई चीज़ किसी फोड़े के मवाद की तरह दिल की तहों तक रिस रही है। और जैसे-जैसे वक्त गुज़र रहा है, यह मवाद छोटे-छोटे कई फोड़े पैदा कर रहा है... छूत से फैलनेवाले ज़हरीले फोड़ों की तरह।

श्यामराव पहला आदमी था जो एक फोड़े की तरह उसके मन में फूट पड़ा था... फिर वह छोटा थानेदार और फिर वे दोनों कई-कई बार...और अब बाबू !

पहले वह अवश थी। उसने पूरी कोशिश की थी छूटने की, पर श्यामराव फोड़े के जहरीले मवाद की तरह ज़बरदस्ती उसे छू गया था। इसके बावजूद पुतली ने स्वयं को कभी अपराधी नहीं महसूस किया। क्यों करे ? उसने अपनी स्वीकृति से सुलतान के

साथ कभी कोई छल नहीं किया है, पर यह बाबू...

पुतली के फोड़ों में जैसे पीव काटने लगती है। उसे लगता है—अपराध उसीने किया है...बाबू के सामने आत्मसमर्पण कर !

पर उस आत्मसमर्पण में लाचारी थी। तन्नो की ज़िन्दगी बंधी हुई थी उससे !

नहीं, यह कोई तर्क नहीं है। यदि पुतली चाहती तो बचाव कर सकती थी। वह क्यों डरी तन्नो के नाम से ?

तन्नो को कुछ हो जाता तो ?

और अब भी क्या पता उसे कुछ हो गया हो तो ?पुतली के सामने तो है नहीं तन्नो ? अगर होती भी तब भी क्या पुतली को बाबू की धमकी पर इस तरह आत्मसमर्पण कर देना चाहिए था ?

निजी तर्क-वितर्क के बावजूद पुतली यह नहीं मान पा रही है कि वह दोषी नहीं है।

उस दिन वह बड़ी कठिनाई से खुद को रोक पाई थी। भीतर से सब कुछ उबलकर गले में अटका हुआ था और सब कुछ घट चुकने के बाद पुतली को एक आवेश ने घेर लिया था। भले ही तन्नो को कुछ हो जाए !...वह सुलतान से कह देगी...अभी...

बीहड़ लांघता हुआ सुलतान लौटा था—उसी मुहीम से—शंकरसिंह को मारने की मुहीम। गुफा के द्वार पर वह आकर रुका और पुतली तुरन्त उसके सामने जा खड़ी हुई। उसने एक नज़र बाबू को देखा था। वह गिरोह के अन्य लोगों से बातचीत करने लगा था। बीच-बीच में पुतली की ओर चोर नज़रों से देख भी लेता था। बाब आश्वस्त है—पुतली कुछ नहीं कह सकती। कहेगी कैसे ?

मूर्ख कहीं का ! पुतली ने उसके नाम एक गाली सोची और फिर कह देना चाहा था—यह बाबू...

पर कैसे कहे? सुलतानसिंह उदास था। थका हुआ। ठीक उसी दिन की तरह जब वह हजारी को साथ लेकर गया था। शायद इस बार भी शंकरसिंह बच गया है।

और पुतली ने खुद को रोक लिया। उसने सुलतान के कंधे से टंगी हुई केतली उतार ली थी। सुलतान ने कारतूसपेटी उतारकर उसके हाथों में दे दी और पसीना पोंछता हुआ थकान से चूर धरती पर बैठ रहा।

पुतली कुछ नहीं बोली। वह जानती है, सुलतान जलन पी रहा है...कब से पी रहा है और हर बार कुएं पर पहुंचकर इसी तरह प्यासा लौट आया है। उसने पूछा था, “पानी लाऊं?”

"ले आ !" सुलतान ने टूटती-सी आवाज में कहा था और पुतली भीतर चली आई थी। सोचा था, कुछ थकान मिटा ले फिर सुलतान से कह देगी...

बाबू बिल्कुल निश्चिन्त है। पुतली ने देखा वह डाकुओं से गपशप कर रहा है। यह समझ रहा है पुतली बोल नहीं सकती। इसे तो तब पता लगेगा जब थोड़ी ही देर में यह मिट्टी में आ गिरेगा। खून से सना हुआ !

पानी पीकर सुलतान ने कहा था, "इस बार फिर सब बेकार हो गया। मन की मन में ही रह गई।" उसने एक गहरी सांस खींच ली थी।

"उसकी तकदीर अच्छी है। हर बार बच जाता है, पर इस तरह कब तक..."

"नहीं नहीं, तु कुछ और ही समझ रही है।" सुलतान बोला, संकरसींग तो मर गया।"

"फिर?" पुतली हैरान हुई। तब यह उदासी...

"फिर कुछ नहीं !" सुलतान जैसे और टूट गया, "संकरसींग मर गया, पर मेरी गोली से नहीं..."

"तब किसकी गोली पड़ी उसे ?"

"किसीकी नहीं। वह अपनी मौत मरा। बीमारी से।" सुलतान बताने लगा, "मैं गांव में पहुंचा ही था कि मालूम हुआ संकरसींग साला मर गया। मेरे पहुंचने से सिर्फ एक दिन पहले। वह बहुत बीमार था।...

"चलो, ठीक हुआ।" पुतली बोली और सुलतान ने बैचैनी से सिर हिलाते हुए कहा था, "नहीं पुतली, सब गलत हुआ। भगवान ने भी जिन्दगी-भर मुझे धोखे दिए हैं। उसने मेरा वचन तुड़वा दिया। संकरसींग को मेरी गोली से नहीं मरने दिया..."

पुतली क्या कहे ?...कितनी गहरी आग ! पुतलीं तो कल्पना भी नहीं कर सकती कि सुलतान कैसी जलन बर्दाश्त करता आ रहा था? अब वह जलन स्थायी होकर रह गई है।

"तू नहीं जानती, पुतली, मैं कितना अभागा हूं।" सुलतान की आवाज़ रुलाई की स्थिति तक भर आई थी, "इस दुसमन ने मुझसे मेरा बाप छीन लिया था, फिर बाबा, फिर मेरा सुख-चैन और मेरी तकदीर ने जिन्दा बैठी मां छुड़वा दी...और अब वह हरामी संकरसींग धोखा दे गया।...ऐसा धोखा, जिसका कोई इलाज नहीं है।"

और पुतली अपनी बात नहीं कह सकी भी। कैसे कहती ? सुलतान जिस घुटन

में घुट रहा है, क्या उसे और बढ़ा दे वह ? पुतली चुपचाप भीतर चली गई थी। जाते समय देखा था उसने, बाबू उसी खास ढंग से उसे देख रहा था...

फिर कई बार कहना चाहा था उसने पर किसी बार भी नहीं कह पाई। सुलतान उस दिन के बाद से उसी तरह घुट रहा है। शंकरसिह नहीं मरा, सुलतान का एक खिलौना टूट गया है जिसे वह मौत की हद तक प्यार करता था। इस तरह कि ज़िन्दा रहे तो उसके अधिकार में, और टूटे, तो भी उसीके हाथ से !...मगर वह अपने-आप टूट गया...

सुलतान को लगता है—जिस खेल के लिए जी रहा था वह मिट गया है और अब सुलतान निरर्थक ही जिन्दगी का बोझ ढो रहा है...पुतली उसकी यह पीड़ा अनुभव करती है...करती ही जा रही है। उसका अपना रहस्य भीतर ही भीतर मन में छूत के फोड़ेवाली पीव की तरह रिसता-रिसता सारे शरीर को गलाए दे रहा है फोड़ों से भरे दे रहा है...

जिस हालत में सुलतान है, उसमें शायद पुतली उससे कभी कुछ नहीं कह पाएगी और पीव भीतर ही भीतर रिसती और काटती रहेगी।

काट रही है...न जाने कब तक काटती रहेगी? शायद जिंदगीभर ! तब भी, जब बाबू मर जाएगा।

वह नहीं कह सकी। जब-जब कहना चाहा सुलतानसिंह शायद तैयार नहीं हुआ सुनने के लिए। सुलतान उदास रहता है पिछले कुछ दिनों से। जैसे कोई फोड़ा उसके भीतर भी है और उसका दर्द शरीर के हर अंग और ज़िंदगी पर छा गया है। काफी समय से गिरोह की हलचलें खामोश हो गई थीं। साथी आश्चर्य व्यक्त करते-सुलतानसिंह को हो क्या गया है? जब-जब कोई नया कार्यक्रम सामने रखा जाता है वह उसकी ओर से उपेक्षा दर्शा देता है। अगर यही स्थिति है तो हमारे बागी होने का अर्थ ही क्या रहा?

आश्चर्य असंतोष में बदलने लगा था। सुलतानसिंह से कहना पड़ेगा। औरतों की तरह परदे में बन्द हो गए हैं हम लोग।

पुतनी भी महसूस करती है, कुछ गलत हो रहा है। पर सुलतान से कहे कौन ? उससे कहने का मतलब होगा, उसका फोड़ा कुरेदना और किसीका फोड़ा कुरेदा जाए

तो वह चीख पड़ता है!...पर कहने के लिए पुतली लाचार हो गई। वह देख रही है, गिरोह में असंतोष पैदा हो रहा है और हर असंतोष विद्रोह की एक ऐसी चिनगारी बन जाता है जो एक न एक दिन लपट का रूप ले लेती है।

उस दिन बाबू ने प्रोग्राम रखा, "खबर मिल गई है। मुढेरी में अग्गरवाल सेठ के यहां इन दस-पांच दिनों में ही डाका डाला जा सकता है। तुम कहो तो तैयारी हो जाए !"

सुलतान ने हमेशा की तरह उपेक्षा दिखाई, "मेरी तबियत ठीक नहीं है। आगे कभी सोच लेंगे।"

पास ही खड़ी थी पुतली। यही मौका है सुलतान को समझाने का। कहने लगी, "तुम्हें न जाने क्या हो गया है ठाकुर ? बीसियों पुरोगराम बिगड़ चुके हैं और तुम हो कि हर अच्छा मौका छोड़ते जा रहे हो। इस तरह तो सारे गिरोह में ठंडक आ जाएगी।"

पुतली ने कहा और गिरोहवालों ने अपनी-अपनी बात कहनी शुरू कर दी। हर आदमी की राय थी, इस बार अवसर हाथ से नहीं जाना चाहिए।

सुलतान को मानना पड़ा। वे दूसरे दिन ही चल पड़े भर-दोपहर। मुढेरी के नजदीक पहुंचते-पहुंचते शाम हो आई थी। अभी-अभी एक राहगीर ने खबर दी थी, पूर्व दिशा में उसने पुलिस की एक टुकड़ी जाती हुई देखी है। सुलतान ने रास्ता बदल दिया था। इस नये रास्ते से दो मील का चक्कर पड़ जाता है, पर किया भी क्या जा सकता है।

सांझ झुकी। सूरज पश्चिम के आकाश का आंचल ओढ़ने लगा। गिरोह अब भी चला जा रहा था। सुलतान ने कहा, "दस बजे हम लोगों को मुढेरी में होना चाहिए।"

कदम तेज़ हो गए। लगातार चलते रहने के कारण उतनी फुर्ती नहीं रही है। टखने दर्द कर आए हैं और लगता है, कमर, धड़ से कहीं अलग हो गई है।

आसमान पर पीली, तपते हुए सोने जैसी रोशनी फैल गई थी और पराजित सूर्य भगोड़े सैनिक की तरह एक ओर दुबका चला जा रहा था। सुलतान ने लगभग दौड़ती चाल में आगे-आगे चलते हुए मुड़कर पुतली को देखा, "बहुत धीमी चल रही है तू ?"

पुतली फुर्ती से उसके पास आ गई और कोशिश करने लगी कि बराबर उसके साथ-साथ चलती जाए।

बीहड़ के चढ़ाव को पार कर जब वे उतार पर उतरने लगे तो सुलतान ने पुतली को

हिदायत दी, "संभलकर, मुझे लगता है इस तरफ पानी गिर चुका है।"

पुतली ने कदम संभाल-संभालकर रखने शुरू कर दिए। कभी-कभी उसे सुलतान पर खीझ आती है। हमेशा वैसी ही बात करता है जो सिर्फ औरतों के लिए सुरक्षित समझी जाती है। यह व्यवहार उसे नहीं रुचता। वह निशाना अचूक लगाने लगी है, कई डाकों में सुलतान के साथ रही है, कत्ल किए हैं, और मर्दों की तरह चुस्त पेंट-कमीज़ पहने हुए हैं...

...धायं !...धायं !...

सुलतान चिल्लाया, "लौटो ! कवर लो, जल्दी-जल्दी !"

धायं...! धायं !...धायं...!

'कवर लो !"

जिधर जगह मिली गिरोह के लोग दुबकने लगे। उन्होंने फुर्ती से अपनी-अपनी रायफले निशाने के लिए तैयार कीं।

सुलतान ने लपककर पुतली का हाथ पकड़ा और लगभग खींचता हुआ एक ओर दौड़ा। वह चीखता जा रहा था, "धरती पर लेट जाओ। जल्दी...!" वह पुलिस के नाम गालियां भी बक रहा था, "कुत्ते !...स्साले ! धोखेबाज !..."

वे एक-एक कर बड़े बीहड़ की छुटपुट दरारों में दुबक गए थे, पर पुलिस बड़ी संख्या में है। चारों ओर से लगातार हो रही गोलियों की बारिश ने जल्दी ही यह रहस्य प्रकट कर दिया।

पत्थरों को दूर तक कहीं नामोनिशान नहीं। दरारें छितराई हुई थीं। गिरोह के हर आदमी को एक-दूसरे के बीच दूरियां बढ़ते जाने का एहसास हुआ। यही हाल रहा तो शायद सब एक-दूसरे से दूर...

घबराकर सुलतान ने चारों ओर सिर धुमाया। गोलियां हर तरफ से आ रही हैं। फिर उसने यह अनुमान लगाया कि किस ओर से गोलियों की बाढ़ कम है। पुलिस का घेरा उसी ओर से कमज़ोर होगा और वहीं से बचकर निकला जा सकेगा।

पुतली लगातार फायर कर रही थी। बीहड़ की मिट्टी में गोली जा समाती और धूल का एक अंबार कुछ देर के लिए उस जगह को घेर लेता।

डाकूओं ने फायरिंग जारी रखी। एकाएक सुलतान चिल्लाया, "बेवकूफ कहीं के। बेकार गोलियां खर्च भत करो। पुलिस बहुत है।"

सुलतान एक विशाल टीले के खोहनुमा हिस्से में पुतली के साथ जा छुपा। कुछ

देर तक ऊपर सनसनाती हुई गोलियों से अपने और पुलिस के मोर्चे का अनुमान करता रहा फिर बोला, "तू यहीं रहना। एक कदम भी इधर-उधर मत होना। मैं देखता हूं सालों को !" वह धरती पर लेट गया...औंधा।

एक ओर से बाबू रेंगता आ रहा था—निहत्था।

"क्यों रे, तेरी रायफल...?"

"वह...वह छूट गई मेरे हाथ से।" बाबू ने हांफते हुए बताया।

"मूरख !" सुलतान ने दांत पीस लिए।

गोलियां लगातार सनसनाए जा रही थीं।

"ठाकूर, मैं मारा जाऊंगा। जिघर रायफल छुटी है, उधर से पुलिस का घेरा आगे की ओर बढ़ आया है।...मुझे तुम अपना रिवाल्वर..."

"नहीं, मर स्साले ! अपनी रायफल तक नहीं संभाल सकता।" सुलतान उसे दुत्कारता हुआ आगे बढ़ने लगा। बाबू घिघिया उठा।

"ठाकुर ! मैं मारा जाऊंगा। मेरी गलती. माफ कर दो। मुझे रिवाल्वर..."

अधिक सोचने का समय नहीं था। फुर्ती से रिवाल्वर निकालकर सुलतान ने उसी ओर बढ़ा दिया, "ले, मगर खयाल रख, मुकाबला नहीं करना है, बच निकलना है, बस !"

"ठीक !" बाबू ने रिवाल्वर संभाल ली।

सुलतान रेंगता हुआ आगे बढ़ा। अटकता-अटकता बाबू उसके पीछे हो लिया।

पुतली टीले की ओट से लगातर फायर किए जा रही थी। बीच-बीच में वह सुलतान की ओर भी देख लेती। टीलों के छोटे-बड़े सिरों से पुलिस की गोलियां चीख रही थीं। सुलतान फुर्ती से आगे बढ़ा जा रहा था। उसकी आकृति धूल और झुटपुटे के कारण क्रमशः धुंधली होती जा रही थी। पुतली ने देखा, बाबू भी उसी दिशा में रेंग रहा था और उससे काफी पीछे रह गया था।

सुलतानसिंह एक जगह पर रुक गया। वह बाईं ओर के टीले की तरफ निशाना साध रहा है और इसके साथ ही पुतली ने देखा, बाबू भी लेटे ही लेटे रिवाल्वर से निशाना साध रहा है...

पर बाबू निशाना किधर लगा रहा है...?

सुल्तान की बंदूक ने गोली उगली—धाय !...और उसके साथ ही बाबू की रिवाल्वर गोलियां उगलती गई—धायं...! धायं...!

"ठाकुर !" पुतली चीखी।

सुलतानसिंह बाबू की हर गोली के साथ गुलाटें खाता हुआ टीले से नीचे लुढ़कता आ रहा था। गोलियोंवाले मौसम की बगैर परवाह किए वह सुलतान के लुढ़कते शरीर की ओर भागी।

"कहां जाती है?" फुर्ती से बाबू ने उसे पकड़ लिया, "देखती नहीं गोलियां..." उसने पुतली के हाथ की रायफल एक झटके के साथ खींचकर अपने कब्जे में कर ली और उसे धक्के देता हुआ एक टीले की ओर बढ़ गया।

सनसनाती गोलियों के बीच इतनी धूल उड़ रही थी कि ठीक से रास्ता भी नहीं दीखता था।

पुतली को खींचता हुआ बाबू एक ओर भागा जा रहा था... दरार के गहरे, खूब गहरे हिस्से में। वह चिल्लाता भी गया, "अरे सुनते हो, वचो। सुलतान ठाकुर मर गया ! ..."मर गया ! ..."

पुतली ने कितनी ही बार चाहा, मुड़कर वापस गोलियों की बाढ़ में समा जाए...उधर ही, जिधर सुलतानसिंह की लाश पड़ी है, मगर बाबू के सामने बिलकुल बेबस है...बिलकुल।

गिरोह के और भी कई लोग पीछे-पीछे वेगपूर्वक दौड़े आ रहे थे। पुतली ने पीछे मुड़कर देखा। धुएं का एक घना, बहुत घना गुबार...सुलतान तो सुलतान, पूरे के पूरे बीहड़ डूब गए हैं वहां।

छब्बीस

सब कुछ हमेशा की तरह ही है। बिलकुल वैसा ही, जैसा सुलतानसिंह के समय हुआ करता था। वहीं बीहड़, वही ठिकाने, वही गिरोह, हर चेहरा पहचाना हुआ...पर सब कुछ अपरिचित।

पुतली ने पिछले कई दिनों से कोशिश की है कि गुजरे हुए क्षणों को भूल जाए। आज भी की, पर नहीं भूल पा रही है। जैसे-जैसे कोशिश करती है, वैसे-वैसे यादें और घिर आती हैं।

सुबह के साथ ही वह यादों में घिर गई। बाबू उसके नज़दीक ही लेटा हुआ था। वह जग गया था और अब अलसाया हुआ चुपचाप बीहड़ों में निरुद्देश्य आंखें गड़ाए हुए था।

पुतली ने एक बार उसे देखा। कल सुबह भी इसी तरह देखा था। परसों भी और

उससे पहले कई दिनों इसी तरह देखती आ रही थी। वह विश्वास नहीं कर पाती कि उसके नज़दीक सोनेवाला आदमी सुलतान नहीं है।

हर टीले पर जैसे सुलतान का चेहरा उभरता है, फैलता है और फिर फैलता ही जाता है और पुतली को लगता है जैसे वह उसमें ढंक गई है...कुहासे की तरह।

कहता था, 'जब से तू आ गई है, मुझे जिन्दगी से मोह होने लगा है !'...सचमुच उसे ज़िन्दगी से मोह होने लगा था। वह मौत के हर मौके से कतरा जाने की कोशिश करता था। एक बार बोला था, 'पतली, तू कहे तो पुलिस में हाजिरी दे दूं। सजा हो जाएगी। जब तक मैं सजा काटूं, तू गांव में रहकर वक्त काट लेना। फिर मैं छूट आऊंगा और हम तसल्ली से रहेंगे। इन बीहड़ों में अब मेहमानी करने की तबीयत नहीं है।'

उस दिन से वे देर तक सोचते रहे थे—अगर आत्मसमर्पण कर दिया जाए तो कितनी सजा हो सकती है ?

बीसियों कत्ल...पचासों डाके...लूट !

शायद दस साल...बीस साल...आजन्म कारावास...

'नहीं, मुझे फांसी होगी।' सुलतान बोला था, 'इतने जुर्म किए हैं मैंने कि मुझे फांसी से कम सजा मिल ही नहीं सकती।'

पुतली कुछ नहीं बोली थी। क्या बोलती ? वह भी जानती थी कि सुलतान पकड़ा जाए या आत्मसमर्पण कर दे, कानून के पास उसके लिए एक ही फैसला है—फांसी।

'अगर फांसी ही होनी है तो मेरी हाजिरी का कोई मतलब नहीं है। बीहड़ ही ठीक हैं मेरे लिए। कम से कम चौथाई उमर तो जी ही लूंगा। लड़ते-लड़ते मरना ज्यादा अच्छा है !'

पर उसे लड़ने का मौका नहीं मिला था। शायद मिलता, अगर पुतली उसकी ज़िन्दगी में न आई होती।

और पुतली को लगा—वह अपराधी है। सुलतान की मौत उसके कारण हुई है। वह एक कर्ज़ छोड़ गया है उसपर। मौत का कर्ज़। कैसे चुकेगा वह ?

पुतली समझ नहीं पाती कि सुलतानसिंह के कर्ज़ से कैसे छुटकारा हो सकेगा उसका ?

उड़ती-उड़ती खबर मिली थी—उस दिन जिस पुलिस पार्टी से मुठभेड़ हुई, उसे कमाण्ड कर रहा था इंस्पेक्टर माजेकर। इस इलाके के सबसे काबिल पुलिस अफसरों में उसकी धूम है। फिर और भी खबरें मिली थीं जिनके अनुसार उस मुठभेड़ में माजेकर नहीं था। जो भी हो, पुतली ने निश्चय किया था, अब वह बीहड़ों से नहीं लौटेगी। तब

तक नहीं, जब तक कि वह और उसके इर्द-गिर्द ये खाकी वरदियोंवाले हैं।

"क्यों, तू मुंह हाथ धो आई ?"

पुतली चौंक गई। बाबू उठ खड़ा हुआ था। वह कोई जवाब नहीं देना चाहती थी, मगर बाबू जवाब मांग रहा है—आंखों में सवाल दोहराकर।

"हां।"

"मैं भी जाता हूं।" यह कहते हुए भी बाबू उससे सटकर बैठ गया। उसने एक सिगरेट जला ली और धुआं छोड़ता हुआ उसे उसी तरह देखने लगा जैसे पहले देखा करता था...

हर क्षण अर्थ बदलनेवाली दगाबाज़ आंखें ! ...

पुतली घुटकर रह गई। जब सुलतान ज़िंदा था, तब भी इसी तरह रह जाती थी और अब भी रह गई है। बाबू निर्दयी और क्रूर होने के अलावा पल्ले दरजे का धोखेबाज़ और चौकन्ना है। गिरोह का सरदार।

बाबू मुंह को केतली की तरह खोलकर धुएं के छल्ले बना रहा था। पुतली का मन हुआ, लपककर उसकी गरदन पकड़े और दबाती जाए तब तक, जब तक कि ये आंखें फटकर बाहर न उबल पड़ें। पर दूसरे ही क्षण पुतली को अपनी असमर्थता का एहसास हो आया। ऐसा नहीं कर सकती वह। करेगी कैसे ? सुलतान की मौत के बाद बाबू ने उसके हाथ काट दिए हैं...न रिवाल्वर...न बंदूक...उल्टे हर क्षण पहरा। गिरोह का हर आदमी उसके हाथों नाचता है इसलिए कि वह ससे अधिक क्रूर, चालाक और निशानेबाज़ हैं।

बाबू ने अधजली सिगरेट एक ओर फेंक दी। मुसकराया, "पुतली !"

पुतली ने उस ओर चेहरा घुमाया। बाबू ने एक चील की तरह झपटकर उसे चूम लिया।

"क्या करते हो ?"

बाबू हंसा।

पुतली गाल पोंछती हुई फिर घुटने लगी। सूरज निकल आया था और रोशनी के टुकड़े बीहड़ों के ऊंचे-ऊंचे हिस्सों पर बारिश की बूंदों की तरह बिखरे हुए थे। गिरोह के सारे लोग जा चुके हैं। और बाबू...उनके सामने ही...पुतली की सांस ज़ोरों से चलने लगी। बिलकुल कुत्तों की तरह होता है सब कुछ।...

सामने पहाड़ासिंह बैठा हुआ बीड़ी पी रहा था। उसके पास ही कल्याणसिंह।

दोनों भाई। बाबू ने पुतली को चूमा तो दोनों किस तरह देखने लगे थे ? देखने जैसी बात ही है !...और पुतली स्वयं के प्रति झल्लाहट से भर उठी। बाबू एकदम कुत्ता है।...बाजारू कुत्ता !

कल भी ऐसा ही किया था इसने और पुतली का मन हुआ था, किसी ऊंचे बीहड़ से कूदकर जान दे दे...आखिर वह औरत है। कपड़े पहनती है। इत्तिफाकों ने अगर उसे इस हाल तक ला दिया है तो इसका यह मतलब नहीं कि वह भी जानवरों की तरह सबके सामने...कल पहली बार इच्छा हुई थी उसकी—रो उठे। आज भी वह रुआंसी हो गई।

बाबू ने एक अंगड़ाई ली, "मैं अभी आता हूं।" और चला गया।

पुतली देखती रही। बिलकुल जानवर है।...सुलतान से दस गुना आतंक है उसका गिरोह पर।

पुतली उठी, देखा—पहाड़ासिंह आंखों में अजीब-सा भाव लिए हुए मुसकरा रहा था। अधिक देर वह उसकी ओर देख नहीं सकी। लगता, गिरोह के हर आदमी के सामने वह नंगी खड़ी है और वे सारे लोग आंखों से उसके शरीर का हर हिस्सा कुरेद रहे हैं...जांघे...पेड़ू...छातियां...सब !

वह भीतर चली आई। वही चिरपरिचित गुफा का हिस्सा। यहां कई बार वह सुलतानसिंह से बातें कर चुकी है। गांव, घर और आपसी दुख-दर्द की। पुतली ने बहुत चाहा था—कुछ याद न आए, पर बिलकुल बेबस होकर उसे फिर यादों ने बांध दिया।

बाबू हाथ-मुंह धोकर कुछ देर के लिए पुतली के खयाल से झकझोर कर वापस चला गया था। अब शायद वह बाहर जाकर किसी बीहड़ की ओट में कसरत करेगा। यह उसका रोज़ का नियम है। कुछ देर के लिए पुतली आश्वस्त हो गई।

गुफा के द्वार पर आकर अभी-अभी पहाड़ासिंह झांक गया था। क्या बात है? पुतली ने पूछना चाहा था। बार-बार इस तरह आकर वह जा चुका है, पर नहीं पूछा था पुतली ने। पूछने जैसी बात ही नहीं है। पुतली जानती है, पहाड़ा भी ठीक एक वक्त के बाबू की तरह...

क्यों न पहाड़ा को वह तोड़ ले ? एक विचार बिजली की कौंध की तरह दिमाग में चमका। मगर वह शर्त...उसकी आंखों में भी वह भाव झांकता है जो

कभी बाबू की आंखों में झांका करता था। पुतली खुद को एकाएक तैयार नहीं कर पा रही है...

पर अब रह क्या गया है जिसके लिए पुतली परेशान हो ? वह खिलौनों की तरह दरोगा, छोटे दरोगा, सुलतान और अब बाबू के हाथों में खेलती रही है, तब बाबू को छोड़कर पहाड़ा से समझौता करना ही क्या महंगा सौदा है ?

वह बाबू को पसंद नहीं करती। कम से कम यह कैद...सुलतान को गोली से उड़ा देने के बाद बाबू पुतली की ओर से बहुत चौकन्ना रहा है। गिरोह के हर आदमी को पुतली पर ध्यान रखने की सख्त हिदायतें दे रखी हैं उसने और बस-भर पुतली के हाथों तक कोई हथियार नहीं जाने देता ! यह कैद नहीं तो क्या है ?...

उसे पहाड़ा को ज़रूर तोड़ लेना चाहिए। पुतली के लिए कुछ भी महंगा नहीं रह गया है। न कोई शर्त, न कोई समझौता।

वह तोड़ लेगी पहाड़ा को। उसने निश्चय किया था और जैसे ही सामने से गुज़रा या पहाड़ा, पुतली ने एक मुस्कान फेंक दी थी। यही काफी है।

पहाड़ा मोम हो गया। लगा, शरीर के चारों तरफ से मीठे पानी के सोते बह निकले हैं। उसे खुद पर अविश्वास-सा हुआ, क्या सचमुच पुतली मुस्कराई थी...?

उसने फुर्ती से एक और चक्कर ले लिया गुफा के मुंह पर। वह फिर मुसकराई थी और पहाड़ासिंह के शरीर का हर सोता, नदी के पानी की तरह वेग से बहने लगा। कुछ देर के लिए बिलकुल असंतुलित हो उठा था वह। इच्छा हुई थी भीतर, गुफा के मुंह में जाकर पुतली के सामने खड़ा हो जाए और उसकी मुस्कानों को लगातार बर्दाश्त करता रहे, तब तक करता रहे जब तक कि बेहोश होकर गिर न पड़े...

कम्बख्त किस मारु ढंग से देखती है ? न सुलतान का कसूर था, न बाबू का। वे भी पहाड़ा की ही तरह किसी दिन मुस्कान की गोली खा गए होंगे।

उसे पुतली से बात करनी चाहिए। पहाड़ा ने सोचा, पर मन की मन में रह गई। बाबू लौटा आ रहा था। पहाड़ा ने उसे देखा और बंदूक साफ करने लगा।

"पहाड़ा !" बाबू उसके पास आ रुका।

"क्या ?"

"कल चलना है।"

"कहां ?"

"जौरा की तरफ, एक गांव में।" बाबू ने बताया, "खबर आ गई है। जोरदार

मामला है। कम से कम एक लाख रुपये का !"

"ठीक है।" पहाड़ा ने बन्दूक को उल्टा-सीधा कर उसे फूंकते हुए कहा।

"सब लोगों को बता दे।" बाबू ने आदेशात्मक ढंग से कहा और गुफा के द्वार की ओर बढ़ गया।

पहाड़ा चुपचाप उसे देखता रहा। उसकी अंगुलियां बंदूक पर कस गई। बाबू गुफा में समा गया था।

सत्ताईस

मशाल की रोशनी क्रमशः मद्धिम होने लगी थी। पुतली टकटकी बांधे देखती रही। लगता था, बिलकुल मशाल के पास सुलतान खड़ा है। पूछ रहा है, 'तू सोई नहीं अब तक ?'

'नहीं। नींद नहीं आती।'

'देखता हूं, कैसे नहीं आती ?' सुलतान मशाल ले जाकर गुफा की ओट में लगा देता है, रोशनी पुतली से दूर हो जाती है और फिर अंधेरे में ही सुलतान के ताकतवर बाज़ुओं का स्पर्श पुतली महसूस करने लगती है, 'तुम तो ठाकुर...' पुतली उनींदे से स्वर में कहती हुई समर्पित होती जाती है, 'तुम तो बस, यों ही...ओह !'

...और पारे की तरह पुतली का सारा शरीर फैल जाता है...अंग-अंग टूटा हुआ, पर एक कौंध छिपाए हुए।

कुछ खुरदरे स्पर्श, मीठी सिसकियां, गर्म-गर्म सांसें और प्यारा गुस्सा। सुलतान उसके नज़दीक और नज़दीक होता जाता है और थोड़ी ही देर में वे उठ पड़ते हैं जैसे न जाने कितने बीहड़ लांघ आए हों। पुतली की पिंडलियां और जांधें थकान के गहरे सागर में डूब गई हैं। वह अनमनी-सी सुलतान से छूट जाती है और सुलतान मशाल पुनः ले आता है...

कैसा होता था तब ? पुतली नज़र नहीं उठा पाती थी। सुलतान फिर भी नहीं थकता था। वह दोनों हाथों में उसका बिखरी लटों वाला चेहरा पकड़कर पूछता था, 'बोल नींद आएगी न ?'

हिश्श !...पुतली शर्माती हुई उसे झिड़क देती।

सुलतान हंस पड़ता...खूब ज़ोर से। वह मशाल के पास पहुंचता और लौ पर बीड़ी

टिका देता।

इस सबके बीच पुतली को ध्यान आता, लौ कितनी मद्धिम हो गई है !...शायद सुबह होने ही वाली है...

सुबह ?...पुतली चौंक गई। अनचाहे ही मुंह से निकल पड़ा, 'बस अब सो जाओ !...अब...'

सिर्फ मशाल की टूटती, दम छोड़ती रोशनी ही तो है वहां। और है पुतली... अकेली पुतली ! सुलतान का अक्स गायब हो गया है। बिलकुल उसी तरह जिस तरह उस दिन बीहड़ में गायब हो गया था। कितनी बेवकूफ है पुतली, मुरदे के अक्स से बातें कर रही है !

पुतली की पलकों में कुछ चुभने लगा। बेबसी से उसने होंठ काटकर एक निःश्वांस खींच ली। वह नहीं चाहती कि बीता हुआ कुछ भी याद रहे...पर कितनी अवश है वह ?

मशाल और मद्धिम हो गई थी। पुतली भी बिल्कुल इसी तरह चुकती जा रही है। थोड़ी देर में मशाल बुझ जाएगी। उसका तेल रीत गया है। पुतली भी जल्दी ही समाप्त हो जाएगी। उसकी जीवनशक्ति चुक गई है।

न जाने क्यों एक बार फिर सारे गांव-गैल यादों में उभर आए हैं। जो नहीं है, वह सब चाहती है पुतली ! असगरी, तन्नो, रहमान मियां और वह खुली हवा...

क्या इन सबके बीच पहुंच सकेगी पुतली ?

शायद नहीं ! कभी नहीं !

तो इसी तरह रीतते-रीतते उसे प्राण दे देने होंगे ?

नहीं ! वह चीख पड़ना चाहती थी। वह इस तरह नहीं मरना चाहती। वह नहीं मरेगी ! ...मगर यहां रहकर तो हमेशा सुलतान उसके करीब रहेगा। एक परछाईं बनकर, ऐसी परछाईं जिसकी लपटें पुतली को सुलगाती रहेंगी।

नहीं ! पुतली किसी तरह गांव चली जाएगी—तन्नो के पास। और दूसरे ही क्षण पुतली को लगा, वह मूर्ख है। बीहड़ों ने उसके इर्दगिर्द पचासों अपराधों का जाला बुन दिया है। उन सबसे निकल पाना क्या आसान है ? पुतली वहा पहुची भी तो क्या शांति से जी सकेगी? ...और इस खयाल के साथ ही पुतली की जांघों और पीठ पर पड़े पुलिस की मार के निशान रह-रहकर कौंधने लगे। ये सबके सब, रोज़, हर पल इसी तरह कौंधते रहेंगे...पुराने मिटेंगे, नये बनेंगे और हर रात हवालात की...कैसे जी सकेगी पुतली ?

पर यहां भी कैसे जी सकेगी पुतली ?...जिस तरह जी रही है, वह शायद मृत्यु से कष्ट कर स्थिति है। अनचाहे ही वह बाबू लोहारी के खयाल में डूब गई।

बाहर सो रहा होगा ! कुत्ता ! उसने पुतली को सार्वजनिक प्रदर्शन का खिलौना समझ लिया है। सबके आगे क्या कुछ नहीं करता है वह ? जब से सुलतान मरा है, पुतली को हर क्षण लगा है कि वह गिरोह के हर आदमी के सामने नग्न है, कपड़ों के बावजूद नग्न !

उस दिन एकांत देखकर पहाड़ा पूछ बैठा था, "यह सब ठीक लगता है क्या ? तुम बाबू को रोकती क्यों नहीं ? आखिर हम भी आदमी हैं...हमारे मन में भी..."

पुतली जवाब नहीं दे सकती थी—पहाड़ा ठीक ही तो कह रहा था। वह भी आदमी है...गिरोह में सब आदमी हैं और पुतली औरत है। इस तरह निर्वस्त्र उन सबके सामने रहेगी तो आखिर उनका भी मन है...

पहाड़ा चुप नहीं हुआ था, वह कहता हो गया था और बहुत कुछ कह गया था। बाबू उस दिन जौरा-अलापुर गया था। ठिकाने पर सिर्फ पहाड़ा था और एक आदमी और। इस बीच बाबू की अनुपस्थिति में पहाड़ा बहुत कुछ कह गया था और पुतली चुपचाप सुनती रही थी...

"पुतली बाई, मैं औरों की बात नहीं जानता, पर मैं यह नहीं सह पाऊंगा। आखिर मैं भी आदमी हूं।"

पुतली समझ रही थी कि वह क्या कहना चाहता है। बीच में उसे सुलतान का ध्यान हो आया था, और हंसने का मन हुआ था उसका। सब गीदड़ रह गए हैं। सुलतान के जीते-जी यह पहाड़ा पुतली से सौ कदम दूर ही रहता था जैसे पुतली न हो, बारूद का थैला हो, ज़रा आंच लगी कि सुलग उठेगा !

"भगवती की सौगंध, मैं नहीं सह पाऊंगा। या तो तुम बाबू को रोक लो, नहीं तो..." वह कहते-कहते सिहर गया था।

"नहीं तो ?" पुतली ने कौंधकर उसे देखा था और एकदम पहाड़ा मौम हो गया था। टूटते शब्दों में बोला था, "नहीं तो कुछ नहीं...मैं कर ही क्या सकता हूं। बस, घुट-घुटकर मर जाऊंगा ! आखिर मैं भी आदमी हूं..." वह बुदबुदाता हुआ चला गया था।

फिर नहीं आया था पहाड़ा।

मूर्ख कहीं का ! यह दूसरा नामर्द है जो पुतली के करीब आया है। उसने पहाड़ा

का खयाल थूक देने की कोशिश की, पर एकाएक चौंककर उसने सोचा—'क्या ऐसा नहीं हो सकता कि पहाड़ा उसके काम आ जाए ?'

और उसे लगा, मुश्किल नहीं है। पहाड़ा को एक बार इशाराभर देने की देर है।

पुतली देख भी चुकी है, पहाड़ा उसके सामने आते ही मोम हो जाता है। एक नज़र और कहता हुआ गर्म पानी का सोता ! इस सोते से पुतलो चाहे तो सब कुछ करवा सकती है।

पर सवाल अब भी शेष है ? पहाड़ा का उपयोग क्या होगा ? पुतली बीहड़ों की ज़िन्दगी में नहीं जी पाएगी और न गांव-समाज के बीच लौट पाएगी...तब ?

मगर पुतली ने रास्ता कहां चुना है अब तक ? वह सोच रही है, इन दोनों ज़िन्दगियों में से कोई एक !

अट्ठाईस

पुतली गिरोह के साथ नहीं जाना चाहती। उसकी मन:स्थिति ऐसी बिलकुल नहीं रह गई है कि किसी अभियान पर जाए, किन्तु बाबू नहीं माना। बाबू चाहता है, दूर-दूर तक मालूम हो जाए कि सुलतान की तरह बाबू भी पुतली को साथ-साथ लिए घूमता है। यह कोई बहुत महत्त्वपूर्ण बात नहीं थी मगर बाबू इसे गौरव की बात समझता था। उसने कहा, "मैं तुझे यहां किसके भरोसे छोड़ जाऊंगा ? नहीं नहीं, तुझे हमारे साथ चलना ही होगा।"

लाचार होकर पुतली को भी तैयार होना पड़ा।

दोपहर के साथ ही गिरोह बीहड़ लांघने लगा।

आज पहला दिन था, जब बाबू ने पुतली के हाथ में रायफल थमा दी थी। इस तरह बीहड़ों में उसे निहत्थी नहीं छोड़ना चाहिए। पुतली ने रायफल ली और बाबू की ओर इस तरह देखा जैसे धन्यवाद व्यक्त कर रही हो।

सूरज डूबते-डूबते वे घने बीहड़ों से होते हुए चम्बल के किनारे आ पहुंचे। न जाने क्यों पुतली आज थकान महसूस कर रही है। पिंडलियों में कसक उठने लगी है और रायफल उठाए-उठाए हाथों की कोहनियां और अंगुलियां दर्द करने लगी हैं।

पहले तो ऐसा कभी नहीं होता था। शायद होता रहा होगा, पर पुतली ने महसूस

कभी नहीं किया। सुलतान महसूस नहीं होने देता था। वह चलते-चलते पुतली से पूछ लिया करता था, "क्यों थकने लगी है क्या ? ला, मैं तेरी रायफल ले लूं।"

"नहीं नहीं !" पुतली जवाब देती थी, "मुझे थकान नहीं हुई है। बिलकुल नहीं।" वह पूर्वापेक्षा अपनी चाल और तेज़ कर देती थी। सुलतान मुसकराता था और उसकी सारी थकान टूटकर इस तरह बिखर जाती थी जैसे कटोरे से पानी गिरकर फैल गया हो।

एक क्षण के लिए पुतली को लगा था, वह आवाज़ दे देगी—ठाकुर!

सुलतान गिरोह के आगे-आगे चला करता था...

मगर वह तो बाबू है। पुतली घुटकर रह गई। हाथ-पैरों के जोड़ फिर कसक उठे...

चार घंटे से ऊपर हो चुके हैं और अब तक बाबू उससे एक शब्द नहीं बोला है। सुलतान होता तो रास्ता इस तरह चुप्पी में कट सकता था ?

दिन डूबने लगा था और सूरज मोर्चा छोड़कर भाग रहा था...बिलकुल उसी दिन की तरह।

उस दिन...? पुतली को लगा, चारों ओर के बीहड़ों से एकाएक ही गोलियां बरसने लगी हैं...भागो, कवर लो।—सुलतान चीख रहा है...ठाकुर, मैं मर जाऊंगा...बाबू की घिघियाहट...ले, यह रिवाल्वर...सुलतान मोर्चे पर आगे बढ़ने लगता है...उसकी गोली और पीछे गते आए बाबू की गोली...धायं !...धायं धायं !...

सुलतान मिट्टी के लौंदे की तरह टीले से लुढ़कता हुआ जमीन पर आ रहा था।

कमीना बाबू ! वह आज शेर बना हुआ सीना फुलाए गिरोह के आगे आगे चलता है...गीदड़ ! सुलतान के जीते-जी ठीक से उसके सामने खड़ा भी नहीं हो पाता था।

बाबू बहादुराना चाल में आगे-आगे चला जा रहा है...पुतली की इच्छा हुई थी, उसके नज़दीक पहुंचे और मुंह पर थूक दे—गीदड़ !...पीठ पीछे वार करनेवाला डरपोक !...

"अक्ख...अह...अह...।"

पुतली ने देखा, उसके पास ही चलता जा रहा पहाड़ा खांसकर उसकी ओर देखने लगा...वे ही समझौतेवाली आंखें। न चाहकर भी वह मुसकरा दी। शायद जान-बूझकर खांस रहा था वह ताकि पुतली का ध्यान अपनी ओर खींच सके।

पहाड़ा जवाब में मुसकराया—बड़ी चोर मुसकराहट।

वे बीहड़ के बहुत संकरे हिस्से से निकल रहे थे। इतने संकरे हिस्से से कि उन्हें कतारबंद होकर गुज़रना पड़ रहा था। एकाएक ही कल्ला चिल्लाया, "पुलिस !..."

वे दौड़ने लगे और उसके साथ फायर ! एक आवाज़ उठी और गोलियां दरार में सनसनाने लगीं।

आगे चलता हुआ बाबू बगैर इधर-उधर देखे ओट में जा छिपा। दौड़ती हुई पुतली के साथ-साथ पहाड़ा चल रहा था..."इधर !...इधर !..." वह उसके कंधे पर हाथ रखकर एक ओर ले गया। बीहड़ का एक हिस्सा बूढ़े गिद्ध की चोंच की तरह निकला हुआ था। दोनों उसीमें जा छिपे।

गोलियां और तेज़ हो गईं। धूल आंधी की तरह इधर-उधर से उठने लगी। पुतली ने देखा, बाबू बड़ी असुरक्षित ओट में छिपा हुआ निशाने साध रहा था...

पहाड़ा ने गोली छोड़नी चाही और पुतली ने उसकी रायफल पर हाथ रखकर रोक दिया, "इश'...शि...! फायर मत करो। पुलिस की ओर से हमें अच्छी ओट मिल गई है। अब तक इधर गोली नहीं आई है। इधर से फायर हुआ कि वे हमारी ओर भी गोलियां छोड़ने लगेंगे।"

पहाड़ा रुक गया। उसने पुतली की ओर देखा—गेहुंआ रंग...गठा हुआ शरीर...

पुतली बाबू को देख रही थी। उसके इर्द-गिर्द बीहड़ी मिट्टी में कई बार गोलियां आ लगीं थीं और धूल का धुआं-सा उड़ रहा था

पहाड़ा की सांस ज़ोर-ज़ोर से चलने लगी। वह गोलियों की आवाज़ नहीं सुन पा रहा है। उसने थूंक निगल लिया, होंठों पर जीभ फिराकर उन्हें तर किया, पपड़ी जम आई है, बोला, "पुतली !..."

"क्या !"

"मैं तुझे प्यार करता हूं !"

जवाब में पुतली ने उसे घूरा। पहाड़ा ने फिर थूक निगल लिया। पुतली मुसकराई, "तू मुझे प्यार करता है ?"

पहाड़ा ने सिर हिलाया, "हां।"

"सूई-ई..." कोई गोली ठीक उनके सामने से सनसनाती हुई निकल गई।

"सच में मुझे प्यार करता है ?"

"... ।"

"क्यों ?"

"हं ? हां, हां।"

"तो उठा रायफल !"

पहाड़ा ने यंत्रवत् होकर रायफल उठाई, सीधी की। पूछा, "किधर निशाना लगाना है ?"

"उधर !" पुतली ने संकेत किया।

पहाड़ा ने निशाना लगाया...धायं !...धायं !...धायं !...

धूल के धुएं में बाबू कई गुलांटें खा गया।

"अब निकल चल।" पुतली ने रायफल उठा ली और पहाड़ा पूर्ववत् यंत्रचलित-सा उसके पीछे-पीछे हो लिया। वे दोनों ओट से निकले और लुकते-छिपते पागलों की तरह एक दरार में दौड़ उठे और तब तक भागते रहे जब तक कि बीहड़ों में गोलियों का क्रूर संगीत डूब नहीं गया।

उनके अतिरिक्त गिरोह का कोई साथी नहीं भाग सका है। भागा भी होगा तो शायद किसी और रास्ते से ठिकाने पर पहुंचेगा।

वे दोनों हांफते हुए चले जा रहे थे। पुतली आगे-आगे, पहाड़ा पीछे-पीछे।

"इस बार दो-एक लोग ही बचेंगे। बड़ा भारी मुकाबला हुआ।" पहाड़ा ने चलते-चलते कहा।

"हां।"

"गिरोह बुरी तरह टूट गया।"

"कौन कहता है कि टूट गया ?"

"नहीं नहीं, मेरा मतलब है पुतली बाई..." पहाड़ा बोलते-बोलते कुछ हिचकिचाया, "आदमी कम हो गए...बहुत कम।"

"उससे क्या होता है ? संभालनेवाला चाहिए, चार-पांच आदमी ही बहुत होते हैं।"

पहाड़ा चुप हो गया। वे थोड़ी देर उसी तरह चलते रहे। पहाड़ा की इच्छा हुई थी—पुतली के कंधे पर हाथ रख दे, उसके चेहरे के पास चेहरा ले आए और होंठ उसके मुंह पर जमा दे...वह रोक नहीं सका खुद को, "पुतली !" उसने संबोधन एकाएक बदल दिया।

"हां।"

"... ।"

"क्या बात है?"

"कुछ नहीं।" पहाड़ा ने मन से अलग कुछ और ही कहा, "ला, मुझे रायफल दे दे। थक जाएगी तू।"

"हिश्श !" पुतली हंसी—एक मुक्त हंसी—खूब उठाकर। कहता है रायफल दे दे। खुशामदी कहीं का ! बिलकुल गीदड़ ! इस तरह गिरोह चलाएगा? उसने कहा, "चिन्ता मत कर, मैं ठीक हूं। तुझे तो बोझ नहीं लग रहा ना ?"

"नहीं नहीं।" पहाड़ा झेंप गया, बिलकुल औरतों की तरह। और पुतली फिर हंसी, खूब ज़ोर से, बिलकुल मरदों की तरह ! और न जाने क्यों उसे सुलतान याद हो आया—पुतली उसके सामने इस तरह हंस सकती थी ?

वह हंसती ही रही थी। बीच-बीच में बोलती भी जाती थी, "तूने देखा था ?... बाबू कैसे गुलांटें खा गया ? ढ़िढ़्रर...धम् ! बड़ा मर्द बनता था ! कमीना !"

और पहाड़ा विस्मय से उसे देखता रह गया। कितनी ही बार पूछ लेना चाहता था, "इसमें हंसने की क्या बात है?" पर नहीं पूछ सका ! पुतली उसके दिल-दिमाग सबपर हावी हो गई है और वह उसके सामने खुद को चाबीवाले खिलौने के अतिरिक्त कुछ नहीं समझ पा रहा है।

हंसते-हंसते हांफने लगी थी वह—"हूंह !...हप्फ !...कैसे गुलांटें खा गया। बड़ा बीर बहादुर !"

पहाड़ा गंभीर हो गया। पागल हो गई है बिलकुल ! सारे बीहड़ में एक ही बात करती आई थी। बाबू, गुलांटें, रायफल और किस तरह मरा था वह !...पहाड़ा नहीं चाहता था, पुतली इस तरह की बातों में वक्त जाया कर दे। बाबू मर चुका था और पहाड़ा के शरीर में एक पागल बौखलाहट पैदा हो गई थी—मन होता था पुतली को बांहों में भींचकर पीस डाले ! चकनाचूर कर दे बिलकुल !...

उसने दांत भींच लिए जैसे कुछ जज़्ब कर रहा हो।

बड़ी देर बाद सामान्य हुई थी पुतली। पहाड़ा ने इधर-उधर की बात शुरू कर दी थी, "पुतली ! थकान बहुत हो गई है, चल आराम कर लें !"

और पुतली एकदम गम्भीर हो गई। बाबू की मौत और सुलतान की हत्या के बदले में यह तो भूल ही गई थी कि उसे सौदे की ज़रूरी कीमत चुकानी है।

पहाड़ा उसे कुरेदती नज़रों से देख रहा था। पुतली को विस्मय हुआ—वह मर्द हो गया है ! पहाड़ा गीदड़ से अदमी हो गया है—नर !

दोनों एक-दूसरे को चुपचाप देखते रहे थे और फिर पुतली ने बांह पहाड़ा के कन्धे पर रख दी थी, "आ !"

जाने क्यों पहाड़ा फिर कहीं खो गया। उसे विस्मय से भरे एक डर ने घेर लिया था—पुतली औरत है या...बह बुझी-बुझी चाल में चुपचाप गुफा के भीतर चला गया था।

पहाड़ा हांफने लगा था। उस पहले दिन भी और फिर हर बार। पुतली जब-तब उसके कन्धे पर हाथ रख देती, "आ !" और पहाड़ा भयभीत होकर इस तरह उसे देखता जैसे कह रहा हो—मुझे छोड़ दे।...मैं तेरी गऊ हूं !...

और पुतली ने उसे कभी नहीं छोड़ा। तब तक नहीं छोड़ा जब तक वह गीदड़ से खरगोश न हो गया। दुबका, डरा और भागता हुआ खरगोश !

वह पुतली के कन्धे पर मुरदे की तरह सिर लटकाए पड़ा रह जाता। थूक उसके होंठों के किनारों से धार बनकर बह निकलता। रक्त-प्रवाह गन्दे नाले की तरह रुक जाता और आंखें मुंदने लगतीं।

"ऐ !...शिश !" पुतली उसे झकझोरती।

"हूं...हं हां" वह हांफने लगता, पर पुतली के कन्धे से सिर हटाता।

"उठ !" पुतली उसे धकेलती।

यह लुढ़ककर किनारे हो जाता।

"ऐ !" पतली उठ पड़ती, "उठ ! क्या हो गया तुझे ?" वह उसे बांहों में भर लेती, पर पहाड़ा मुरदा पड़ा रहता। बीच-बीच में बड़बड़ाता, "बस ! पुतली बाई ! मुझे नींद...।"

"बाहर जा!" पुतली उसे इस तरह दुत्कार देती जैसे पैर से ठोकार मार रही हो, "जा बाहर !"

वह उठता, इस तरह जैसे अभी गिर पड़ेगा और लड़खड़ाता हुआ सिर झुकाए चुपचाप बाहर चला जाता।

नामर्द ! पुतली छटपटाती हुई रोने को हो आती। उसे सुलतान याद आने लगता।

पुतली उसके पास रुई के फाहे की तरह पड़ी रहती थी। और एक यह है—पहाड़ा। नाम का पहाड़ासिंह। इस तरह उसके साथ आता है जैसे खुद रुई का फाहा हो... पुतली हर बार जैसे किसी नदी में डूबती है और निकलती है तो पानी की एक बूंद शरीर पर नहीं होती।

कितनी ही बार मन होता है, रायफल उठाए और गोली मार दे इस खरगोश को ! एक बार तो जाने किस आवेश में पुतली ने रायफल उठा ली थी, पर दूसरे ही क्षण वह रुक गई थी, पहाड़ा उसके आज्ञाकारी जानवर की तरह है और पुतली के लिए वह सब कुछ कर सकता है...

उसे तन्नो याद हो आई। अब तो बड़ी हो गई होगी। एक चेहरा उभरता है और आंखों के आगे फैलता ही चला जाता है...दो नन्हे-नन्हे हाथ उसकी ओर बढ़ते हैं—मां !...

तन्नो ! बह बुदबुदाई और अनचाहे ही किसीने बांध लिया उसे। पुतली छटपटाकर रह गई।

उसी दिन वायदा ले लिया था उसने पहाड़ा से—एक बार मुझे बरबई तक ले जाकर तन्नो को देख लेने देगा !

और पहाड़ा ने आज्ञाकारी बच्चे की तरह सिर स्वीकृति में हिला दिया था।

उन्तीस

"जल्दी लौटना।" पहाड़ा ने कहा और पुतली "ठीक है।" कहकर बीहड़ के रास्ते पर उतर गई। टार्च की रोशनी में यह रास्ता दूर तक बल खाता हुआ एक लम्बे दोमुंहे सांप की तरह पड़ा हुआ था। पुतली फुर्ती से बढ़ती गई। बीच में उसने गरदन उठाकर पीछे की ओर देखा भी था, पर अंधेरे के अतिरिक्त कुछ नहीं दीखा। पहाड़ा और गिरोह के अन्य डाकू अंधेरे में इस तरह गुमे हुए थे जैसे लिखे हुए अक्षर पर स्याही बिखर गई हो।

मूर्ख कहीं के ! पुतली ने सोचा और मन हुआ खिलखिलाकर हंस पड़े। वे वहीं बठे होंगे, यह सोचकर कि पुतली बाई लौट आएगी। जाते वक्त पहाड़ा ने कहा था, "देख, रात बहुत न बीतने पाए। यहां से जल्दी ही निकल जाना पड़ेगा। तू पांच मिनट से ज़्यादा मत लगाना।"

और पुतली ने स्वीकारात्मक ढंग से सिर हिला दिया था।

पागल कहीं का ! समझता है पुतली उसकी बांदी है। औरत के सामने बर्फ हो जाता है, औरत रखेगा !

पुतली ने अगला कदम बढ़ाते-बढ़ाते निश्चय किया, उसे बरबई में पहुंचते ही सबसे पहले क्या करना होगा ?

बहुत ज़्यादा सोचना नहीं था। सोचे हुए को एक बार मन में ताज़ा-भर कर लेना था। पुतली गांव में घुसेगी, फिर घर पहुंचेगी और जाते ही असगरी को खबर देगी, 'तू जल्दी से जाकर थाने पर खबर कर दे। पहाड़ासिंह का पूरा गिरोह मरवा सकती है, पुतली। फौरन आएं !'

थोड़ी ही देर में दरोगा आ जाएगा और पुतली शर्त रख देगी, 'मेरी जिन्दगी की पूरी गारण्टी और माफीनामा दिलवाओ तो पहाड़ा और उसके पांचों साथियों की लाश तुम्हारे सामने होगी। बोलो ?'

पुतली जानती है कि दरोगा यह मंजूर कर लेगा और फिर पहाड़ा और उसका गिरोह साफ करवा देना कठिन नहीं होगा। एक बार ये ठंडे आदमी खतम हो गए तो पुतली आजाद हो जाएगी। सारे कलंक, अपराध सब कुछ से माफी पाकर वह फिर से बीहड़ों की कैद से आज़ाद हो जाएगी।

उसने चाल तेज़ कर दी। बरबई की सीमा शुरू हो गई थी। यह सामनेवाला नाला पार करते ही पुतली गांव में पहुंच जाएगी। एहतियात के तौर पर उसने टार्च बन्द कर दी। चाल अपने-आप धीमी हो गई। बहुत चाहकर भी वह तेज़ नहीं चल पा रही थी। अंधेरे में न तो रास्ते का अनुमान हो पाता है और न कदमों का। पर लाचारी है। उसने सोचा। टार्च जलाना खतरे से खाली नहीं है। बरबई का हर बच्चा पहचानता है उसे।

उसने बड़ी सावधानी से नाला पार कर लिया। अब वह गन्ने के खेतों की मेंड़ के सहारे-सहारे आगे बढ़ी जा रही थी। रास्ते में उसे कई जगह रुक जाना पड़ा या वह बचाव कर निकली। कई जगह लोग या तो अलाव जलाए हुए गपशप कर रहे थे या खेत के आसपास घूम रहे थे। थोड़ी ही देर बाद वह अपने घर के द्वार पर थी। उसने चौकन्नेपन से चारों तरफ फैले हुए सन्नाटे को घूरा, फिर आश्वस्त होकर कि दूर-दूर तक कोई नहीं है, दरवाज़े पर अंगुलियां थपथपाईं, दबे स्वर में कहा, "तन्नो !"

"..."

"तन्नो-ओ अ्..."

"कौन है ?"

"दरवाज़ा खोल।"

दरवाज़ा खुला। लालटेन लिए हुए असगरी सामने थी। इससे पूर्व कि चौंककर वह कुछ कहे, पुतली फुर्ती से उसे पीछे धकेलती हुई घर के भीतर हो गई। उसने दरवाज़ा बन्द कर लिया।

"तू ?" असगरी की सांस ज़ोर-ज़ोर से चलने लगी थी। वह इस तरह घबरा गई थी जैसे सांप देख लिया हो उसने—पैर के बिलकुल करीब, "तू कैसे आई ?...किसीने देखा तो नहीं ?"

"नहीं।" पुतली आराम से बैठ गई। उसने इधर-उधर की बात किए बगैर तुरंत योजना पर अमल शुरू कर दिया। असगरी को समझाने लगी कि किसी तरह दरोगा तक खबर पहुंचानी है, उससे कहना है कि वह अकेला ही आए और फिर...

"पर कहीं वे तुझे ही न पकड़ लें ?" असगरी ने संदेह रखा।

"नहीं। वे मुझे नहीं पकड़ेंगे। मुझसे ज़्यादा जरूरी पहाड़ी का गिरोह है।"

"पर तूने सोच लिया है ना ?" असगरी का दिल ज़ोर से धड़कने लगा।

"हां, खूब अच्छी तरह !" पुतली बोली, "बस, अब तू देर मत कर। जा !"

असगरी ने फिर कुछ नहीं कहा। लालटेन उठाई, खूंटी पर टंगा चादरा उतारा और बाहर जाने लगी।

"और सुन," पुतली ने उसे टोका, "दरोगा से साफ-साफ कह देना, अकेला आए ! प्लाटून उस वक्त साथ ले, जब गिरोह तक चलना हो !"

"ठीक है !" असगरी बाहर निकल आई।

पुतली भीतरवाले कमरे में आई—तन्नो सो रही थी। उसने हाथ बढ़ाकर उसे उठा लेना चाहा था, पर रह गई। हवा में फैले हुए हाथ उसने वापस खींच लिए...गोल-गोल आंखें, भरा चेहरा, उलझते-से बाल...बिलकुल पुतली की तरह ! वह टकटकी बांधे तन्नो को देखती गई—कितनी अभागिन है पुतली, अपने बाग का फूल भी अपने पास नहीं रख सकी।

चिमनी की हल्की रोशनी में तन्नो उकडूं लेटी हुई थी। पुतली देर तक उसे देखती ही रही...फिर एकाएक ही उसने अपने मोह पर बुद्धि का भारी पत्थर रख दिया—बीहड़ों के अंधेरे से लिपटा हुआ पहाड़ा उसकी प्रतीक्षा कर रहा होगा। दरोगा को जल्दी आ जाना चाहिए। पुतली के पास अधिक वक्त नहीं है। वह चाहती है,

तुरन्त घेरा पड़े और बीहड़ों के कलंक मिट जाएं ताकि पुतली आज़ाद हो सके। एक बार फिर वही चिरपरिचित चेहरे हों, गांव-गैल हों और तन्नो की तुतली बोली हो...

बीच-बीच में वह कभी घर और कभी तन्नो को देखती रही। इस सबके साथ जैसे बंधी हुई हैं पुतली और आज जब अरसे के बाद लौटी है तो इस कमरे की हर चीज़ सवाल कर रही है—"कहां थी तू ?...कहां थी ?'

और पुतली का जी हुआ हर चीज़ से लिपटकर रो उठे, देर तक लिपटी रहे और रोती रहे...

उधर आले में रखे घुंघरू, अरगनी से लटकी सरंगी, कोने में धूल ओढ़े पड़ा हारमोनियम...सब किस तरह देख रहे हैं उसे ?

वह थकने-सी लगी। दिमाग पर गहरा बोझ चढ़ गया है—दर्द और खुशी का बोझ। यह सब फिर से पुतली को मिलने वाला है...कैसे इस खुशी को संभाल पाएगी पुतली ?

वह कमरे से अलग मुख्य दरवाजे तक आ गई। किवाड़ खोले और बाहर अंधेरे में झांका—मुमकिन है असगरी आ ही रही हो।

यह क्या ?

चौंक गई पुतली। अंधेरे में कुछ हलचल-सी महसूस हुई उसे। कुछ पदचापें...

इसका मतलब है...पुतली ने फुर्ती से किवाड़ बन्द किए और पिछवाडे की ओर बढ़ी। दरवाज़ा खोलते हुए उसने देखा, दूर टार्च जली और बुझ गई। तेज़ी से वह भागने लगी। संदेह सही था। पुलिस घेरा डाल रही है। निश्चय ही असगरी से खबर पाते ही दरोगा में पहले पुतली को गिरफ्तार कर लेना ठीक समझा होगा। एक जगह ठोकर खाकर वह गिर पड़ी तो उसके हाथ से रायफल छूट गई थी। उसने जल्दी-जल्दी उसे ढूंढ़ा और मिलते ही फिर भाग खड़ी हुई। बीच में एक बार उसने मुड़कर देखा तो पाया कि उसकी झोंपड़ी के इर्द-गिर्द कई टार्चों की रोशनी हो रहीं थी। वह और तेज़ भागने लगी वे उसे नहीं पा सकेंगे ! धोखेबाज !...वे पुतली को ज़िन्दा या मुरवा पकड़ लेना चाहते थे ! वह भागती गई।

जल्दी ही उसने नाला पार कर लिया था और हांफती हुई बीहड़ों में उतर आई थी। वे उसे मार देते या पकड़ लेते। और पुतली न तो आवारा कुत्ते की मौत मरना चाहती है और न ही उनके हाथों एक अपराधी की तरह पड़कर फिर से थाने की रातों की रौनक बनना चाहती है...उसे शांति की ज़िन्दगी की तलाश है ! उसे जीने

की इच्छा है !...वह तन्नो के लिए जीना चाहती है, पर उस तरह नहीं, जिस तरह पुलिस ज़िन्दा रखेगी !

वह बदहवास दौड़ी ही जा रही थी ! कई जगह ठोकरें खाकर गिरी, उठी और फिर दौड़ने लगी। कहां होगा पहाड़ा ? बीहड़ों में कहीं भटक तो नहीं जाएगी पुतली ?

एक जगह अंधेरे में रुककर वह चीख पड़ी—"पहाड़ा ! ..."

आवाज़ गूंजी और डूब गई।

वह फिर भटकने लगी, चीखती हुई, "पहाड़ा ! ...पहाड़ा ! ...

आवाज़ गूंजती रही और धीरे-धीरे डूब गई। वह हांफने लगी थी। एक बार पुनः बदहवासी से भरी दौड़ का सिलसिला शुरू हुआ। आवाज़ गूंजी, "पहाड़ा -आ-आ..."

जवाब में एक आवाज़ आई, "मैं इधर हूं !...इधर !"

और पुतली आवाज़ की दिशा में दौड़ने लगी, "मैं लौट आई हूं ! लौट आई हूं मैं ! " और फिर वह उस टीले पर पहुंच गई, जहां पहाड़ा था। वह लिपट गई उससे। बिलकुन बच्चों की तरह बड़बड़ाने लगी "मैं लौट आई हूं। अब कभी नहीं जाऊंगी !... कभी नहीं !...वे मुझे मार डालना चाहते हैं ! वे पुलिस के कुत्ते ! ..."

और पहाड़ा, ठंडा पहाड़ा उसे बांहों में थामे खड़ा था। समझ नहीं पा रहा था कि क्या हो गया है पुतली को !

तीस

अतृप्ति और प्यास के मरुस्थल में पुतली दौड़ती जा रही है, देर-सी प्यासें लिए तन्नो की प्यास, समाज में फिर से लौट जाने की प्यास, और प्यार की प्यास...सारी ज़िन्दगी इस तरह बीती जा रही है जैसे हर प्यास पर एक घूंट लिया हो पुतली ने और पानी छलना बन गया हो...

कभी-कभी उसे अचरज होता है—चम्बल के अथाह जल के करीब खड़ी रहकर भी वह सारी ज़िन्दगी प्यासी रही। यह प्यास धीरे-धीरे प्रतिशोध बनती गई है और अब पुतली जितना जो कुछ पा भी जाती है, लगता है कि वह अपूर्ण है...एक घूंट का

छलावा...

अब वह कुढती या रोती नहीं है। चटकता हुआ गला धीमे-धीमे आग बनकर उसके दिलोदिमाग पर छा जाता है और वह हर अच्छे बुरे में प्रतिशोध ढूंढ़ती है... प्रतिशोध ! उसे कोई अपना नहीं लगता, कुछ भी सुखकर नहीं रह गया है...वसंत की मादक हरियाली, घर, गांव, पनघट, खेत और कन्धे से कन्धा मिलाकर पुलिस की धुआंधार गोलीवर्षा में जूझजानेवाले साथी...सब अविश्वसनीय हैं !...धोखा !...यदि कोई चीज़ है तो वह है इन सबसे बदला !

पुतली ने निश्चय कर लिया था कि वह इन सबसे बदला लेगी ! एक प्यासे ने दुनिया के हर समुंदर को सोख डालने का निश्चय किया था और फिर सचमुच एक झूठ सच होता चला गया...पानी में आग लगाने का झूठ !

पुतली ने बहुत कम समय में ही खेतों को आग लगा दी थी, झोंपड़े जला डाले थे, अपने सामने भले और अभिजात्य-वर्ग के घरों की महिलाओं पर बलात्कार करवाए थे और इस सबमें उसे एक विचित्र-सा शैतानी आनन्द मिला था। लगता था, इस सबसे पुतली तृप्त होती है

एक ऐसी आंधी बन गई थी पुतली, जो अचानक ही खूबसूरत आसमान पर उठती है और वीरानी बनकर धरती पर बरसने लगती है...

बीहड़ों में इस आंधी के साथ ही आकुल पुकारें उठने लगी थीं, लोग घर-बार छोड़कर शहरों की ओर भागने लगे थे और पुलिस डिपार्टमेंट में एक हंगामा बरपा हो गया था—ज़िन्दा या मुरदा ! पुतली बीहड़ों से आनी ही चाहिए !

एक मुकाबले में पुतली ने बायां हाथ खो दिया। गोली लगी थी और पुतली ने ज़हर न चढ़ पाए, इस डर से कन्धे से बाज़ू उतरवा दिया था। पर इससे पुतली के शैतान को कोई क्षति नहीं पहुंची, न ही पुतली को किसी तरह की निराशा ने घेरा। वह बड़ी सफाई से एक हाथ में रायफल थमाने लगी और निशाना मर्द की ज़बान की तरह सच्चा रहा।

कभी पैदल और कभी घुड़सवार...पुतली ने बीहड़ों में कोलाहल भर दिया। विधवाए, अनाथ बच्चे और अपाहिज—खेतों, घरों, रास्तों और दरवाज़ों पर पड़े रोते-चीखते रहते। पुतली को बद्दुआएं दी जातीं और इस सबको पुतली इस तरह हसते-हंसते पीती-पचाती गई जैसे हलाहल पिए जा रही हो

उसने हलाहन पिया भी, उगला भी। वह सब जिसे सारी ज़िंदगी पीती रही थी अब

क्रमशः उगल रही थी। समाज, जाति, धर्म और प्रशासन ने कितने घूंट उसे नहीं पिला दिए थे ?...वे सब अब क्रमवार बीहड़ों में उगने जा रहे थे...

सुलतान के बाद उसने फिर एक घूंट पिया—पहाड़ासिंह खेत रहा। कितना चाहा था पुतली ने कि पहाड़ी की लाश खींचकर साथ ले जाए, मगर पुलिस की गोलियां थीं कि ओलों की तरह बरसने लगी थीं और ठीक वक्त पर पुतली को पहाड़ा से जी चुरा जाना पड़ा था बीहड़ में पड़ा रह गया था वह ! कहां? किस ओट में ? कुछ भी पता न चला। रात थी और अंधेरे में सिर्फ गोलियों की कौधें देखी जा सकती थीं—अंगारों की तरह !

कई दिन पुतली निष्क्रिय पड़ी रही। कभी होंठ काट लेती और कभी जीभ से होंठ तर करती। कभी लगता कि ठीक हुआ। वह एक ठंडे आदमी से मुक्ति पा गई, पर दूसरे ही क्षण उसके सीने का फौलाद कहीं से ढीला हो जाता रुई की तरह मुलायम पहाड़ा पौरुष के मामले में ठंडा होते हुए भी प्रेमी के रूप में एक गरम आदमी था। पुतली और उसके साथ कुछ ही दिन बिता पाया था वह...हर दिन पुतली ने उसे अपने पास से एक पुराने कपड़े की तरह उतार फेंका था, इसके बावजूद वह पुतली को प्यार करता था। बिलकुल समर्पित व्यक्तित्व !

बीहड़ों में दौड़ते हुए न जाने कितनी बार पुतली के घुटने छिल जाते थे। थोड़ी देर जलन होती और फिर चमड़ी निकलने लगती। सप्ताह बीतते न बीतते एक निशान-भर कायम रह जाता, धुंधला-सा निशान। छिल जाने का गवाह ! ...

बस, पहाड़ा भी पुतली के मन पर यह निशान होकर रह गया और धीरे-धीरे यह निशान भी फीका होने लगा...समय ने नई परतें चढ़ाई और पुतली के सामने आया—कल्ला, कल्याणसिंह ! और पुतली ज़र और ज़मीन की तरह विरासत में एक के बाद दूसरे को भिलती गई...

और पुतली निस्संकोच उसके पास जा लेटी। कभी-कभी पहाड़ा की स्मृति का धुंधला-सा निशान उसे डराता—कहीं पहाड़ा की ही तरह यह भी...

वहम क्षण भर में दूर हो गया ! कल्ला ने जब बाज़ुओं में भरकर उसे भींचा तो बरबस ही सुलतान याद आ गया। बिलकुल इसी तरह ! ...इतना ही गर्म...! ऐसी ही गर्म सांसें...उस रात पुतली को पीस डाला था उसने और निर्वस्त्र पुतली कल्ला की जांघों में दबी एक चादरों की तरह अवश सिकुड़ती-सिमटती रही थी और जब कल्ला उससे दूर हुआ तो वह इस तरह निर्जीव-सी धरती पर पड़ी रह गई थी जैसे बन्द हवा में धूल-भरी मुट्ठी खुली हो और कण धरती पर पड़े रह गए हों—जहां-तहां !

असंख्य प्यासों में से एक प्यास बुझ गई थी पुतली की। कल्ला ने सिर्फ शरीर ही नहीं जीता उसका, समूची पुतली जीत ली।

सुलतान की तरह उसने भी गिरोह में घोषणा कर दी थी—'पुतली मेरी रानी है। तुम सबकी रानी ! खयाल रहे, इसका हर इशारा मेरा हुकुम है !'

बिलकुल वही आवाज़, वही दिलेरी और वहीं मर्दगी—जिसे पुतली ने सुलतान में पाया था। पुतली को कल्ला के साथ पहली बार यह महसूस हुआ था कि वह ज़िन्दा है...और अर्थहीन नहीं है ! उस दिन तो पुतली कल्ला के प्रति अनचाहे ही श्रद्धा से भर उठी थी, जिस दिन घायल हो जाने पर कल्ला ने उसे बांहों में उठाया था और पुलिस की गोलियों से मीलों दूर ले गया था।

उसने कई दिनों तक दिन-रात जागकर पुतली की सेवा की थी और न जाने कितनी बार भरी आंखों से कहा था—"मैं तुझे प्यार करता हूं। तेरे बिना रह नहीं सकता !... अगर तुझे कुछ हो गया तो मैं भी ज़िन्दा नहीं रहूंगा ! आदमी किसी न किसीके प्यार के आसरे ज़िन्दा रहता है ! और धरम से कहता हूं पुतली, मैं तेरे सहारे ज़िन्दा हूं !..."

पुतली टकटकी बांधे उसे देखती रही थी और फिर उसकी छाती से चिपक गई थी। वह बुदबुदाई थी, "मैं भी तेरे सहारे ज़िन्दा हूं, कल्ला ! ...धरम से, मैं भी तुझे बहुत प्यार करती हूं...बहुत !"

वे कुंवारी के पास थे—कुंवारी, चम्बल की बेटी। बगल में छोटे-छोटे गांव। कल्ला और पुतली अपने गिरोह सहित यों ही टहलते-टहलते निकल आए थे। जनवरी का महीना। कड़कड़ाती सर्दी। बीहड़ों के सिर धुंध में लिपटे हुए थे और कल्ला ने चलते-चलते गिरोह के एक किनारे होकर पुतली को बाजुओं में बांध लिया—"कितनी गरम तू ! ...ऐसे में ठिकाना छोड़कर आना था भला? ...वहीं कहीं पड़े रहते पर तेरी जिद अजीब है !"

पुतली ने जवाब में एक शराब-सी नशीली और गर्म मुसकान कल्ला की आंखों में छिड़क दी। वह इठलाकर उसकी पकड़ से निकल गई और रायफल झुलाती गिरोह के साथ जा मिली।

धायं ! ...

वे चौंके और बचो ! भागो...' चीखते हुए इधर-उधर बीहड़ों में छिटक गए। सब

कुछ इस तरह पलक मारते हुआ जैसे तोले-भर पारा धरती पर गिरा हो और न जाने कितनी बूंदे बनकर बिखर गया हो !

धायं ! ...धायं ! ...सूंई-ई...ई...गोलियां बरसाती मक्खियों की तरह उनके आसपास भिनभिनाने लगीं।

जल्दबाज़ी में संभलने का भी मौका नहीं मिला था और गिरोह दो हिस्सों में बंट गया था। एक ओर कल्ला, अपने तीन साथियों सहित और दूसरी ओर पुतली अपने कुछ आदमियों सहित। पुतली ने कल्ला को पास बुलाया—"कल्ला आ-आ ! ..."

और जवाब में कल्ला लुकता-छिपता बदहवास उसके पास आ पहुंचा। अब वे दोनों निशाने साध रहे थे और भागने के लिए रास्ता भी देख रहे थे, पर सामने, और दायें-बायें दूर तक मैदान पड़ा हुआ था। गोलियां चारों ओर से बरस रही थीं। पुलिस ने तरसुना, लेपा, सांगोली, सेडनियां, न जाने कितने गांवों तक प्लाटूनें बिखरा रखी थीं। पीछे, जिस दिशा में बीहड़ थे, पुलिस का दबाव बहुत था।

"धायं ! ...धायं !

"बोल, क्या करें ? ..." हांफ उठा कल्ला।

"घबरा मत !" पुतली बोली, "पीछे की तरफ नहीं बढ़ा जा सकता। आ, मैदान में निकलकर कुंवारी में कूद पड़ें !"

"पर पुतली..."

'आ तो सही !" उसने बांह खींची कल्ला की और चने के एक खेत की ओर भाग खड़ी हुई। उस समय वह अन्दाज़ नहीं कर सकी थी कि उस ओर भी पुलिस का दबाव कम नहीं है।

धायं ! ...धायं !

दोनों ज़मीन पर लेटे, फिर उठे, फिर लेटे और भागने लगे।

धायं ! ...

"आह !" कल्ला चीखा।

पुतली ने देखा, वह टखना पकड़ कर बैठने लगा है।

"नहीं !" पुतली पूरी शक्ति लगाकर चिल्लाई, "बस, थोड़ी दूर और, फिर निकल जाएंगे, उठ !"

ज्यों-त्यों कर कल्ला उठा। पुतली ने उसे सहारा देने का खतरा उठाया, पर यह क्या ? ...

धायं !

पुतली की जांघ में गोली आ बैठी। वह गिर पड़ी, पर कल्ला भागा जा रहा था—लंगड़ाता हुआ।...एक क्षण पुतली खून में लिपटी हुई उसे देखती रही। वह एक क्षण भी न रुका, उसने यह भी नहीं कहा कि पुतली आ।...वह भागा ही जा रहा था।

"कल्ला ! ..." वह चीखी।

कल्ला गिरा फिर उठकर भागने लगा।

धायं !

"कल्ला।...ओ-ओ...कल्ला..." वह धरती पर पड़ी उठने लगी, पर कल्ला नहीं रुक रहा था।

धायं ! धायं ! ...

कल्ला बीहड़ की ओट में समा गया !

पुतली की आंखों में पहली बार आंसू आ गए। बिलकुल इस तरह जैसे फौलाद से एक झरना बह निकला हो—कल्ला कहता था—'मै तेरे बिना रह नहीं सकता ! ...' और आज किनारा कर गया! ...

धायं ! धायं ! धायं ! ...

जांघ पर रखा हाथ खून में सन गया है...पुतली ने सम्पूर्ण शक्ति बटोरकर उठने का प्रयत्न किया। न जाने कहां से अजीब-सी शक्ति उसमें समा गई। वह तेज़ी से कुंवारी नदी की ओर दौड़ी।

छपाक् ! ...

चांदनी थी। रक्त की एक लकीर कुंवारी की छाती पर बनाती पुतली अपना इकलौता हाथ लहरों पर मारने लगी। पर फूटी हुई जांघ से रक्त रिस रहा था। कपड़ों में पानी भर गया था और पुतली ने नज़र उठाए बगैर ही समझ लिया। गोलियां ट्प... टपाक् की आवाज़ें करती हुई कुंवारी के पानी में बरसने लगी हैं। एक कोशिश और ! ... पुतली ने निर्णय किया...यों नहीं मरेगी वह! अन्तिम सांस तक जूझती रहेगी पुतली। उसने स्वयं को लहरों के हाथों सौंप दिया और बड़ी फुर्ती से एक हाथ चलाकर पेंट और कमीज़ उतार फेंकी...

धायं ! ...एक गुलांट खाई उसने और फिर रक्त-रंगी लहरों का एक भंवर बन गया उसके गिर्द।...और पुतली को लहर से लिपटने का भी मौका न मिला। कुंवारी ने धक्का देकर उसे किनारे की ओर उछाल दिया।

मरने से पहले उसने अवश्य सुलतान को याद किया होगा। कल्ला किस तरह किनारा कर गया ? ...सुलतान होता तो ऐसा करता? शायद नहीं।...और एक टीस पीकर पुतली पुलिस की गोली झेल गई होगी। कुंवारी ने कोशिश ज़रूर की थी कि बीहड़ों के इतिहास की सबसे क्रूर और सबसे मुलायम औरत को अपने साथ बहा ले जाए, किन्तु पुलिस ने उस दिन न सिर्फ अच्छी निशानेबाज़ी की थी, बल्कि वे अच्छे मछेरे भी साबित हुए थे। उन्होंने पुतली को पानी से बरामद कर लिया था। वे उसे मुरैना ले आए थे...एक अर्धनग्न को—जो सारी ज़िन्दगी कई-कई नदियों में डूबकर भी न जाने कितनी प्यासें समेटे हुए मरी।

एक लाश फिर से चारपाई पर बांधकर लटका दी गई थी—'सनद रहे...'

o o o